COLLECTION FOLIO

Tristan Garcia

Mémoires de la Jungle

Gallimard

Tristan Garcia est né en 1981 à Toulouse. *La meilleure part des hommes*, son premier roman, a été récompensé par le prix de Flore en 2008.

Pour Et Avec Agnès.

On peut sortir le singe de la jungle, mais pas la jungle du singe.

FRANS DE WAAL,
Le singe en nous (*Our Inner Ape*)

Dans un avenir pas si lointain, le sol du continent africain sur la planète Terre a été expérimentalement laissé en jachère pour un siècle au moins, après qu'il a été dévasté par des guerres, des famines et une vague de pollution chimique, épuisé par la colonisation de l'espèce humaine, qui désormais vit essentiellement dans les villes d'autres continents et à l'intérieur de vastes stations orbitales aménagées.

Un immense zoo près du lac Victoria accueille scientifiques et étudiants afin qu'ils observent la faune encore préservée en liberté ou en laboratoire, en s'intéressant tout particulièrement aux grands primates, aux mammifères marins, aux dauphins, aux perroquets et aux fourmis.

Tout autour, à perte de vue, la jungle de jadis a repris ses droits et seule sa mémoire semble à présent conserver les traces de ce qui s'y passe.

C'est ici, sur les rives occidentales du golfe de Guinée, au pied du mont Cameroun, dans la forêt équatoriale, que commence cette étrange aventure, poursuivie jusqu'à la pointe extrême-orientale de l'ancienne Éthiopie.

Avec :

DOOGIE — chimpanzé mâle éduqué, narrateur (*Pan troglodytes troglodytes*)

JANET EVANS — éthologue féminine au Zoo de Victoria (*Homo sapiens sapiens*)

DONALD EVANS — frère de Janet (*Homo sapiens sapiens*)

GARDNER EVANS — père de Janet et Donald, responsable du Zoo de Victoria (*Homo sapiens sapiens*)

DIANE EVANS — mère de Janet et Donald, éthologue au Zoo de Victoria (*Homo sapiens sapiens*)

MR PAYNE — éthologue masculin spécialiste des dauphins à la Pointe du Bec (*Homo sapiens sapiens*)

MR MCVEY — éthologue masculin spécialiste des baleines à la Pointe du Bec (*Homo sapiens sapiens*)

JACK — chimpanzé mâle éduqué (*Pan troglodytes troglodytes*)

ELLIOTT — chimpanzé mâle en captivité (*Pan troglodytes verus*)

EMMA — chimpanzé femelle en captivité (*Pan troglodytes verus*)

PONGO — orang-outan mâle éduqué (*Pongo pygmaeus*)

JOHN — dauphin commun à bec court mâle (*Delphinus delphis capensis*)

LILLY — dauphin commun à bec court femelle (*Delphinus delphis capensis*)

CARUSO — baleine grise mâle (*Eschrichtius robustus*)

BOB BEAMON — baleine grise mâle (*Eschrichtius robustus*)

CAPITAINE ZIPPER — baleine grise femelle (*Eschrichtius robustus*)

FENG PO-PO — baleine grise femelle, fille de Beamon et Zipper (*Eschrichtius robustus*)

MICHAEL — étudiant masculin au Zoo, fiancé de Janet (*Homo sapiens sapiens*)

MR PETER — éthologue et linguiste en résidence, père de Michael (*Homo sapiens sapiens*)

SINDHU — étudiante féminine au Zoo (*Homo sapiens sapiens*)

NAOKI — étudiant masculin au Zoo (*Homo sapiens sapiens*)

MEHDI — étudiant masculin au Zoo (*Homo sapiens sapiens*)

LI YANG — étudiant masculin au Zoo (*Homo sapiens sapiens*)

FIDÈLE — chien mâle bâtard (*Canis lupus familiaris*)

MILLE COULEURS — perroquet gris mâle du Gabon (*Psittacus erithacus*)

MONSIEUR LE JARDINIER DU ZOO (*Homo sapiens sapiens*)

UNE FOURMI (*Petalomyrmex phylax*)

DES FOURMIS (*Tetraponera*)

KING — lion mâle (*Panthera leo*)

MACACAS — multiples macaques berbères aculturés (*Macacae sylvani*)

ELLE-SHEE — bonobo femelle (*Pan paniscus*)

BOBBY — bonobo mâle (*Pan paniscus*)

OLD BOB — vieux bonobo mâle dominant (*Pan paniscus*)

BOBETTE — bonobo femelle dominante (*Pan paniscus*)

L'ADMINISTRATEUR — gestionnaire masculin du Zoo depuis une station orbitale (*Homo sapiens sapiens*)

DOS D'ARGENT — gorille mâle en captivité (*Gorilla beringei graueri*)

DINAH — chimpanzé femelle éduquée par Diane Evans, mère de Doogie (*Pan troglodytes troglodytes*)

LÉONARD — chimpanzé mâle génétiquement modifié, père de Doogie (*Pan troglodytes troglodytes*)

L'ANIMAL — leader des révoltes animales (*?*)

Un être humain prend la parole…

C'est ma nature, hélas. Je pense toujours à moi et aux autres en éthologue, quoi que je fasse.

C'est pourquoi je crois comprendre mon comportement et savoir dans quelle mesure ma compréhension ne l'affecte et ne l'arrange souvent guère. Mais ce qu'a été ce singe pour moi et ce que j'ai été pour lui, je ne me l'explique pas. Je fus la dernière héritière d'un mouvement sinueux par lequel, humains que nous sommes, nous nous opposâmes aux autres animaux, pour parvenir au point paradoxal où nous en vînmes à réaliser pourquoi et comment nous leur appartenions pourtant. C'est bien tardivement qu'il nous a été loisible de nous comprendre parmi les animaux et de comprendre l'animalité en nous. Nous avons découvert au crépuscule de notre histoire que nous étions également une espèce et qu'ils étaient également des individus, à défaut de toujours pouvoir être des personnes. Les bêtes… Nous les avons détestées et nous les avons aimées, domestiquées, torturées et caressées, nous leur avons donné des noms latins, nous avons décrit et minutieusement expliqué de quelle façon elles se comportaient, sans espoir qu'elles nous montrent jamais d'elles-mêmes ce que nous sommes, sans espoir qu'un jour elles nous pardonnent. Nous avons saisi si tard les différences au sein d'une même espèce, l'adresse et la maladresse de chacun, la culture de plusieurs, le génie singulier de certains.

Et parfois nous avons ressenti trop fort le désir de les faire évoluer, de les entendre enfin nous parler. Car nous sommes seuls, grands bavards de la Création.

Qui sait pourquoi nous voulûmes alors faire d'eux nos enfants ?

Pour partie parce que en les modelant à notre image nous souhaitions devenir les dieux dont nous imaginions qu'ils nous avaient faits à la leur ; mais aussi parce que, en les comprenant, nous rêvions de retrouver jusqu'où et comment nous étions, comme eux, des animaux.

C'était entre les deux.

Entre le Dieu et la bête jadis, entre l'animal et les machines aujourd'hui, je suppose... Je crois que l'être humain n'est jamais qu'entre-deux à ses yeux, et qu'il le restera...

Habitée que j'étais par cette conscience flottante, remontée à la surface, de notre statut amphibien, plongée dans l'eau croupie de ce que nous sommes et respirant l'air faisandé de ce que nous faisons, qu'est-ce qui m'a poussée à m'occuper de cet être d'une autre espèce que la mienne comme si j'avais l'occasion de le hisser jusqu'à moi ? Comme s'il avait par la même occasion le pouvoir de me sortir de mon humanité moisissante pour me montrer qui nous sommes, vus du dehors, nous les hommes...

Est-ce une dette contractée lorsque, en évoluant, il nous a fallu les nier, opposer notre nature à la leur ? Est-ce que nous paierons tôt ou tard cette dette qui n'existe que dans les comptes que nous tenons, et certainement pas dans ceux qu'ils ne tiennent jamais, entre eux? Mais comment? En les guidant vers nous? En revenant vers eux? En les laissant sans nous n'être qu'eux-mêmes? En leur donnant des droits qu'ils ne prendront pas, indifférents? En assumant désormais nous-mêmes tous les devoirs, les nôtres comme les leurs? Je ne sais ce que sera l'animalité pour mes enfants, pour les suivants. Un vague souvenir de musée, ou bien de nouveau quelque chose de vivant?

Je m'y perds.

Plus j'ai étudié et fréquenté *l'animal*, moins je pense savoir ce que c'est, d'où ça vient et où ça va.

Ce ne sont rien d'autre que des notes confuses jetées sur le papier, à la dernière page de mon ultime carnet, avant que ce petit livre ne retourne dans le vieux coffre de bois du musée, où je conserve mon travail inachevé, sans plus croire qu'il intéressera jamais mes filles, les enfants de mes enfants, car il est trop tard.

À présent, comme une image, un mirage, l'animal disparaît, et ce qu'il est, ce qu'il était, je ne crois pas que je le sais. Tout s'évapore.

En tant qu'éthologue, j'ai échoué.

Il me semble bien que je ne verrai jamais mon humanité de l'extérieur, par les yeux d'un autre, d'un chimpanzé. C'est fini.

Aujourd'hui j'y pense encore mais je n'y réfléchis plus.

Seule sa langue de singe baroque, si proche et si lointaine, un peu plus ou un peu moins qu'humaine, me revient régulièrement en tête. Une langue primitive ou bien futuriste, qui le sait? Par cris, par signes des mains, sur l'écran tactile de son ordinateur d'alors. Des phrases tourneboulées, un mélange idiomatique de sa langue rudimentaire, égayée des tournures précieuses qu'il affectait tant, mâtinée parfois d'un pidgin de fortune, fruit inespéré d'années d'apprentissage forcené, parce que nous le prenions pour un génie, pauvre de lui. Un langage d'une tout autre espèce, peut-être notre dernière chance d'entendre tout à fait de l'étrangeté. C'est ce que je croyais à l'époque. Nous sommes à nous-mêmes bien trop familiers. Voyez comme mon propre discours est empesé, lourd et convenu. Pardonnez-moi et prenez tout ça comme une expérience qui donna naguère son sens à ma vie humaine fatiguée de notre voix monocorde, qui n'avait plus rien de nouveau à mes oreilles blasées. Peut-être cette expérience qui a été la mienne deviendra-t-elle aussi la vôtre, à la longue. Percevoir nos mots, presque les mêmes, dans une bouche pourtant si différente de celle qui abrite constamment notre ridicule babil humain... J'aimerais tant que son patois de bric et de broc résonne de nouveau entre les replis boudinés de mon cerveau humain, civilisé, poli, évolué, las et fini.

Et même s'il est aujourd'hui muet, encore et toujours je l'entends grogner, rire et raisonner. Si je pouvais entrer une dernière fois dans sa petite tête, oh si seulement...

DOOGIE

— Le singe se présente, — Après un long voyage en orbite, il revient sur Terre, — Il se souvient de son enfance et de son éducation au zoo de la famille Gardner, — Frère, mère, père et sœur, — Un discours

Je ne suis qu'un Doogie, je ne suis qu'un monkey. Pauvre Doogie, pauvre monkey. Tout petit tout petit, tout est très grand.

Je suis un grand singe, un chimpanzé, pas un petit macaque, pourtant Janet m'appelle toujours son monkey. Mais quand Janet dit : Doogie, tu es un bon singe. Allez, Doogie, viens faire un câlin mon petit singe, alors je suis content. Doogie tu es malin.

Hélas, quand je me vois dans le miroir, Doogie, je dis à moi-même, tu es singe, tu es monkey. Jamais tu n'es humain, jamais tu ne seras. Sois fidèle à l'humain, Doogie. Je fais la grimace, je suis proche du miroir et je fais : Haouh ! Qu'est-ce que je vois quand je vois moi ? Je vois la tristesse dans le miroir, je vois la joie sur mon œil. J'ai une grande main, mets la main sous ton menton, Doogie. La main est grande, marron d'un côté, rose de l'autre. Elle est posée sur le miroir et je dessine le sourire, sans montrer les dents. Combien grand ton menton, Doogie ! Combien petit ton nez enfoncé, noir foncé ! Combien poilus sont les poils ! Haouh ! Haouh ! Il ne faut pas rire des singes, Doogie. Je fais la menace, regard fixe, sourcils hauts, oreilles vers l'avant, bouche ouverte, narines frétillantes. Il ne faut pas moquer les monkeys, Doogie. Que savent-ils ? Que peuvent-ils ? Vivre et naître dans la Jungle ! Manger fruits, manger feuilles et fourmis, faire des bisous, épouiller, battre, câliner, être petit, avoir des petits. Mais jamais connaître, jamais parler, jamais construire autre chose que feuilles, fruits, branches, nids, arbres et cailloux. Les humains oui.

Tu as de grandes oreilles de chaque côté du crâne, Doogie. Crâne est le cerveau. Non Doogie, cerveau dans le crâne. C'était blague, blague, blague ! Cerveau de monkey, ah, cerveau trop petit...

Mais le cerveau de Doogie plus grand qu'il n'est petit. Doogie, tu es génie. Alors je sais, je souris. Regard fixe, poils vers le haut, langue dehors, lèvre de dessus vers dedans. Hin hin. Quand Janet dit : Doogie, tu es génie comme personne d'autre. Viens donc, Doogie, je t'aime très fort. Oh, Doogie est comme un paradis. Que petits sont tes yeux, monkey, les humains ne savent pas ce que tu as derrière la tête, toc toc toc. Mais derrière les pupilles, je te vois, moi. Je renifle et je ferme la chemise avec les grands doigts de la grande main, les cinq boutons en or creusés par une croix. Je sais, je respire, n'étouffe pas : je ne suis pas beau, je ne suis pas très très beau. Quand Janet dit : Doogie, tu es un beau, un très bon monkey, je sais que derrière mes grands yeux ouverts, dans ses yeux verts, elle ne voit pas l'humain. Je ne suis qu'un Doogie. Ce ne sont pas des cheveux sur mon crâne, sur le crâne sur le cerveau, ce sont poils, poils, poils.

Je suis prêt. Encore un peu de minutes qui sortent clic-clac de la grande montre offerte à Doogie par

Janet, ne la perds jamais, encore un peu de minutes par terre et ce sera le début. Il faut aujourd'hui et demain être beau, peigner les poils, laver les mains, les glandes dans le cou, sur la poitrine, sous le bras, dans le cul. C'est une aventure très grande, Doogie, qui t'attend. Je ne sais pas. Il faut être fidèle à l'humain, l'humain doit savoir, et toutes les choses, tout ce qui est grand est à lui. Le langage à l'humain, les étoiles, la Terre, savoir, pouvoir, tout est à l'humain. Je sais, je sais mais Doogie ne peut pas. Rien n'est au monkey sauf la Jungle. Je parade chemise blanche repassée, le gilet noir et les cinq boutons d'or gravés de la croix, pantalon toile gris à deux plis. Est-ce que tu es beau, Doogie ? Non, non, non ! Mais je parle comme l'humain, relève l'ourlet, ferme la braguette, tu es digne, j'ai moins de poils quand j'ai plus de vêtements. Parfois heureux, parfois triste, c'est ma vie, c'est monkey.

Veuillez m'excuser du parler : je dis beaucoup de mots trop petits pour beaucoup de cerveau trop grand dans mon crâne. J'espère comprendre, apprendre, j'espère dire. J'espère un jour tout ce qui est grand sera petit dans les mots qui sortent de la bouche que j'extrais par la grande main. Vous regarderez dans le crâne de Doogie, dedans vous verrez sortir par la bouche tout ce qui est grand, hier, aujourd'hui, demain, le monde.

Je saute de la chaise, je suis heureux, tout le monde aime Doogie et je suis si petit dans le miroir, tout est grand dehors mais tout est grand dans ma tête.

Il est temps pour le discours : faites-moi la place nette !

Madame, monsieur, mesdemoiselles, cher très cher respect,

Comme vous le pouvez constater, je ne suis pas comme vous, mais je fais presque comme vous. Je suis d'espèce Pan troglodytes troglodytes, pour vous servir. Mon nom est Doogie, ma nature est chimpanzé commun, mais j'ai la culture humaine. Hmm hmm. Vous autres humains qui loin de la Terre planète vivez, sur ces grandes stations au milieu beau des étoiles éclatantes, vous vous demandez : Qui est ce singe génie si fameux auquel il fut appris de se vêtir, d'écrire, de lire et de parler ? Loin dans le fond de la Jungle, pardonnez mon parler, au très profond des si grandes forêts de la planète de Terre et du continent, que vous autres des humains avez laissé reposer dans la jachère, je fus né chimpanzé, singe et pour vous servir. Mais malheur de tristesse, il rôde des bûcherons dans la forêt du tropique, entre les bananiers, des braconniers. Ils marchent dans la forêt, longue leur barbe, beaucoup de fusils, ils tuèrent les Doogies. Ils tuèrent un jour mon père, mort. Ils tuèrent un jour ma mère, morte. Doogie est triste, il est jeune. Doogie pleure. Il n'est qu'un Doogie, pauvre monkey. Seul un jour, seul deux jours. Il n'a que lui à serrer entre ses bras, il met dans la bouche ses doigts, ses pieds, comme un animal, il cherche à rassurer le petit monkey que tu es. D'abord il crie, il agite les bras puis il retombe, tout seul tout court, le cœur fait tac tac lentement, le froid partout dans son corps, le sommeil est parti. Il est vide et c'est fini. Trop petit pour devenir grand.

Alors monsieur le directeur Gardner le très grand directeur du zoo de la Terre avec moustache est passé près de moi, avec la compagnie d'hommes scientifiques, gentils, ils ont dit : Mauvais sont les bûcherons, les braconniers, pauvre Doogie, c'est un tout petit monkey et ils m'ont recueilli. Monsieur Gardner le directeur est un homme humain, c'est un homme scientifique, avec une moustache, qui étudie, beaucoup chaque jour, il réfléchit. Il avait sa femme, madame Diane, et il avait sa fille aussi, Janet.

Mais madame Diane avait donné la naissance d'un beau très beau petit bébé humain, du nom de Donald, frère de Janet. Monsieur Gardner directeur a dit : Il faudra donner de l'éducation à Donald et Doogie, exactement pareil, et ce sera une éducation d'humain. C'est l'expérience. J'étais comme leur bébé. Quand Donald mangeait, Doogie mangeait. Si Donald cuillère, Doogie cuillère. Quand Donald jouait, Doogie jouait avec lui et Janet était toujours notre amie. Mais quand Donald a dit des mots qui sont sortis de sa bouche, Doogie n'a rien dit, il est resté muet. Je ne suis qu'un monkey, je ne parle pas les mots de la bouche. Doogie extrêmement triste. Monsieur Gardner a réfléchi beaucoup, avec la moustache, avec la science, il est venu dans la grande chambre blanche de Doogie et de Donald, il s'est assis à côté du grand lit sur la couverture à carreaux : Ce n'est pas grave parce que ça n'a pas d'importance, Doogie. Tu dis les mots avec tes mains, regarde, ta très grande main, et j'ai appris à sortir les mots de la pauvre bouche avec les mains. Quand je vous parle à vous autres, ici présents parmi nous, je fais Haounhh avec la bouche et Hiiii hiiii, et Hon, mais il y a beaucoup trop de mots dans le cerveau du crâne de Doogie qui descendent dans mes mains.

D'abord j'ai appris à sortir mille morceaux de couleur de plastique pour chaque mot, le nom, le verbe et l'adjectif. Ensuite, pour l'anniversaire de Doogie, j'ai trouvé dans le papier cadeau de monsieur Gardner l'écran et le clavier des mille fois mille symboles, puis la grammaire du grand livre de Janet et j'ai rentré les signes des mots des lettres les uns dans les autres, avec le mouvement des mains comme ceux d'entre vous des humains qui n'ont que silence et chut.

Doogie heureux. Monsieur Gardner, madame Diane et Janet aussi, historique, Doogie tu es génie, ils ont dit. L'expérience est un grand succès, c'est réussi, il faut l'annoncer. J'ai tellement aimé faire les signes de parler les mots et j'ai appris, toujours apprendre, jamais savoir. Doogie a fait des efforts, beaucoup d'efforts, toujours des efforts, être debout, faire pipi et caca, torche le papier, pardonnez mon parler madame monsieur, dans le pot, jouer avec les cubes, manger ta soupe et tenir droit. C'est l'éducation et j'ai l'éducation, pour vous servir, madame monsieur.

Doogie n'est pas qu'un chimpanzé, vulgaire chimpie, il est malin plus malin que les autres. Donald ne va pas bien, Donald est jaloux, il tape Doogie avec les cubes. Il trouve des pièges. Il dit que Doogie a fait le pipi sur le tapis. Il prononce les mauvais mots, il n'a pas les bonnes notes. Mais il est l'humain. Doogie n'est qu'un animal. Malheureusement, quand il a cinq années qui sont tombées du calendrier, Donald est une maladie. Il est tout blanc, il a des points rouges, peut-être Doogie a-t-il donné la maladie. On ne connaît pas la maladie. Donald est parti. Tout là-haut, il est au Paradis, plus haut que les étoiles je crois. Madame Diane pense que Doogie est responsable, elle a la colère, monsieur Gardner directeur de la science protège Doogie, Janet aussi.

Beaucoup de chagrin triste, madame Diane ne met plus de nourriture dans sa bouche dans son assiette elle reste au lit les yeux rouges, elle refuse de voir Doogie, il est responsable, mauvais monkey et finalement c'est le Paradis pour elle aussi.

Ainsi j'ai grandi, au Zoo, avec pauvre monsieur Gardner et la moustache blanche de chagrin et Janet mon amie. Quand vingt années sont tombées du calendrier, monsieur Gardner était triste et raide, il avait la vieillesse sur le crâne, et Janet a envoyé Doogie ici pour une tournée internationale dans les étoiles, dans toutes les stations orbitales, sur la Lune et dans les villes en suspension des humains ainsi que chez vous, ce soir, madame monsieur, afin de faire la preuve de l'éducation de monsieur Gardner Evans qui est un succès réussi, de la science du Zoo dans la vaste Jungle de la Terre votre ancienne planète en jachère, et afin de récolter l'argent des mécènes très riches du projet, s'il vous plaît.

Madame monsieur, devant vous le singe éduqué, merveille des merveilles. Je suis chimpanzé, mais toujours fidèle à l'humain. La Nature fait, l'homme refait, dit le monsieur Gardner Evans, et je vous en remercie de votre attention avec l'expression des salutations de mon respect, très cher respect, en souhaitant plaisir et bonheur à la belle aventure et peut-être le Paradis à la fin. Donnez l'argent comme il vous plaît de vouloir à la sortie de l'entrée, pour le projet et pour l'idée, puis vous verrez.

Madame et monsieur aussi, que le spectacle tombe de mes mots, me voici tout simplement monsieur Doogie.

TERRE

— Après le discours, la mélancolie, — Le singe accompagné par Michael s'apprête à atterrir, — Un accident survient, — Il se souvient de la première fois qu'il a aperçu Janet, son éducatrice

Combien de fois, cent fois j'avais prononcé des discours devant les humains habillés assis dans les fauteuils de velours qui m'applaudissaient. Monsieur Doogie ! Tous les humains vivaient en l'air dans de très grandes stations orbitales comme la serre principale du Zoo, des colonies sur la Lune, après qu'ils ont diminué leur ça s'appelle une population. J'ai vu la station New York, la station Delhi, Tokyo, Londres et Paris. Chaque fois, toujours Doogie. Le soir, seul, après que les grandes réceptions qui brillent sont finies, mangés les gâteaux avec la crème, bu le champagne avec les bulles, Doogie se déshabille sans être aidé, il éteint la lampe de chevet comme Janet l'a appris en disant Bonne nuit avec la main et non, Doogie, tu ne dois pas faire Houn Houn avec la bouche dans le noir pour t'exprimer. Est-ce que je fais ça, moi ? Sois fidèle à l'humain, Doogie. Je regarde non sans une mélancolie par la grande fenêtre ronde scintillante l'univers noir, Janet est restée là-bas au Zoo sur la Terre ancienne. Elle m'attend. Lorsque je rentrerai, avec Michael, Sindhu,

Naoki, avec l'argent dans le coffre fermé dans les mains en souriant, je descendrai du navire par la passerelle d'acier, le très grand navire de métal en forme de tortue qui me ramène au Zoo, je tomberai tout de suite dans ses bras et elle me dira : Oh ! Doogie, quel bon monkey tu es, tu m'as tellement manqué, petit singe. Elle a les deux mains longues, la couleur de la peau de l'abricot lorsqu'il est mûr, une bague très fine très ronde qui tourne et brille, elle caresse la nuque de Doogie en parlant, elle gratte les poils, elle cherche les poux en riant mais il n'y en a pas grâce au shampooing, elle le serre dans les bras comme quand j'ai eu peur et alors je pleure.

Bientôt le Charles Bigleux atterrit : par le hublot bleu je vois l'eau et la mer, le vent qui zigzague les vagues, la lumière qui dessine des croix et la planète Terre. Combien grand, rapide et humain le Charles Bigleux technologique vole des étoiles à la planète de la Nature ! Je vois encore à l'intérieur de mon cerveau la grande forme du Charles Bigleux comme une tortue, le navire vaste comme mille fois Doogie sur le sol allongé couvert d'une carapace verte renforcée, pour le protéger lorsqu'il y avait la guerre, Doogie, c'est un vaisseau militaire. La guerre de la violence est finie, les humains sont dans les étoiles. Naoki qui conduit est un grand garçon maigre du Zoo, un étudiant jaune de monsieur Gardner qui pilote le Charles Bigleux avec son casque et les manettes. Sindhu est une infirmière qui prend soin de Doogie : Doogie n'a besoin de rien. Elle a les mains courtes sans les ongles, un bracelet et elle n'a pas les seins. Janet a les seins. Aucune fille n'est belle comme elle.

Michael est le fiancé de Janet. Oh non ! Oh, Doogie n'aime pas vraiment Michael. C'est un beau, un très très beau Mickey. Il est gentil. C'est l'étudiant favori du monsieur Gardner, mon père. Doogie voudrait avec une pierre pouvoir lui casser les dents, il ne sourira plus blanc brillant. Il faut couper son sexe avec les ciseaux clac. Doogie, s'il te plaît ! Sois gentil avec lui ! Arrête ça, tu es un mauvais monkey. Alors Doogie montre les dents, il remonte sa culotte, il donne la main à Michael qui me caresse le crâne. Doogie déteste le haut du crâne, il faut que Janet me fasse le câlin de la nuque pour chercher les poux qui ne sont pas là, merci le shampooing. Michael ne fait pas ça : à quoi bon chercher les poux si le singe est propre ? il dit. Michael n'a pas compris. Mais Doogie est si petit, il faut découper une moitié de singe, la poser sur mon crâne pour être grand comme Michael blanc des yeux bleus.

Michael m'appelle : Doogie, viens ici ! Bientôt l'atterrissage, il faut se préparer, boucler la ceinture ! Viens au pilotage boucler la ceinture. Boucler la gueule, boucler ta gueule. Doogie ne veut pas. Je cours vers le double vécé du fond du couloir des néons, viens me chercher, hin hin. Je boude fort regard fixe, sourcils levés, narines gonflées, tête relevée, les paupières qui clignent. Oh, ma chemise est tachée d'une tache. Deux taches. Trois fois. Je pose le doigt sur la tache d'huile beurk et je sais entendre en même temps Michael qui me cherche avec la patience dans les chambres, pendant que Naoki et Sindhu pilotent le Charles Bigleux sous le bruit du moteur qui crie vers la grosse planète de l'Afrique.

Doogie, lève la tête. Le liquide du miel des moteurs tombe des gouttes au-dessus de moi qui ploc ploc. Qu'est-ce que... C'est le compartiment de... dit Michael très fort avec la bouche, de l'autre côté du couloir du double vécé. Et boum ! Tout explose autour de Doogie, pauvre singe, tu n'as rien su compris et déjà le noir du crâne ferme tes trop petits yeux.

MÉMOIRES

Quand j'ai ouvert les yeux, une grande petite fille châtain rousse à nattes m'a attrapé dans les bras. Je ne me souviens pas de mots de ce moment-là, mais je suis certain de m'en souvenir au moins une fois par jour depuis.

Oh ! Qu'il est mignon ! C'est un monkey !

Non, Janet, ça s'appelle *ape*. C'est un grand singe, c'est un singe de l'Ancien Monde. Les petits singes, les monkeys, sont des singes du Nouveau Monde, comme Ouistiti et Atèle dans les cages du Zoo. Les petits singes ont des queues, les grands singes, les *apes*, n'en ont pas.

Mais il est tout petit. Mais Daddy... Regarde, il est si petit... C'est un monkey.

Elle a les jambes couvertes par la couverture chaude comme une fourrure de pelage à carreaux rouges et bleus. Elle porte une chemise parfaitement blanche, elle a lâché sa grosse peluche noire de panda pour moi, elle caresse mon crâne, mais j'ai trop peur. Je ne la connais pas, je ne sais pas qu'elle est Janet. Depuis quelques heures, je n'ai plus de mère plus de père. J'épie en tremblant le grand lit de bois des troncs de pins de la forêt, posé sur le tapis tout rond marron qui recouvre le sol qui grince sous les pieds, dans les chaussures de cuir de monsieur Gardner la moustache. Il fait noir c'est noir.

Ce n'est pas un jouet, ma chérie. C'est un petit singe, un pauvre Pan troglodytes troglodytes deux fois. Je l'apporterai demain au labo avec les gars. On s'occupera de lui en même temps que de Jack, Elliott et les autres. Il est trop tard ce soir pour descendre de la colline. La poursuite nous a épuisés.

Oh Daddy ! Je t'en supplie. Janet pleurait presque en se relevant doucement sur ses deux genoux, les mains jointes. Elle parlait en chuchotant à voix basse.

Il a si peur, c'est mon monkey, Daddy ! Est-ce que je peux le garder ? Je veux m'en occuper ! Est-ce que je peux ? Oh, il a tellement besoin de moi !

Le père monsieur Gardner n'a pas allumé la lumière, debout dans l'embrasure de la porte en tronc de chêne, il a regardé les étoiles loin derrière le store vénitien de la fenêtre découpée en quatre carrés, juste au-dessus du bureau de bouleau dans l'ombre si soigneusement rangé de Janet la petite, sur lequel repose un bouquet de fleurs blanches ramassées dans les prés de la colline. Il s'est mouché, il a dit :

D'accord, chérie, pour cette nuit.

Elle m'a serré si fort dans les bras sous la chemise au col décoré de fleurs violettes dessinées, j'ai tremblé, elle m'a caressé la nuque avec la peau de sa main qui sentait le fruit, comme dans une fourrure elle a cherché les poux, il faut te laver tu dois être propre propre propre comme une peluche, monkey, elle a dit contre ma petite oreille rose : Chut ! Monkey ! Tu es un gentil, tu es bon très bon singe, tu es mon singe. Je veux que tu sois heureux dans mes bras.

J'ai cligné des grands yeux noirs, sous le sourcil de mon front. Elle a murmuré : Tu dois sentir bon comme un bébé, je vais te chercher une de ses couches, comme ça tu ne feras pas pipi au lit... Elle s'est levée sur la pointe des pieds pour ouvrir la grande porte noire en chêne à côté de la bibliothèque des livres d'images.

C'est alors qu'il s'est réveillé et qu'il a hurlé, et je l'ai vu.

CRASH

— Le singe se réveille, — La navette s'est écrasée sur une rive déserte du continent africain

DE LA JUNGLE

Quand j'ai ouvert les yeux, ma chemise blanche était toute tachée. J'ai pensé : Oh non non non. Janet est très fâchée. Doogie, tu ne sais pas te tenir. Ma grande main j'ai posé sur le crâne et j'ai fait : Ouille ouille ouille, parce que Doogie avait mal au cou, au ventre, aux très grands pieds, aux deux genoux.

Doogie, j'ai dit à toi-même, tu es coincé complètement dans le petit cabinet. Le mur de métal qui brille est découpé comme par un ouvre-boîte de conserve, une poutre qui a la couleur des yeux de Janet quand il fait soleil a traversé le plafond, elle est tombée à deux doigts de Doogie de mes jambes. Oh, heureux très heureux que Doogie ait de telles petites jambes ! J'ai tant d'effroi. Haooooounh ! Je tambourine contre la boîte cabossée de la pharmacie à la croix verte qui soigne en tôle et en argent, je pousse un cri, deux cris. Michael ! Mais le mot de Michael ne tombe pas de la bouche blessée de Doogie. La dent est dans la lèvre, et le cerveau ne sort jamais tout seul par la langue. Il faut que tu lèves tes deux fesses, si tu attrapes au-dessus de ton crâne la poutre, après quoi tu remontes jusqu'à la porte coupée en deux. Mais la main à la gauche de la droite est coincée sous le réservoir d'eau blanc d'émail, couvert de poussière, effondré à la droite de la gauche de Doogie. Oooouuh, Doogie a très mal jusqu'au cerveau ! Il lève l'autre main, il remonte la manche comme il faut de la chemise couverte de taches d'huile de rousseur, mais hi hi hi c'est trop court. Doogie remue alors tous les doigts les uns après les autres dans le vide. Ce n'est pas la peine ! Doogie seul, Doogie tout seul, Doogie abandonné va au Paradis qui n'existe pas.

Janet.

Sur la poitrine de Janet quand le soleil est très haut, moins que les étoiles de la nuit mais plus que la Lune et les stations orbitales, il fait chaud, un, deux, trois, mille taches de rousseur sur la peau de Janet il y a. Elle enfile un mouchoir propre à carreaux rouges sur ses cheveux, elle étale la crème sur sa peau et elle dit : Pas pour toi, Doogie, tu as les poils. Doogie a essayé de s'épiler. Doogie qu'est-ce que tu fabriques, petit singe idiot ? Ma crème, ma cire, mon rasoir ! Tu es puni, mauvais monkey. Oh, mon pauvre pauvre Doogie, mais je t'aime avec tes poils, viens donc faire le câlin.

Sois malin, monkey ! Combien de tests, combien d'expériences Doogie n'a-t-il pas réussis ! Toujours la meilleure note, le meilleur Doogie. Et après, Doogie, tu as mérité le câlin.

J'ai serré la poutre avec le pied, le pouce placé à l'opposé des autres doigts du pied, le fer est si froid sous la plante du pied de Doogie. Hi hi. Doogie, je ne suis pas contente de toi, dit Janet quand elle fronce les sourcils, et quand il fait froid il fait froid dans le cœur de Janet, alors il n'y a plus zéro tache de rousseur sur la peau blanche, je suis très en colère : n'utilise pas les pieds quand tu as des mains ! Si ça continue, il faudra te couper les pieds, stupide ape que tu es. Si Janet dit ape, elle n'aime pas Doogie. Parle avec les mains, tu as compris, mange avec les mains, les pieds c'est pour marcher. Et Doogie baisse la tête. Pas les pieds.

Je regarde à gauche, je regarde à droite de la gauche : Janet n'est pas là. Je pose le deuxième pied et je grogne. Hmmmh, Doogie. Janet a dit, qu'est-ce qu'elle a dit, oh rien monkey, si je n'étais pas là, je suis peut-être transparente, je suis dans l'air, hop, personne ne me voit et certainement pas toi, mais moi je te vois, petit malin. Si tu fais une bêtise parce que je ne suis pas là, si tu utilises tes pieds, j'ai juste tourné ma bague, Doogie, regarde ma bague, et je suis devenue... la femme invisible. Haounh. J'ai fermé la bouche, j'ai laissé retomber les poils et j'ai fait le crapaud aplati pour m'excuser. Oh mon pauvre singe, je ne veux pas te faire du mal, viens embrasser ma main. Alors Doogie est un Paradis. Plus tard, Janet a ri : Doogie, c'est pour t'expliquer la morale, quand je ne suis pas là et que je te vois, c'est qu'il y a une caméra. La morale, c'est caméra, tout le monde sait ça.

Caméra-ci, caméra-là, Doogie vérifie que dans la toilette il n'y en a pas. Mais il y en a toujours. La morale ne part jamais. Il excuse Doogie dans son cerveau auprès de Janet, et je serre les deux pieds sur la grande barre, au-dessus de moi, je dégringole, les paquets de plâtre sous mon cul s'effondrent, je suis suspendu la tête en l'air. Houh ! houh ! Doogie ne fais pas le singe. Je me rattrape avec les mains, parce que les pieds du singe n'ont pas l'habitude, ils ont mal de trop serrer, ils sont faits pour marcher.

Suspendu sur un bras, suspendu sur l'autre bras, j'ai touché la porte. Toc toc toc. Il faut frapper, Doogie. Je pousse et tout est cassé. Doogie, tu es tout endolori. J'ai posé la grande main sur la nuque et quand je vois la main, il y a une goutte de sang.

Oh oh oh, Doogie n'aime pas le sang. Il a peur, à quatre pattes, il respire mal, dans le couloir tout noir du grand navire Charles Bigleux. Michael, où est Michael ? Où est Sindhu ? Où Naoki ?

Doogie se recroqueville, il montre les dents, méchant méchant, mais non, il n'a pas peur, il est tout petit, où sont tout le monde ?

Clac ! Un long tube jaune très important se détache, il cogne le dos, Doogie sursaute, à quatre pattes, redresse-toi, je glisse sur la peau du cul et le long très long couloir sans aucune lumière tombe lentement en grinçant, je roule comme dans le toboggan du jardin de la colline du Zoo, au bout du bout à la fin, je me suis blessé contre une multitude de petits triangles de verre plantés dans un fauteuil matelassé d'atterrissage qui est déchiré, couvert de mousse. Doogie pose le pied, il sursaute, ses deux fesses sont piquées comme par le cactus au Zoo, dans la fosse des lézards petits et gros. Maintenant il a les pieds au chaud mais il tâtonne encore avec le bout des mains, sur du sable doux, tiède, c'est si bon. Hmmh, Doogie aime le sable des plages et des bacs pour jouer, c'est comme une maman, mais sous le mur noir de travers et les fils tranchés suspendus, je vois de la lumière. Tout tordu, Doogie rampe et il crie Hiouh, parce que le verre fait mal à mon dos, il pique comme une fourchette et le gilet s'est déchiré une fois, deux fois. Mais lorsque Doogie sort, le soleil est tellement grand, rond, jaune et blanc, je ne vois rien.

J'ai mis un doigt sur chaque œil contre le nez, comme quand le singe avec Janet se cache la tête sous une feuille de bananier pour le colin-maillard. Et quand j'ai regardé en clignant les paupières, j'ai vu l'oiseau mille couleurs dans le ciel sans un seul nuage, les grands rayons du soleil comme la roue de la bicyclette qui est tombée, roule, roule, roule, au-dessus du désert puis de la forêt verte épaisse et qui bruisse, et comme une cigarette dans le cendrier de monsieur Gardner, la fumée grise qui montait du Charles Bigleux coupé en deux, le navire de l'air et de l'espace en forme de tortue, écrabouillé, cassé tel le jouet de Donald sur le plancher. À dix pas de course de Doogie, il y a du feu qui brûle la fumée noire.

Michael crie.

MICHAEL

— Le singe sauve Michael des flammes, — L'homme va mal, — Le singe trouve une carte, — Le point sur la situation, — Nostalgie seul au bord de l'eau

DE LA JUNGLE

J'ai couru à deux pattes vers lui en poussant des cris : détresse, détresse, peur, danger, bien fait pour toi, malheur, malheur. Je lui ai tendu la main, parce qu'il était Michael et que Michael a l'autorité sur Doogie comme Janet et monsieur Gardner lui-même l'a dit. J'ai traîné l'humain sur la plage du crash.

Michael passe sa langue rose sur ses deux lèvres qui gonflent, il voudrait faire tomber un mot ou deux.

Doogie, grand singe...

Mais quand le mot tombe, le son est déjà cassé et Doogie ne comprend rien. J'ai de l'excitation dans les pattes, tant et si bien que je tire lui, puis ses épaules, sa chemise en lambeaux et il pousse un cri. Douleur douleur. Il faut soigner.

Doogie, il dit. Tu ne dois pas aller... au Zoo. Il ne faut pas aller au Zoo, c'est...

J'ai posé en soupirant la grande main sur son

front, paf comme une claque, mais pas méchant, Doogie, sois fidèle à l'humain, et le sang du dedans tombait quand même par terre. Si ça continue, Michael sera vide, comme une flaque.

Tu ne dois pas aller au Zoo. Tu ne sais pas ce que...

Pas savoir, rien comprendre, mauvais chimp. Ah là là, fermer la gueule fermer ta gueule, je soigne ta tête. Je lui ai posé la grande main sur sa bouche sèche, le parler fatigue le parleur, trop de fatigue plus de fatigue et c'est le Paradis s'il existe, Michael tu vas dormir.

Écoute-moi, Doogie. Laisse-moi là. Je t'en prie. Laisse-moi tomber, il y a...

Il a levé la tête en poussant le menton en direction de Doogie accroupi qui lui caresse la joue.

Va-t'en, méfie-toi et fais attention à... eux... eux...

Il a répété, pendant que je regardais derrière moi les grands arbres décorés de touffes et de houppettes, les oiseaux tournoyant dans le grand silence et la fumée.

À eux. Fais attention... à...

Et il s'est endormi.

Pas aller au Zoo ? N'importe quoi, n'importe quoi. Michael ne veut pas que Doogie retrouve Janet, oui. Mauvais Michael... Mais. Doogie abandonne Michael, Doogie marche et Doogie rentre tranquillement au Zoo. Janet dit : Doogie, monkey, tu me manques tellement, elle caresse Doogie et c'est le Paradis. Mais. Janet fronce les sourcils et demande : Où donc est Michael, Doogie ? Ah là là... Haounhn ! Janet te voit : Doogie, qu'est-ce que tu fabriques ? Tu dois être fidèle à l'humain. Il faut trouver le Zoo, il faut ramener Michael et... les autres.

J'ai regardé partout. Feu, cendres, fumée, métal, Charles Bigleux découpé. Il n'y a ni Naoki ni Sindhu ni personne. Michael dort vraiment bizarrement. Doogie a remonté les ourlets de son pantalon, il a craché dans les paumes de ses deux mains avant de taper le petit feu avec la couverture en poussière et de soulever les fauteuils à accoudoirs, les poutres, les portes, comme le mikado.

Et puis j'ai poussé Michael loin d'ici en tirant, les babines retroussées, han han, sur le sable, le soleil tombant, la forêt a fait du bruit et le feu est fini, pschitt, lentement. J'attends les secours en comptant les galets ronds, un, deux, trois, cinq, dix.

J'attends un jour, et Michael dort, je mange les provisions, je tiens la nuque de Michael et l'eau sur ses lèvres dans sa bouche, le ventre dit glou-glou. Je place sur Michael des vêtements trempés avec la bassine sous le tuyau cassé, il dit des mots qui ne viennent pas du cerveau. Malade maladie.

J'attends deux heures. J'ai faim.

J'attends trois heures.

J'attends cinq, j'attends pas dix.

Où sont les secours ? Doogie fatigué. Je cherche farfouille dans le sac de cuir de Michael et j'ai trouvé. J'ai pris dans la main en serrant une poignée de papiers dessinés et écrits, je les ai posés sur le sable du sol.

J'ai tourné et retourné une carte postale du Zoo, une image des cages l'été sous le soleil, repeintes en blanc quand madame Diane voulait que le Zoo soit beau, le comptoir d'entrée était décoré, le lion King veillait derrière les barreaux au fond des baraques de l'accueil. De l'autre côté, j'ai déchiffré des mots tombés de la main de Michael, j'ai reniflé l'encre bleue et j'ai caressé en grognant le mot que je connaissais comme un visage toujours le même : Janet. Hélas, je n'ai pas la lecture, même si je connais le mot du nom de « Janet ». Je n'ai pas compris, pauvre Doogie, pauvre monkey, les mots du papier ne peuvent pas remonter des yeux du chimpie au cerveau trop petit.

J'ai sorti une carte fripée comme une photo dessinée vue d'en haut du vaisseau Charles Bigleux, pliée en quatre fois quatre seize parties déchirées. Je l'ai dépliée avec beaucoup du soin dont les cartes ont besoin : sois malin, Doogie, c'est un plan. Une carte comme celle au-dessus du grand bureau de Janet le printemps lorsque la lumière passe à travers les stores vénitiens : Doogie concentre-toi, je vais t'apprendre la carte.

Il faut s'appliquer de beaucoup de concentration. Je ne sentais pas mauvais parce que je lavais Doogie avec le savon de la boîte à pharmacie cassée tombée du Charles Bigleux. Brave savon à la vanille, Janet aime que le singe ne sente pas le singe, c'est la civilisation Doogie. L'odeur n'est pas toujours la civilisation, la vanille parfois oui.

À dix pas de Doogie une grande flaque d'eau claire est à l'ombre des arbres verts. Je me lave le matin, l'eau de la flaque dans les paumes de Doogie sur le visage avec la vanille. Bon singe que tu es mon garçon. Je tire sur le gilet sur la chemise trouée, le trou ce n'est pas la civilisation, remonter les manches parfois oui, pour travailler. Au travail, Doogie. Tu jettes un œil dans la montre de Janet : huit heures sont tombées du haut du cadran de la montre démonstration. Je hume l'air alentour. Le menton qui sent la vanille posé dans la grande main qui gratte, je suis du doigt le contour de la forme du grand continent dessiné sur la carte du plan de la planète, c'est la Terre. C'est le continent, au centre est le Zoo. Au milieu du milieu un rond rouge tracé au feutre usé indique le Zoo de monsieur Gardner Evans, père de Janet. Je réfléchis. Janet a appris à Doogie l'échelle des choses de la correspondance entre la carte et le sol. Si je prends deux barreaux entre deux doigts sur l'échelle mille kilomètres, mille fois Doogie souviens-toi la promenade du soir du comptoir d'entrée du Zoo à la maison Evans sur la colline, alors le Zoo au milieu du milieu du continent est quatre fois mille fois Doogie la promenade du soir à gauche de la grande mer de droite c'est bleu, et quatre fois mille fois Doogie la promenade du soir à droite de la grande mer à gauche, six fois en haut, cinq fois en bas. Et Doogie et Michael sont sur la Terre quelque part sur la carte à côté du Zoo dans la forêt de la Jungle mais où ?

Repère-toi, Doogie.

Je regarde Michael, il porte un cauchemar partout sur sa peau qui sue et il n'est pas très très beau. Hmm, problème. Trop malade et tu finis dans la Terre le corps au Paradis le cerveau aussi, il n'y aura plus de mots. Hmmh.

Il faut que j'amène Michael au Zoo maintenant, Doogie, sois fidèle à l'humain. J'ai marché plus loin que la plage sur un rocher et l'infini c'est la mer c'est la merde j'ai observé. Mais rien.

Au-dessus de l'eau sous les palmes tristes comme les endives cuites au four de madame Diane, Doogie laisse tomber ses grands pieds très laids dans le vide vide vide. Mauvais pieds. Il renifle en cherchant le mouchoir et devant lui dans la fumée blanche de l'eau sans couleur un gros roc gris comme le dos des baleines à côté d'une terre d'îlot gros tel Doogie allongé deux fois. La terre supporte un très vieil arbre mousseux qui a la couleur du givre sur les quatre fenêtres de Noël quand Janet et monsieur Gardner fêtent le père de Noël s'il existe, on ne sait pas. Les aiguilles de l'arbre démontrent le sens du vent qui tourne, flic flic, et des oiseaux au grand bec perchent sous les branches en chantant au-dessus de l'eau. Chant, chant, chant... La musique de l'air des oiseaux, tombée sur l'eau. Doogie ferme les portes des yeux du cerveau et dans la chambre noire très sombre les hivers au Zoo de son crâne il possède les mémoires de Noël quand c'était le Christmas en famille.

CHRISTMAS

— Souvenirs des temps heureux : Noël au zoo, — Le temps qui passe, — Escapades à la Pointe du Bec, — Baleines et dauphins d'antan

MÉMOIRES

Lorsque Noël est enfin tombé du calendrier, le Zoo se vide et les étudiants, les gardiens, les employés repartent chez eux dans les colonies et les stations orbitales afin de fêter un ancien souvenir de l'Humain. Ceux qui n'ont pas ce souvenir restent au Zoo, comme Naoki, Sindhu ou Mehdi.

Alors, au Zoo et dans la grande maison des Gardner et Diane Evans sur la colline d'herbe et de gravier, on entend le silence et les bêtes animaux qui poussent leurs cris au ralenti. Même le lion King bâille. Les visiteurs n'existent plus, au Zoo, il faut faire dodo. Dodo les oies, dodo les phoques, dodo la girafe.

Un Noël, Doogie se réveille dans sa chambre en forme de rectangle, dans son tout petit lit protégé par les barreaux de pin en pyjama, il se gratte les aisselles, il donne un coup de pied dans les peluches de koala et de panda et je grimpe par-dessus le rebord du lit pour courir frapper tout doucement à la grande porte de Janet. Une fleur de pivoine est accrochée dans la serrure de fer forgé.

La porte grince et je grimace en entrant dans la chambre en rampant sur le tapis blanc de laine. Dehors, le soleil tombe de la Terre vers le haut la tête à l'envers, la lumière vole en chassant les moustiques entre les stores de la fenêtre. Doogie ! Janet est réveillée, les cheveux emmêlés en couronne comme une ficelle ou une baguette, les cheveux roux bien cuits, elle porte une chemise parfaitement blanche, pas de taches, et elle court vers moi les pieds nus sur le plancher. Ses taches de rousseur sont allumées, elle est heureuse. C'est Christmas ! Il faut faire tes bagages, petit singe.

Elle m'a pris dans les bras et m'a fait un bisou dans la nuque.

Nous partons pour la Pointe du Bec, monkey !

Je l'ai chatouillée et elle a ri, mais il faut se presser. Donald a crié, il a couru à quatre pattes dans la chambre en pinçant méchamment les mollets de Janet et j'ai vite sauté sur l'étagère en fer en tremblant pour que Donald ne fasse pas de mal à Doogie. Il tenait le grand rasoir de monsieur Gardner à la main.

Crr... ouper les ch'veux, b... r... âtard ! il a dit. Mais Donald bégayait, il avait du mal dans la bouche à parler et avant qu'il ait fini, monsieur Gardner en colère avec la mousse blanche sur sa moustache et ses deux joues, en chemise mal rentrée dans le pantalon, l'a traîné par les épaules en hurlant.

Qu'est-ce que tu fais encore ?

Partir en voyage est un sentiment si excitant. Je m'en souviens. Madame Diane en collants et en foulard était sage et calme et souriante, elle aidait les trois meilleurs étudiants d'elle et de monsieur Gardner pour boucler les bagages des valises du cuir noir, déposer les grosses malles fermées à clé une par une dans le hall au pied des grands escaliers de marbre en escargot, puis conduire la petite voiture à capote pour quand il pleut et charger la cale ouverte du Charles Bigleux. Mais le soleil grimpe le ciel, les animaux sont déjà réveillés, les fauves, le vivarium et les oiseaux de la serre principale, ils sentent l'excitation qui monte avec la sueur et les mots jusque dans les cages blanches au pied de la colline, et bientôt c'est un cri très énorme, toujours plus grand, qui flotte dans l'air tout le temps.

Il fait chaud.

Je dois jouer et aider Donald, parce qu'il a des difficultés. Donald boite de la jambe bien sûr et il parle plus lent que moi. Donald a déjà six années du calendrier et Doogie aussi. La journée, Donald est à l'école qu'il n'aime pas de la colline et Doogie dans le labo sur le carrelage, avec Jack, Elliott, Emma et Pong. Elliott et Emma du labo deux vont avoir un petit, ils sont déjà plus grands que Doogie, mais ils ont il est vrai moins de parler, moins pour l'humain de fidélité. Pong est le Kong, sage et sage et sage, un Pongo Pong Orang-outan roux bientôt vieux, qui ne dit plus rien : peut-être qu'il est le plus intelligent, car il a compris au-delà des mots, peut-être qu'il est le plus bête, hin hin, parce qu'il n'a rien compris sous les mots. On ne sait pas. C'est pour cela qu'il y a les expériences. Doogie a toujours de très très bonnes notes. On dit : Doogie tu es le chouchou, mais c'est jalousie. Doogie, dit Janet, tu es juste chou.

Doogie regarde Pong, sur sa paillasse, derrière la vitre, Pong demande un bout de bois, Doogie obéit. C'est ainsi.

Jack a un peu plus de calendrier que Doogie et c'est un chimp aussi. Longtemps, Jack était le singe préféré pour madame Diane, monsieur Gardner. Jack sait parler plusieurs fois dix fois dix mots, il réussit les expériences, il trouve toujours la banane cachée sous la caisse, il aime lancer, rattraper les balles de base-ball.

Mais Doogie est plus malin que Jack. Jack n'est pas jaloux, il est triste. Madame Diane dit : Il ne sait faire que quelques tours, dire les mêmes mots, banane, balle, trouver sous la caisse, lancer dans la main. Pauvre Jack, il est comme une bête de cirque qui n'étonne plus.

Ah, mais chacun son cirque, Doogie aujourd'hui fait le cirque pour les humains avec le parler. Il le sait.

Et je le savais.

Au dernier moment, dans la soute du Charles Bigleux, monsieur Gardner s'énerve contre son étudiant préféré, il fait transférer les deux aquariums en verre fumé verdâtre de John et Lilly les dauphins.

Quand le soleil est au sommet du ciel, il est temps de partir. Janet porte la robe rouge, madame Diane en pantalon corsaire rassure John et Lilly, deux étudiants occupent Elliott et Jack avec des cubes de couleur et des feuilles transparentes, il faut serrer doucement leur ceinture à la taille en les apaisant et comme Doogie est très sage comme une image, lorsque les moteurs font le bruit qui bouge et fait fumer, il a le droit de se glisser dans le cockpit sous la ceinture de Janet. Il ne fait plus chaud, dedans il fait bon et un étudiant aide monsieur Gardner au décollage, au pilotage, aux cartes vues de dessus et au guidage par le satellite qui se trouve tout là-haut, tourne la tête, tu t'apercevras, il clignote autour de la Terre.

Le Charles Bigleux peut traverser le ciel jusqu'aux stations orbitales qui reflètent la lumière de la Lune et il peut voler comme un avion jusqu'à la Pointe du Bec, à droite très loin du Zoo sur la grande carte en relief.

C'est ici que nous allons, Doogie !

La Pointe du Bec, c'est les vacances. Il fait joli et le sable chaud de la terre dessine des zigzags de dunes, enfin il s'enfonce dans l'eau salée de la mer très bleue très verte. Une grande maison aux carreaux blancs et en palissades de palissandre, c'est l'annexe du Zoo à la Pointe du Bec où habitent Payne et McVey, les deux amis de monsieur Gardner Evans, spécialistes de la haute science des baleines. Les baleines des vacances ! Lorsque les bagages sont sortis du Charles Bigleux en forme de tortue sous la fumée qui fait tousser, empilés sur la terrasse, à mi-chemin de la grande dune au-dessous de la maison, Jack, Elliott, Emma et même Pong en traînant des pattes courent vers le palmier géant et Doogie tient la main de Janet, il regarde précisément s'il n'y a pas de taches sur la chemise, il dit bonjour Payne et bonjour McVey, ils sont très barbes.

Madame Diane s'allonge et le soleil est bas. Monsieur Gardner boit sur la terrasse un alcool bleu à glaçon à la paille. Les étudiants font des nages en maillot en criant Yipee dans les doigts nombreux des vagues qui chatouillent le sable orange, sous le soleil. Janet est toujours en maillot de deux pièces avec les étudiants qui rient, mais Doogie n'ose pas, en pantalon, avec la chemise et la civilisation, dans le sable chaud, il a peur de l'eau.

Doogie, dit monsieur Gardner avec monsieur Payne en se penchant à la balustrade en pantalon short vert de jardinier, tu veux venir avec nous déposer John et Lilly dans la mer, près du Cap ?

Doogie aime beaucoup John et Lilly. John est malin, Lilly aussi. Il tape contre les aquariums avec le bon rythme, dans le bateau à moteur, avant la nuit. Lilly s'approche comme une ombre de la paroi, l'œil rond elle regarde, elle sourit. Iiik iiik. Avec Doogie, ils jouent à qui le dernier.

Doogie fait : Haounhh !

Lilly fait : Iiiik !

Doogie répond, Lilly répond, Lilly répond, Doogie répond... Vous allez arrêter tous les deux ! C'est blague et blague ! Doogie... Voyons, arrête de faire le singe, viens par là.

L'océan est noir, Doogie a les yeux noirs, la mélancolie est là. Il fait calme enfin. Monsieur Gardner ouvre les aquariums par l'avant, John saute dans la mer, puis Lilly.

Doogie plonge la grande main dans l'eau, avec eux il joue au cerceau rose. Et puis les baleines sont arrivées et j'ai ouvert grands les yeux sous les sourcils, la bouche fermée chut.

L'énorme baleine à bosse Bob Beamon était là, l'eau est devenue blanche et Bob Beamon a sorti le bec de l'eau.

Doogie, regarde, il fait quinze mètres de long, il est gentil, tends la main, aie confiance, a dit monsieur Payne en bermuda.

J'ai tendu la main en passant sous la barrière du

bord du bateau au repos. Le dessus de Bobbie était tout noir, la tête couverte de tubercules comme des pommes de terre, donc j'ai sursauté.

Ce sont des follicules pileux, Doogie, n'aie pas peur. Il veut être ton ami.

Et puis, soudain, Bob Beamon s'est éloigné. J'ai cru que Doogie l'avait vexé, j'avais envie de pleurer, Bobbie, ne t'en va pas ! j'ai dit. Il n'entendait pas mes mains. Bob a soufflé tout l'air de ses poumons, un nuage de trois fois Doogie en forme de champignon a clignoté dans le ciel du soir.

Regarde un peu par là, mon grand !

L'aileron sur le dos de Bobbie est apparu à la surface de l'eau noire comme le pétrole qui nourrit les voitures. Bob Beamon a fait le dos rond pour plonger, le dessus lisse du corps de Bobbie s'est plié comme un rocher humide et pointu près de la plage, puis la nageoire de sa queue, comme les deux piques des cartes de jeu de monsieur Gardner, s'est dressée en claquant et il a disparu.

Oh ! Monsieur Payne ! Vous avez vu !

Une autre baleine à la bosse est arrivée.

Ah, je crois que nous allons assister à une joute, et il s'est frotté les mains. Monsieur Payne s'est accoudé sur le bord rouillé du bateau qui roulait, de-ci de-là, à la lumière de la Lune dans laquelle habitent les humains qui ont quitté la Terre planète en jachère. Monsieur Gardner fumait un cigare sous la moustache, il a posé sa main sur mon épaule : Regarde combien d'intelligence il y a dans la Nature, il a murmuré. Monsieur Payne a cligné des yeux en buvant son verre en plastique. Je crois bien que c'est Caruso qui s'approche.

Caruso était une ombre noire sous la surface de

l'eau, elle a tourné autour du bateau et monsieur Payne a coupé le moteur pour ne pas la gêner. Il faisait de nouveau frais.

Monsieur Payne a sorti alors une grande machine lourde à écran noir et vert qui clignote, un vieux sonar, il a dit, il a tourné tous les boutons et regardez ! Le chant dure depuis des heures déjà. Regardez par les oreilles ! Monsieur Payne a montré une petite montagne graphique et une vallée sur la ligne verte au bas de l'écran de contrôle. C'est l'unité, une seconde. Puis il a donné à Doogie un casque confortable et Doogie a entendu l'unité une fois, l'unité deux fois, le son dans les oreilles du cerveau, il a tapé du pied, et une phrase, deux phrases, trois phrases, cinq et dix.

Monsieur Payne, barbu, accroupi a fait le sourire : Il veut charmer Zipper. Maintenant, Bob Beamon va répliquer, il va chanter aussi ou bien... D'autres baleines garçons se sont approchés, par dix et d'un coup, Bobbie Beamon a encore sauté ! Saute et saute encore, Bobbie ! L'eau est devenue blanche et les ailerons comme les ailes d'un avion : il a sauté hors de la mer, plus loin encore, toujours plus loin à la tombée de la nuit. Hourra, hip-hip-hip Bobbie !

D'autres baleines garçons ont sorti la tête de l'eau, mais ils sont tous moins forts, moins malins que Bobbie le meilleur. Bobbie gagne encore !

Que va-t-il se passer ? a demandé monsieur Gardner, accoudé, penché, en se grattant la moustache.

Ah, sourit monsieur Payne, je crois qu'il faut rentrer, ce n'est pas pour les petits, les petits bonshommes comme toi, Doogie. Il m'a caressé gentiment entre les deux yeux, que j'ai fermés. Capitaine Zipper, la femelle, va arriver. L'année prochaine, si les vents sont favorables, à Noël, vous verrez un petit baleineau nager sous ces eaux. Ils ont ri tous les deux aux éclats.

Alors nous sommes rentrés.

BALEINE

— La mémoire des baleines, — Le temps des soucis, — Pauvre monsieur Payne, — Où es-tu passée, Feng Po-Po ?

MÉMOIRES

Un autre Noël, une année déjà était tombée du calendrier. Doogie est réveillé dans sa chambre en forme de grand carré, dans son lit moyen qui n'a plus de barreaux mais une couette, il se gratte le torse et il court vers la chambre de Janet. Il frappe tout doucement à la grande porte en bois de Janet, entrouverte. Dans la serrure, une fleur fanée qu'on n'a pas remplacée.

Je n'ai pas le temps, Doogie.

Doogie ! Janet est assise sur son grand lit défait, elle porte une chemise blanc casse-toi qui sent son parfum et elle est extrêmement très responsable. Il faut faire les affaires, regarde le soleil dans le ciel. Doogie a froncé les yeux, la fenêtre était grande ouverte pour permettre le courant d'air déjà chaud, il faisait presque moite. C'est Christmas ! Mère ne sera pas là pour te mâcher tout le travail. Prends-toi donc en main, petit monkey ! Allez, débarrasse le plancher.

Doogie baisse la tête, pauvre Doogie, il fait ce qu'il peut : que peut le singe ? Elle m'a pris dans les bras en pleurant, excuse-moi, elle avait déjà des seins, je me suis blotti tout plein de poils comme dans la fourrure, elle a déposé sa main si longue et le doigt de sa bague très fine sur ma nuque, comme pour gratter les poux qui ne sont pas là, prisonniers dans le flacon de merci le shampooing.

Excuse-moi, petit Doogie, je suis tellement embêtée ! Mère n'est pas là et père est tellement inquiet. Petit Doogie, ce n'est pas ta faute.

Elle m'a posé par terre. Le silence était grand dans la maison, grand sur la colline et monsieur Gardner rouspétait beaucoup ses étudiants pour traîner les aquariums qui risquaient de se casser de John et Lilly jusqu'à la piste sale du Charles Bigleux. Le nouveau meilleur étudiant, c'était Michael, il a pris en charge l'embarquement, la nourriture des bêtes, la réunion avec les gardiens à casquette bleue qui n'avaient pas de vacances, il faudra attendre pour le salaire, le coffre met du temps à venir des banques de la grande station orbitale : le bruit qui remontait des énormes cages du Zoo rendait sourd, il faut placer des boulettes de cire dans tes oreilles, Doogie, plutôt que de tenir tes grandes mains sur le côté de ton crâne. Furieuses, inquiètes semblaient les bêtes.

Michael, au moment de parler, a tapé en souriant l'épaule du père qui soupirait : Monsieur Evans, ne vous inquiétez donc pas... Là-haut, et il a montré du doigt le ciel des stations orbitales, les satellites qui clignotent la nuit comme les guirlandes du sapin de la maison de la Pointe du Bec pour Noël, les grandes villes humaines qu'on ne voit jamais aux portes du Paradis la journée, il est entre de bonnes mains, votre femme va vous le ramener. Ils savent ce qu'ils font à l'hôpital, mon père y a travaillé, vous le savez.

Merci Michael.

Je me souviens. Emma était malade, elle vomissait, Elliott est resté au Zoo. Jack avait vraiment la méchanceté à cette époque, je n'étais plus au labo avec lui, parce qu'il était tellement moins malin, il ne savait plus jamais faire ce que Doogie faisait. Il a été enfermé ensuite dans la cage noire, il avalait les cachets qu'on lui donnait. Monsieur Gardner n'avait plus le temps des expériences de jadis, Michael l'a aidé pour le courrier, l'argent et les papiers. Alors en attendant Janet s'occupe de Doogie, je passe mon temps et j'apprends en compagnie de Janet Evans dans la maison aux volets à demi clos sur la colline mal tondue. Elle aime être la maîtresse beaucoup. Elle aime Doogie aussi beaucoup et Doogie l'aime énormément.

Quand le soleil est au sommet du haut du ciel, la brume légère et froide, la fumée, la vapeur recouvrent complètement la piste du Charles Bigleux refroidi par les extincteurs automatiques qui fonctionnent une fois sur deux, il y a un problème dans le circuit des câbles souterrains, putain, s'énerve toujours monsieur Gardner, n'écoute pas, ce n'est pas bien, et Janet bouche mes oreilles en dirigeant ses yeux verts comme s'ils étaient noirs en direction de son père qui bataille avec le poste de sécurité. Un jour, tout va exploser dans cette saleté...

Attention mesdames et monsieur un peu de très cher respect, le Charles Bigleux va s'envoler, au pied de la colline déboisée, après la clôture en tôle et en rondins, les petits singes inférieurs, Doogie ne sois pas raciste comme ça, les chiens, les chats, les ours, les lions, les oiseaux idiots produisent le plus terrible bruit qui soit, parce qu'ils sont bêtes, qu'ils ne savent ni ne comprennent, hi hi, Doogie n'a pas peur, lui, il connaît l'aviation dans l'encyclopédie illustrée, mais il va fermer les yeux. Doogie, donne-moi la main. Quand le Charles Bigleux décolle en vrombissant avec le cri de ses trois moteurs, on n'entend plus les bêtes animaux, ils ne savent pas que nous allons vers tout là-haut.

Le voyage m'endort.

La Pointe du Bec, par le hublot, est sous les nuages, baignée par l'eau. Il fait presque froid et la maison en carreaux blancs brille comme le feu.

Monsieur McVey est présent, pas monsieur Payne. Hélas, mon pauvre vieux, j'ai appris, évidemment, chuchote le papa Gardner en tapotant l'épaule baissée de McVey qui est tout petit, de plus en plus.

Oui, il dit. Ce n'est pas compréhensible. Comment a-t-il pu être... Oh, je ne sais pas. Enfin, de cette manière, je veux dire...

Chut, pas devant lui.

Bien sûr. Il faudra parler de cette histoire de barrière. Il faut, je ne sais pas, il doit bien y avoir d'autres façons de faire...

Et monsieur McVey me regarde avec un sourire crispé dans les deux bajoues, en posant sa main sur le sommet de mon crâne, comme je n'aime jamais.

Gardner ! dit-il très fort cette fois. Il faut penser à notre sécurité avant tout, à la vôtre, Donald, votre famille... Il regarde où est passée Janet du coin de l'œil. À l'humain.

Sois fidèle à l'humain ! je dis en sursautant pour bien montrer que j'ai compris, bon élève Doogie, en laissant tomber les mots dans le geste de mes deux mains.

OK, Doogie, mon bon singe, monsieur Gardner me donne un très gentil coup de poing pour de faux, hein gamin, dans le muscle du bras, comme le boxeur d'autrefois. Mais il n'a pas l'air très convaincu. Mmmh, je ne sais pas trop, McVey. Il est d'accord, il n'est pas d'accord, je ne sais pas, il n'y a pas d'éléments dans le parler pour le savoir.

Viens, Doogie.

Il a abandonné son verre sur la table en planches d'épicéa de la terrasse du salon et il est sorti en oubliant ses lunettes. Je les lui ai tendues.

Ah, merci... Tu... Il m'a regardé, il n'a rien dit, il m'aimait bien.

Les étudiants ont enfilé leurs maillots pour se baigner en grelottant et je me suis assis bêtement les fesses sur le sable au pied du grand palmier avec Pong accroupi qui ne disait rien en mangeant son reste de bambou.

Doogie disait à lui-même : Janet va nager encore une fois dans l'eau qui clapote en la compagnie d'étudiants de Michael. Mais Janet s'est agenouillée à côté de Doogie qui boudait. Janet ne nage pas ? j'ai demandé. Les mots sont sortis doucement de ma bouche avec le bout des doigts. J'avais froid.

Janet était rouge des deux joues et elle a dit doucement en épongeant avec son foulard turquoise la racine des cheveux roux de son front : Je ne peux pas.

Pourquoi ?

Je suis indisposée. C'est... quelque chose de nouveau.

Qu'est-ce que ça signifie ?

Viens, Doogie, elle m'a pris par la taille. Allons voir les baleines du Cap.

Monsieur McVey conduisait le bateau à moteur qui a des hoquets, le soleil est rouge, il pâlit et Janet est en pantalon, elle regarde dans les lunettes de papa des jumelles la surface étincelante de la mer au loin de la Pointe du Bec.

La petite est née il y a un mois environ de cela, vous savez, un beau bébé. Quatre mètres déjà et sept cents kilos. Monsieur McVey regardait tout autour de lui l'air inquiet : Capitaine Zipper l'allaite encore pour six mois.

Janet bronzait des épaules quand le soleil revenait, elle s'était tressé des nattes, au-dessus de sa chemise à carreaux jaunes et verts. Comment s'appelle le baby de Zipper et Bobbie ?

Feng Po-Po, a dit monsieur McVey en grattant le sommet de son crâne comme le ventre du homard sans poils ni cheveux. Il a tourné en trois fois la barre et le bateau a contourné le Cap.

Feng Po-Po ? Qu'est-ce que cela signifie ?

Déesse des vents, des quatre vents, a reniflé le McVey. Ce sont les vents qui nous l'ont apportée. Payne voulait qu'on l'appelle ainsi, et depuis... Les baleines à bosse vivent sur leurs réserves de graisse l'hiver, pour Noël. Regardez ! Une baleine de Minke, à bâbord ! Je pense que Capitaine Zipper n'est plus très loin. Ils formaient un beau couple, c'est vrai, Payne disait... avec Beamon. Je n'ai pas compris, vous savez, Janet. Je n'ai vraiment pas compris.

Janet n'a rien dit.

Pauvre Payne. Ah là là. J'ai voulu aller faire un câlin à monsieur McVey parce qu'il allait pleurer,

Janet m'a arrêté sans même me regarder, une main sur le bastingage.

Votre père ne veut rien entendre, tout va à vau-l'eau. Il faudra bientôt s'armer, au Zoo aussi. Comme ici. Et McVey a posé la main gauche sur un fusil dont la lanière était accrochée au gouvernail. Il m'a regardé de travers, mais il souriait.

Jetez donc un œil ! C'est Zipper. Ne vous penchez pas. On reste à distance. J'ai voulu passer ma grande main à travers la barrière rouillée pour caresser les boutons en forme de pomme de terre sur la tête de Zipper. On apercevait déjà la cicatrice, comme la braguette du pantalon mal lavé de monsieur Gardner parce que madame Diane est là-haut partie. Monsieur McVey m'a rejeté vers l'arrière, il m'a fait tomber. Je me suis réfugié dans les bras de Janet, près de la bouée de sauvetage, j'ai collé ma tête contre ses deux nattes en gémissant.

Monsieur McVey... Comment savez-vous que c'est bien Capitaine Zipper ? Elle ressemble à toutes les baleines grises.

Regardez, vous voyez la grande cicatrice sur sa tête, jusqu'à la base de l'aileron dorsal ? Comme la braguette d'un pantalon, vous voyez, le petit singe a compris, lui. Il a montré du doigt mon pantalon en toile de vacances, je vérifiai mes boutons, pour la civilisation. C'est l'autre orque qui lui avait fait ça, quand elle est née. Ah, je me souviens, Payne l'a tellement soignée, toutes les nuits, il se levait.

Et il s'est mis à sangloter.

De loin, Capitaine Zipper a émergé de nouveau. À côté d'elle cette fois, une petite baleine joueuse et joyeuse, grise, restait collée, comme craintive.

Voici Feng Po-Po.

Zipper et Feng Po-Po ont sorti hors de l'eau blanchie leur gueule, en remuant l'écume. Elles nous appelaient. Elles ont commencé à s'approcher avec précaution.

Nous partons maintenant, a dit monsieur McVey, et le vieux bateau a lancé vers l'arrière ses pauvres moteurs, en toussotant. Nous nous sommes éloignés, au revoir Feng Po-Po.

Janet m'a chanté une chanson pour me rassurer, parce que le noir de la nuit tombait. Finalement, elle m'a dit : Doogie, sais-tu quel merveilleux singe tu fais ! N'aie pas d'inquiétudes, monkey. Tout ira bien.

Et j'ai pleuré en m'endormant.

Depuis des années des pierres sont devenues du sable sous les pieds sous le calendrier, la Pointe du Bec est vide, Doogie n'y est pas retourné et Noël n'est nulle part : seule la mémoire de Doogie je crois compte encore sur les vieux calendriers de sa tête les années de Noël comme si elles existaient.

DAUPHIN

— Feng Po-Po croise au loin, — Au secours !, — John et Lilly les dauphins s'approchent du singe et de l'homme blessé, — Il n'y a plus de fidélité, — Souvenir d'expériences en laboratoire, — Noyade

DE LA JUNGLE

Souffle, souffle et quand je me réveille, un grand nuage blanc comme un chou-fleur vole au-dessus des eaux. Doogie se frotte les yeux, il pose la main sur le front couvert de petits boutons de Michael qui gémit puis je me penche au bord du grand rocher plat et gris.

Alors un aileron noir fend la mer en deux, puis sa gueule ouverte sort de l'écume et fait clap clap comme un applaudissement. C'est Feng Po-Po ! Doogie ne croit pas ses yeux : je saute à pieds joints, je crie Hounh hounh ! Feng Po-Po est venue sauver Doogie, sauver Michael et dire bonjour !

Alors Doogie prend Michael je le transporte sur mon dos et il marche dans l'eau, clapotis clape, clapotis claque.

Ohé Feng la Po-Po ! Vogue le vogue le navire et vague la vague qui va, mais la baleine s'en va.

Est-ce qu'elle ne te me voit pas ? C'est quoi ça ?

Avec la peur dans le ventre, Doogie s'accroche à Michael qui flotte, et l'eau nous emporte. La Po-Po est partie, je n'aime pas l'eau, mauvaise pour moi, le poil mouillé, tu ne sais plus rien de rien faire, tu es dans le danger. Phrase, phrase, phrase et chante de loin en loin la baleine, dans l'eau nous avons dérivé.

Adieu la plage du crash, adieu Charles Bigleux, adieu Feng, où es-tu, je ne te vois plus ? Michael et Doogie sont désormais dans l'eau, l'eau danse, la danse bonjour, la danse au revoir, nous voici perdus.

La baleine de ta mémoire ne s'est pas souvenue de moi, Feng Po-Po pourquoi tu m'as laissé dans la mer ? Doogie n'a pas compté, froid de la nuit, noir de l'affreux, Michael ferme les yeux, Doogie s'accroche, qu'est-ce qu'on voit ? Lune, mer, peur, l'air, houle, l'heure, perd et loin.

Oh je coule. Le rivage est parti dans la nuit.

Blouk, blouk, Doogie ne sait certainement pas comment marcher sur le vide plein de l'eau dans le dos, les poumons qui explosent de la mer salée brûlante de dehors dedans, oh Janet.

Janet. Désarroi, impuissance, épouvante.

Et puis Doogie a aperçu la queue, le flanc doux si doux du grand si grand dauphin et mes mains ont glissé vers lui des os de la mâchoire sous la graisse de sa peau, vers l'eau de son front bas : Iiiiirk ! il a dit. C'est John ! Michael, cramponne ton humain, tiens bon à l'accroche-toi ! John, Lilly, peux-tu m'aider s'il te plaît ?

Quel charme est donc la bonne vieille Lilly ! Bonjour John, mon ami !

Tandis que Doogie regardait gonfler à l'horizon la ligne du continent de la maison, en s'accrochant avec Michael, John a sifflé un cri et je me suis penché à droite pour voir ce qui se passait. Méchant alors le dauphin nous a lâchés à peine nous étions montés.

Lilly nous tourne le dos, elle est une panique. Il fait bientôt jour, c'est que se passe-t-il ?

Tout est méfiance. Tu n'es pas très fidèle, John, je dis. Le dauphin donne un violent coup de queue à Doogie, qui chancelle, il fait du mal par-derrière à Lilly.

Où est tombé dans l'eau le Michael ? J'implore Lilly, j'accroche le flanc de son elle.

Oh, de moi aussi, elle veut se débarrasser...

Feng Po-Po te tourne le dos, les dauphins ne sont plus tes amis... Quelle fidélité dans toute cette Nature ?

Doogie est engourdi, à quelques minutes encore au bord de la montre, il aperçoit la rive du rivage noir, il suffoque : il faut être fidèle, mon brave Doogie !

Oh Janet, jamais je ne sais nager... À la surface de l'eau bientôt noyé, attaqué par d'autres dauphins mauvais, un pied dehors, je vois Michael et je stoppe l'air de la respiration à l'intérieur des poumons, je tremble, je grelotte, vas-y Doogie, j'ai sauté hors de Lilly au moment où John violent fonçait droit sur moi, j'ai plongé.

J'accroche Michael malade, en paniquant des doigts de la grande main, et sous les eaux j'ouvris les yeux : qu'est-ce que je vis ?

Trois, cinq, dix dauphins noirs du mal, la peau balafrée, en rangées, gigantesques, entourent un banc de mille millions de poissons, de harengs, la nageoire frétillante... Je sens l'air qui soudain rétrécit à l'intérieur de Doogie, la main autour du cou de Michael, les poumons écrasés entre les poings de l'eau, soudain, je ne vois plus rien, car aussi hauts que des murs des plus grands immeubles des humains civilisés, un vaste filet de bulles d'air, à gauche à droite, enferme dans la prison des bulles les petits poissons, Michael et Doogie. Et au moment même où Doogie veut ouvrir la bouche, pris au piège dans le filet de l'air, au Paradis, John l'œil vide et le corps noir crève les bulles en passant à travers le rideau, violemment, je crois qu'il me tue. La gueule ouverte, il engouffre comme l'enfer tous les pauvres les petits poissons bientôt morts comme des raides. Doogie est estourbi, roule l'eau de la mer mêlée aux mille millions de bulles, il respire, rouleau après rouleau, comme sur l'enclume un marteau méchamment. Doogie le bras crispé autour de grand Michael flasque, toujours à jamais fidèle, projeté à la plus grande vitesse dans le désordre peut-être mort dans l'écume, la boue, le sable, que ne sais-je ? il mange, il étouffe, il dit adieu puis je ne suis qu'un petit paquet de pas grand-chose dans trop de choses, à moitié crevé et tout moi dans trop de douleur a coulé de-ci de-là comme du sang.

MÉMOIRES

Une journée entière, je suis resté dans les bras de Janet l'épouvantail, blotti contre l'amas doux comme la fourrure des vêtements de Janet, en reniflant l'odeur du cou de Janet sur un mannequin de plastique, la main dans les nœuds des longs cheveux roux de la perruque emmêlée. J'étais triste de Janet sans Janet.

J'avais faim, bien sûr, mais j'aurais pu rester jusqu'à la fin. Qui le sait ? Monkey fidèle, mais certainement pas malin, non, non, non, au Paradis triste à la fin de la vie en regardant désespérément l'assiette froide au pied du mur de verre. Mais si je m'approchais de la nourriture l'épouvantail de Janet qui n'est pas Janet s'éloignait à jamais.

De l'autre côté de la vitre, j'ai entendu une voix qui disait étouffée : Skinner a donc tort ! Sacré bon Dieu, les sentiments ne sont pas primordialement des sous-produits sans aucune valeur du conditionnement ! Doogie jeune imprime déjà les mots dans son cerveau comme les lettres d'encre dans les journaux.

J'ai tourné la tête et j'ai entendu : Chut ! qui sortait de la tête de l'épouvantail. J'ai réfléchi. Enveloppé dans la chaleur du pull à col roulé de la petite Janet, j'ai fait toc toc contre la tête en plastique sous la perruque. Ah bien. Doogie, mon petit monkey, c'est moi ! Oh, la voix de Janet parlait ! Sans Janet. J'ai ouvert la tête de Janet qui n'était pas Janet et j'ai sorti la voix noire à boutons rouges. Hou hou, pauvre imbécile de Doogie ! Je ne savais pas ce que c'est que l'enregistrement du haut-parleur ! Parle plus haut, haut-parleur ! J'ai tourné la molette dentée et Janet a crié soudain toujours sur le même ton gentil : Doogie, c'est MOI ! Je te vois.

Je te vois.

J'ai tourné la tête. Où est la morale ? Janet criait d'une voix pourtant très douce : Je suis Janet, tu es Doogie. Mais je ne suis pas idiot, je n'étais pas idiot. Ce n'est pas Janet. Elle a perdu sa voix. Il faut du courage, Doogie, courage, c'est l'aventure, sois fidèle à ta maîtresse.

Tout en haut, au-dessus des deux chaises en bois et du fauteuil en rotin de madame Diane, j'ai vu les yeux. C'est ce qui, Doogie, s'appelle la caméra. C'est comme la morale, des yeux de Janet sans Janet.

Oh ! Janet a perdu ses yeux.

Doogie a réfléchi, il est sorti des bras de l'épouvantail en s'enveloppant dans le pull fourrure chaud à col roulé que de l'épouvantail il a retiré. Précautionneusement, il a frotté la paume de sa main contre la nuque de Janet, il a retiré le parfum du plastique, il l'a pris doucement dans le poing.

Puis j'ai marché délicatement sur le carrelage froid et régulier, un pas sur un carreau, un pas sur l'autre. J'ai entendu :

Krrsch krrsch... Bon sang, que Skinner et Bruner me pardonnent, mais qu'est-ce qu'il fabrique ? a dit la voix de Janet qui n'appartenait pas à Janet mais à monsieur Gardner.

Après avoir empilé l'un sur l'autre les deux sièges, j'ai essayé de grimper en m'accrochant au fil de la lampe à l'abat-jour en papier. Sur la pointe des pieds, j'ai agrippé la caméra des yeux, le cube noir qui voit qu'on ne voit pas, j'ai tiré tiré en disant : Excuse-moi, je ne te fais pas mal.

Un morceau de plâtre s'est détaché de la boiserie, tout a craqué, je me suis trouvé sur le cul, la tête enfarinée, un peu de sang sur le nez. Tranquillement j'ai enroulé le pull et la perruque rousse contre mon bide de jeune singe, j'ai tenu le poing fermé sur le parfum et dans l'autre main j'ai traîné la caméra arrachée. Puis j'ai marché jusqu'à la grande vitre fumée de l'autre côté, et parce que Doogie il faut pour la civilisation des mœurs être poli, j'ai frappé le toc toc trois fois. Ni plus pas moins.

J'ai attendu en tentant de dépoussiérer la petite crête craintive du haut du crâne de Doogie.

C'est Peter, le père de Michael chauve, assistant numéro deux de monsieur Gardner Evans qui a ouvert, monsieur Gardner se frottait la moustache debout près d'une table d'école, un carnet de notes ouvert, un stylo à la main, entre deux écrans plats d'ordinateur et Mehdi, qui venait de renverser un café la bouche bée.

Ô mon Dieu !

Je n'en reviens pas.

Gardner, a dit Peter en se retournant, vous tenez celui qu'on cherchait. J'ai souri en montrant les dents blanches du dentifrice, et j'ai tendu la perruque, le pull, le haut-parleur et la caméra en essayant de signifier, avec trois ou cinq gestes, taper sur la tête, renifler, montrer le regard que je rapportais tout ce que Janet avait oublié dans la salle de l'expérience. Elle allait être toute nue. Janet sans ce qu'a Janet est Janet mais.

Elle est arrivée en jupette en courant, sans cheveux avec une casquette, sans pull en chemise aux épaules bouffantes. Doogie ! elle a dit. Tu es gentil si malin. Je t'ai regardé pour l'expérience ! Tu as gagné, oh je le savais ! Et elle m'a porté dans les bras.

Elle a éclaté de rire, c'était une petite fille.

Regarde, Daddy, il est si gentil, il m'a rapporté mon pull et la perruque, oh mais regarde, Doogie, j'ai toujours mes cheveux. Elle a lâché sa coiffure, splendide et qui sentait le shampooing. Et la caméra, le magnéto... Pauvre monkey, tu crois que ce sont mes yeux, que c'est ma voix.

Il faut que je t'explique. Alors.

Elle s'est moquée de moi et a posé son index sur mon nez. Petit malin. J'étais bien dans ses bras mais j'avais faim, mon ventre a gargouillé.

Oh, le pauvre. Viens, je vais te donner à manger.

Elle s'est tournée vers son père : Daddy, est-ce qu'il faudra encore faire des expériences ? Il est tellement fatigué.

Elle s'est collée contre moi, j'ai ouvert le poing sous son nez en la regardant timidement.

Oh, Doogie, elle a dit, elle a souri, tu as pensé à me rendre mon odeur, parfait petit malin que tu es.

PLAGE

— Une grande plage de sable noir, — Au paradis des poissons morts, — Comment laisser sécher du linge, — La faim, — Première découverte de la Jungle, — Plaisir de la nature, — Cauchemars

DE LA JUNGLE

En me relevant, Janet ne m'a pas pris dans les bras, mais il faisait frais et l'eau me léchait les pieds. Très mal à la tête, les jambes tremblotantes j'ai fait quelques pas de singe dans le sable épais qui s'enfonçait plus j'appuyais mes gros pieds aux larges orteils. J'ai humé l'air, j'ai posé sans réfléchir mes poings fermés au bout de mes longs bras sur le sable gris-noir en arquant légèrement mes jambes, les oreilles dégagées sous les poils mal peignés, sales, couverts d'algues et de varech, j'ai cligné alors des yeux en bougeant la mâchoire inférieure en tout sens.

Je me trouvais atterri le cul trempé, étourdi, après quelques heures le cerveau fermé, sur une zone humide bordée d'énormes flaques opaques aux quelques reflets gris des étoiles blanches, là-haut dans le ciel des humains. Je me trouvais près de l'océan noir et lourd, avec sa frange mal découpée qui disait flou-flou, en roulant parfois blanc mais boueux. J'étais perdu le long d'un horizon, près de la côte du continent courbée, qui suivait, gonflée comme par un petit coussin de sable noir, de volcan, des touffes frou-frou de buissons, puis d'arbustes, puis de palmiers puis de troncs gris à la houppette très haute inquiétante dans le ciel vert sombre. La houppette se balance dans le vent, jusqu'à l'ombre d'une vaste montagne assise le cul sur la forêt.

Nulle part le navire, nous voici sur une plage noire extrêmement différente, n'est-ce pas, Doogie ?

C'est la Jungle, Doogie, je me suis dit. J'ai reniflé en m'apercevant d'un peu de sang qui avait séché sur mon poignet, j'ai eu peur et je me suis souvenu de la folie méchante de John combien bêtes sont les bêtes des animaux de la Nature. J'ai frissonné : quelle chance d'être tombé sur le rivage, merci l'eau qui roule qui m'a porté jusqu'ici comme un bout de bois.

En gonflant mes deux joues, un doigt dans le nez, ne fais pas l'idiot Doogie, j'ai affalé de nouveau mon cul sur le sable gris-noir près d'une flaque grande comme un lac, comme un miroir du ciel sous la nuit grise.

Aaaaah ! j'ai fait.

À gauche de moi, une bête très effrayante extrêmement affreuse, la gueule ouverte sur des dents triangulaires irrégulières, rougeoyante, presque fluorescente, comme si la peau était arrachée à Doogie, une tête de dragon les yeux noirs des boules, une collerette, m'a regardé, plantée dans le sable de travers.

Aaaaah... j'ai soupiré. Elle n'a pas sauté sur Doogie. Iih iih, Doogie quel abruti, c'est un poisson poisson. Petit poisson ! Ne te moque pas des monkeys des animaux, c'est la Nature, Doogie. Ah, petit poisson, j'ai tapé en tremblant le haut de son crâne noir, c'est mort. Poisson du Paradis, c'est fini. Oh mais autour de toi des centaines de poissons... Ils sont et nous sommes au Paradis des poissons, ils sont sonnés, tapés par les noirs dauphins qui les chassaient dans le filet à bulles. Pauvres pauvres poissons.

Doogie a pleuré, pourquoi la Nature ?

Il aurait voulu enterrer les petits poissons très très laids.

Mais Michael. Je me suis levé, mouillé par l'eau, j'ai appelé : Ohé, Michael...

À cinq ou dix pas d'ici Michael heureusement j'ai trouvé froid la bouche ouverte comme un gros poisson violet sur la plage de silence, la plage grise et noire, il fait frais. Quelle heure il est tombé ? J'ai regardé toc toc la montre de Janet, montre-toi, mais je ne vois pas beaucoup grand-chose. Je crois qu'encore une heure tombe et le soleil se lève.

Je me suis penché sur Michael : est-ce qu'il est au Paradis des poissons aussi ?

J'ai écouté le petit animal de son cœur sous sa poitrine et il m'a répondu. Il respirait du cœur, c'est bien, j'ai dit, et je l'ai traîné sur le cul, oh hisse ! par les bras tout le long du sable noir de volcan jusqu'aux premières herbes vertes et les plantes et les fleurs et les buissons de la terre marron dure en enlevant les cailloux, à l'abri.

J'ai frotté mes deux mains pour me les laver accroupi à la fin de la nuit près d'une flaque en écoutant le grondement de l'océan, merci l'eau merci le vent, j'ai débarbouillé ma figure et dans l'obscurité j'ai vu quoi quand j'ai vu moi ? Oh pauvre Doogie, quelle est ta tête si tu en as une, tu es minuscule ! Je penche le visage plus bas que le dos, les épaules couvertes du beau gilet noir en lambeaux. Ma grande main à la droite de la gauche est appuyée au bord de la mare, les doigts boudinés repliés, toute ma main grise marron rose est fripée. Mes lèvres s'avancent comme pour le bisou, tout le bas comme une gueule est nu sous le tout petit nez, je ne vois pas mes yeux et la raie au milieu de mes poils, Doogie ne bouge pas je vais te peigner, la raie est dérangée, mes oreilles décollées et si nombreux sont les poils sur le bras qui s'avance vers l'eau, joue avec le reflet fixe et m'éclabousse que j'ai envie de pleurer. Haounh, petit Doogie, quel est ton visage ? Même la lune est plus claire dans l'eau que ta tête dans l'air.

Je me suis tourné et j'ai dévisagé l'ombre de la montagne noire comme un triangle très plat sous le ciel légèrement jaune orange sombre qui dessinait quelques nuages en coton-tige, au-dessous de la zone humide de la plage des reflets bientôt violets comme du métal, devant l'océan qui remontait bleu sous l'obscurité.

J'ai tourné encore la tête. J'ai vu au loin dans la mer la grande île aux deux volcans et la brume obscure.

J'étais fatigué, écrasé : qu'est-ce que je suis, qu'est-ce qui est moi, quand tout est plus que tout, tout autour, immense, plus que moi, oh je ne sais pas, je n'en sais rien, Jungle et Jungle encore, même la Nature est plus petite que tout ce qu'il y a dans la Nature, je crois ? C'est tout est si gros. J'étouffe, je respire et je me déshabille : le gilet en deux morceaux aux deux trois boutons d'or gravés de la croix qui pendent, la chemise, sans col, boueuse, le pantalon à pli déplié, je ne garde pas le maillot marcel sale, mais je n'enlève pas sans en mettre un autre, Doogie, je ne veux pas voir ça, ça c'est quoi, et je n'ai malheureusement pas d'autre slip ici que le slip. Je regarde la montre, oh je ne l'enlèverai jamais. Doogie, tant que tu garderas ta montre, garde-la, je serai avec toi, ne pleure pas, Doogie je te vois.

Je te vois.

Oh Janet, je t'en prie, vois-moi.

Comme faisait madame Diane naguère, j'ai cassé deux grosses branches au sol sur le tapis d'herbes hautes, avec une fourche au bout, je les ai plantées dans le sable, elles retombent.

Oh, malheur, Doogie, combien de courage il faut, j'ai eu envie de laisser tomber la vie. Mais Janet te voit. Janet dans ma tête, je ne suis rien quand Janet n'est pas là. J'ai tapé sur la branche avec un gros galet gris plat et qui suinte pour enfoncer toujours plus profond dans le sable noir la branche puis l'autre.

Ensuite j'ai épongé le front de Michael qui respire, il ne sait il ne peut.

En recherchant bien, même fatigué, les yeux qui percent le sous-bois, sans m'avancer beaucoup, j'ai tiré sur une liane fine avec des poils et en sortant le couteau six fois lame coupe-coupe de la poche de mon grand slip XXL, j'ai frotté la lame à l'extrémité de la liane. Fais-le sur une pierre ou bien contre un tronc, Doogie, ne mets jamais le gros doigt de ton pouce sous la mâchoire du couteau, il te mordra.

J'ai tiré la liane entre les deux branches et j'ai tiré la langue pour nouer une fois, tu fais un rond, la tête rentre dans le cul du rond, tu serres les bras comme autour de moi, c'est le nœud c'est serré à jamais éternel sans divorce, tu vois, comme toi et moi.

J'étais plutôt content de Doogie. J'ai ri en posant les mains par terre, puis j'ai applaudi. Bon garçon.

J'ai étalé sur le fil à linge tendu de madame Diane

dans la courette à côté de la terrasse en sortant la panière à linge quand il fait soleil le matin, la chemise, le maillot marcel et le pantalon, puis les affaires de Michael qui était en caleçon car je l'ai déshabillé. Hi hi tout nu, Michael ! Ha, Doogie, ne te moque pas, il n'a pas de poils, lui.

Mais le linge mouillé gouttait, plic plic, sous le noir de l'ombre et ce n'était pas comme jadis. Doogie se retourne, heureusement, voilà il arrive, à côté de la montagne, le soleil rouge orange jaune, dans le tissu violet du ciel au-dessus des palmes et des houppettes vertes. Doogie place comme Janet sa main sur son sourcil pour l'arrêter à la sortie des yeux, le soleil.

Doogie certes aime le soleil, il saute, il crie, il ramasse quelques branches, il arrache les palmes tombées à la lisière de la plage, il protège Michael tout nu, il lui construit comme avec Janet le week-end au pied du verger une belle cabane.

Michael dort allongé sur le sable même quand il n'a pas sommeil, la tête relevée contre un coussin de feuilles sèches comprimées en boule enroulée dans une palme douce et qui sent bon pour lui rafraîchir la nuque. Doogie a déposé une pierre creuse concave remplie d'eau de la rosée des feuilles, couverte d'une autre palme à côté de lui s'il a soif, oh oui. Il bouge à peine, il ne dit rien, il ouvre les yeux.

Doogie a planté le temps que deux heures très lentes et fainéantes tombent avec le sable au creux de la plage quatre branches tordues en grognant, en soupirant, en suant, reliées entre elles par deux lianes et couvertes de très grandes palmes comme au-dessus du hamac de monsieur Gardner sur la terrasse. À côté sèche leur linge.

Quel génie donc que ce monsieur Doogie, dira certainement Michael quand il se réveillera.

À présent, j'ai mon t'as plutôt sommeil, mais le soleil est monté, il m'aide, il faut que je trouve le manger de Michael et le mien : habiller, protéger, dormir et manger. La Nature qui n'a pas de civilisation ne connaît certainement pas ça, j'ai pensé, ah Doogie, en revanche toi quelle civilisation tu fais, mon ami, tout petit crâne de singe dans tout cet univers. Ah, Jungle, tu n'es pas grand-chose de rien face à moi.

Mais dès que Doogie pose un premier pied dans la Jungle pour manger, il n'est plus très sûr de lui. Que connaît-il à la Jungle ? Il a des mémoires, mais c'est le cauchemar. Enfin, souviens-toi, Doogie, tu es né dans la Jungle, tu viens d'ici, tu y vas, tu es de la Nature et tu es très civilisation à présent.

Souviens-toi les odeurs couleurs, que manger ? Que mange le père, que mange la mère ? C'est tellement une forêt, comment donc ont-ils fait ?

D'abord, après trois cinq et dix pas de Doogie, je suis submergé. Combien Jungle est cette Jungle ! Je ne vois, je ne comprends rien. Je ne veux pas perdre moi, tout est sans ordre, sans parler, mélangé, dessus dessous et enchevêtré.

Ici lianes, là cimes, des buissons, le sol qu'on ne voit jamais plus, les troncs comme le bras des géants, les odeurs de tout de rien, rien n'est distinct. Je frotte mes yeux. Quelle erreur la Nature.

Alors je vois la première fleur et je penche ma tête. Entre les feuilles vertes lourdes, le col d'une dentelle orange, une langue rouge si bizarre, avec trois cinq antennes et une boulette poilue, quelle est cette forme ? C'est si fragile d'un seul coup au-dessus de la fleur l'univers vert, trois cinq dix mille troncs et un rayon de lumière qui passe seul sous la porte humide de la houppette très haute à quarante fois Doogie de distance des ombrelles des plus hauts arbres, un craquement résonne : est-ce que quelqu'un habite la Jungle comme à la maison ? J'ai le tournis du vertige et je me mets à quatre pattes parce qu'il ne faut pas Doogie, haut les mains, bas les pattes, mais parce que j'en ai besoin. Je ne peux pas autrement.

Si tu ne peux pas autrement faire, c'est que tu n'es pas l'humain.

Je suis, je ne suis pas. Alors je vois comme une toile d'araignée les feuilles très longues très fines disposées comme des épines sur des branchettes en étoile autour d'un cœur et le dessin qui se répète trois cinq dix millions de fois au-dessus de moi et une fleur blanche comme un poulpe ouvert aux cinq langues, j'ai peur de la toucher, est-ce qu'elle se refermera sur mon doigt ?

Il y a un deux trois fruits jaunes, durs comme des poires sans tête fripées, qui pendent à côté d'une branche à ma hauteur. Je n'ose pas, je passe mes pas, mais il n'y a jamais de chemin dans la Jungle ni route, je regarde en arrière par conséquent afin de ne pas perdre la lumière et la porte sur la plage de sable noir, baignée par le soleil de l'air de la mer qui roule, elle m'encourage, bleue, mais souffle : Pfouh. Vas-y.

Je saute sur un bosquet, je me cogne, je longe avec la main un très long tronc qui fait le portemanteau sous une boule de feuilles loin là-haut, verte et jaune comme un parasol, pour des fruits jaunes, du petit raisin que je ne connaissais pas. Je renifle. Doogie, il faut savoir, regarde dans l'encyclopédie, on ne mange pas n'importe quoi. Ah hmmmh, oui oui oui, c'est vrai, mais je gémis, le livre n'est pas là. Qu'est-ce que c'est que ça ? Tu ne peux pas savoir, il faut l'expérience, le savoir et la science. Je n'en sais rien, tu ne manges pas. Je lui tourne le dos, je marche et marche et, oh ! la lumière vient se glisser entre trois cinq et dix troncs menus à la tête dégarnie, au-dessus de buissons doux, garnis de fleurs blanches par mille millions comme dans les canevas de papillons qu'aimait madame Diane et je caresse les fleurs, si j'en prends une, pardon madame l'arbre, je la donne à Janet. Un grand arbre monsieur me regarde, la houppette serrée, sévère, tel un chignon de branches grises noueuses en forme de champignon. Son écorce est rouge et je m'excuse.

Je recule, je me cogne, il faut s'excuser toujours du pardon : l'arbre toujours vert haut de vingt fois Doogie sur la tête de Doogie sur ta tête, comme une ombrelle aux légers branchages, frais, doux et gris, quelques petites épines plantées sur son tronc ne me dit rien. Je ressens l'envie néanmoins d'y grimper. N'escalade pas, Doogie ! Mais c'est pour manger, regarde au-dessus de ma tête des petits fruits comme pour la compote, vert jauni, parfois marron, de la taille du poing, suspendent à l'air libre, trop haut pour la main.

Pardon Janet, je ne réfléchis même pas, je m'étonne déjà, je suis grimpé, les pieds contre le bois jaune pâle, brun pâle, en tâtonnant des mains je ne distingue pas le bois de l'écorce et le cœur emporté vers le haut par la joie, je frotte et grimpe encore quand soudain crie, l'épine de j'ai mal et patatras, me voilà en pleurnichant tombé les fesses heureusement dans un gros bordel, pas de gros mot, Doogie, que fais-tu ? vert, de plantes et branches et feuilles à l'écorce frêle d'où remuent, oh oh, des prunes comme pour la confiture mais jaunes.

J'en prends une, j'en prends trois. Je donnerai pour Michael, il saura et je descends fourbu, en replaçant à ma taille mon slip XXL qui me gêne en me trimbalant à quatre pattes.

Néanmoins gargouille le ventre qui a trop faim. Oh, quoi faire ? Ne mange pas les prunes sans savoir, ne te fie à rien si tu sens, si tu vois. Retiens-toi. Mais si je tends la main comme au Paradis, dans le sous-bois touffu planté, abandonné par l'humain, oh la Jungle, déjà je souris, je reconnais, attention Doogie tu ne sais pas, pousse sur l'arbre qui penche au feuillage en forme de sphère épaisse, touffue, fragile, l'arbre du fruit à beurre dans notre verger de madame Diane. Sous sa cime ample, sur son tronc à l'écorce grisâtre et crevassée, je reconnais les feuilles alternées ovales avec lesquelles je jouais à la chatouille avec Janet des pieds, et le fruit en forme de poire noire à la peau de plastique, je le touche, c'est un avocat, c'est bon ça. Au milieu de la baie, une graine grosse qu'on enlève pour verser le vinaigre. Oh ! Doogie aime ça. Mais il n'y a pas de vinaigre. Il cueille les avocats et se pourlèche les babines. Cela, je sais, je connais.

Avec quoi manger le fruit à beurre ? Avec... Soudain Doogie rêve les yeux ouverts, il voit un poisson, mort, sur la plage, il veut l'ouvrir et le manger, le mettre à l'intérieur de lui dans son estomac. Il... Oh, jamais il n'a eu telle idée ! Il croit bien que je vais vomir. Manger le petit poisson l'animal, jamais ce n'est fidèle à l'humain : Janet l'a dit, Doogie mange les plantes et les fruits, les graines, il mange les fruits charnus, les arilles, les feuilles matures et immatures, les bourgeons, les fleurs ou les champignons. Mais pas, oh non pas les animaux qui vivent, jamais ! Doogie choqué, remue la tête et se cogne le crâne.

J'ai fini la cueillette car je reconnaissais ce que je connaissais comme une encyclopédie dans le cerveau sans faire confiance à la fidélité de ce que je sentais. J'ai arraché doucement la mangue du manguier, sous un houppier, sur l'écorce lisse, grise et brune, en dégageant des feuilles longues qui, lorsque je les froissais, sentaient l'huile de térébenthine de la peinture pour repeindre en blanc la nouvelle chambre de Doogie, quand Donald est parti, la mangue charnue à la peau épaisse jaune, tachetée de vert et de rouge.

Je mangerai à table avec Michael, il faut savoir se retenir. Mais quand j'ai vu, oh joie, le fruit que je ne reconnaissais pas, je ne sais ce qui m'a pris, j'ai sauté, je n'ai pas réfléchi, quelqu'un a bougé en Doogie qui a pris sous le grand arbre blanc le fruit qui ressemblait à une moule couleur prune, parfois bleu mauve, parfois rose clair, tachée de bleu du ciel, dans le gros poing. Et j'ai ouvert d'un seul coup la peau pour dévorer la pulpe, la petite peau sur le noyau, et j'ai cru reconnaître le goût de l'odeur du porc quand il faisait chaud au pied du Zoo avec la nuance de l'huile d'olive et d'herbes aromatiques de la cuisine que jamais pourtant je n'avais goûté en laissant craquer sous mes dents sales les parties ça s'appelle acidulées des graines.

Oh que c'est bon ! Ce que je n'ai jamais connu, je le connaissais. J'ai caressé l'écorce résineuse et parfumée sous le feuillage doux et la couronne arrondie de l'arbre. Combien étrange était ici, près de la côte, ce seul arbre et je me suis dit : Si tu le connaissais, est-ce que tu l'as connu, dans la Jungle de ton enfance avant même que tu t'en souviennes ? Pourquoi fais-tu sans réfléchir, Doogie ? Que te prend-il ? Je suis retourné trouble vers la lumière de la plage noire et j'ai pensé à mon père, à ma mère, au père de ma mère, à la mère de mon père, à la mère de la mère de mon père : ont-ils mangé de l'arbre et du fruit ? Oh, Doogie, y a-t-il autre chose en toi de la Jungle que des mémoires ?

J'ai donné à boire à Michael et comme il ouvrait tel un crapaud la bouche rose je lui ai découpé de petits carrés de mangue orange autour du noyau comme un os de poisson. Pauvre pauvre poisson. J'ai regardé la plage du cimetière des poissons sous le soleil qui sentait mauvais, jamais je ne te mangerai petit poisson, pauvre toi.

Je me suis éloigné de deux, trois, cinq à dix pas en laissant le soleil frotter mes poils humides, caresser mon nez. J'ai sorti mon couteau six fois la lame coupe-coupe et j'ai coupé la prune que je connaissais bien, la mangue, que je connaissais très bien, et je n'ai plus touché au fruit que j'avais mangé que je ne connaissais pas, au fruit de mes ancêtres.

Le goût de l'odeur des fibres du fruit était dans ma bouche du délice, puis j'ai essuyé mes babines en fermant les yeux, j'ai lavé à la flaque mes mains et le ventre plein, oh bonheur de la Jungle, la Nature n'est-elle pas faite parfaite ? j'ai fait comme monsieur Gardner le dimanche dans la civilisation la sieste en dormant les doigts croisés sur la poitrine, chaud séché était le froid humide des poils de ma peau, plein était le vide de mon estomac, où était mon cerveau, dans ma tête, je ne sais pas. J'ai aimé la Nature, Janet, pardonne-moi.

Partout, il fait bon et je ne sais rien. Le parler s'en est allé. Je crois que je suis seul mais je ne sais pas, assis, je gratte dans l'herbe jaune un bâtonnet, je tends la main en grimaçant vers, mais je suis retenu, et pourtant je suis bien, car quelqu'un m'épouille, qui me connaît et que je ne connais pas, elle trouve un parasite, le dépose sur une feuille dont le parfum, je le reconnais ! puis elle l'écrase entre les orteils, mes poils ne sentent certainement pas le shampooing, je ne sais dire qu'Iiihinh ! Je regarde, je ne vois rien. On me donne, par-derrière, le fruit finalement, je mords dedans, je connais ce fruit, j'aime laisser craquer sous mes toutes petites dents la partie sèche des graines encore acidulée, dans la clairière qui s'obscurcit, je me retourne en sentant doucement contre mon poil celui qui...

C'est Janet, elle me réveille, elle est si propre et si peignée, rousse les yeux verts, les yeux gris en tablier blanc brodé bleu, sur un pull qui la serre à la taille angora. Elle n'a pas quatorze ans tombés du calendrier, je crois, elle me regarde dans les yeux droit, qu'est-ce qu'il y a derrière tes petits yeux, monkey ? sévèrement en me soulevant sous les bras : Ce n'est rien, Doogie, c'est toujours le même, tu le sais. J'essaie de dire ce qui, ce qui, avec les premiers mots de mes mots qui comme font les bourgeons ont éclos de mon cerveau sur les branches de mes deux bras : j'ai des mémoires de...

Elle me coupe et me serre dans les bras : C'est un

cauchemar, petit singe. Un cauchemar, rien de plus. La Jungle n'est qu'un cauchemar. Regarde autour de toi, la civilisation est une réalité.

Je veux dire alors, mais elle a posé sa longue main fine où brille la première de ses bagues et elle me caresse la nuque où jamais je n'ai de poux mais la trace du parfum du shampooing, C'est bien, elle murmure, c'est bien, et je me laisse aller sous la caresse qui me connaît.

Car cauchemars ne sont pas mémoires.

VOLCAN

— Projet et départ, — L'expédition vers le volcan, — Erreur de jugement fatale à une fourmi, — Odeurs, — Dégustation d'une racine inconnue, — La substance, — Ivresse et visions, — Chute

DE LA JUNGLE

Une fois la première journée et la première nuit passées, j'ai eu l'idée des souvenirs de mon projet. La plage, l'ombre, le soleil et les mangues étaient doux agréables mais Michael hagard ne parlait pas, le visage bouffi, et il ne souffrait peut-être plus, il semblait assommé.

Doogie, j'ai dit, il faut faire quelque chose. Personne ne viendra te sauver ici.

Propre j'étais, le poil brillant lustré, le pantalon sec et tendu malgré le slip XXL de trois ou cinq jours, le gilet déchiré en deux sur la chemise boutonnée, le cerveau clair : les deux mains par terre, le cul bien vers l'arrière en grognant au-dessus de la cime des forêts la montagne du grand volcan j'ai regardé sous le soleil éclatant. Hmmmh, j'hume, j'hume. Il faut rejoindre le Zoo à tout prix, ton foyer est le Zoo de la civilisation, vous voilà bien reposé, la route et l'aventure attendent qu'il faille les reprendre. Ah là là, je secoue la tête en tapant du poing mon trop petit crâne, quel sens de quelle direction mène jamais à la maison, Doogie, car profonde sans route et sans nom règne la Jungle qui te sépare du cœur du continent où Janet qui croit peut-être qui sait ? que tu te reposes au Paradis, elle t'attend ou elle ne t'attend plus, oh non non non, Janet.

Ah, mais Doogie a plus d'un tour dans son sac. Dès le deuxième rayon du soleil sur la plage de sable noir, à l'ombre des longues palmes des palmiers, j'ai noué mon vieux maillot marcel blanc taché, aux quatre extrémités. J'ai glissé dedans deux mangues mûres, trois avocats durs, quelques graines à croquer et la seule unique chaussure qu'il me restait que j'ai remplie de l'eau de la légère rivière la plus proche à deux fois cent pas de Doogie de moi de là, au coin des rochers. Doogie a refermé la chaussure comme une gourde fraîche à l'aide d'avec des lacets et surtout la carte trempée séchée à l'air libre en quatre fois quatre morceaux de papier corné jauni.

Il faut y aller, monkey, j'ai fait au revoir à Michael qui gardait les deux yeux fermés et le cœur m'a pincé comme la pince à linge sur la cordelette. Je suis fidèle toujours et partout à l'humain, mais l'humain c'est peut-être vous c'est peut-être lui. Il reste immobile, il est beau. Comme est grand, invincible et superbe l'humain, alors j'ai baissé la tête et j'ai repris mon chemin. Je crois que Michael m'aime bien, il m'aime très bien. Tout le monde aime Doogie aussi, oh Doogie, tu es si mignon. Mais Michael aussi. Je pars juste pour le tour de la montre et je reviens. Je lève les yeux : à mi-chemin de la montagne au volcan, quelque part au-dessus de la cime des houppettes dégarnies des grands des vastes arbres verdoyants où volent un trois ou cinq oiseaux mille couleurs, je verrai sans doute d'en haut là où je suis d'en bas, je comparerai avec la carte et comme il n'y a ici-bas aucune route d'ici d'ailleurs à la maison, je dessinerai le chemin droit qui jusqu'à Janet j'espère, oh je vous en supplie ! me conduira.

C'est la tête guillerette que je pose un pied après l'autre pied, en longeant la forêt sur le remblai de terre brune molle entre les coulées de sable de pierre noire. Les coulées dessinent comme un arc après avoir embrassé le rivage des eaux d'océan, qui étincellent comme des diamants dans le noir mat du sol. La coulée tourne, contourne et creuse la forêt. La coulée trace un lacet de chaussure en montant, entre les arbres les buissons, lentement, vers la colline au pied du mont. L'air bleu est silencieux, comme un oiseau gazouille, il est repeint par trois nuages. Le vent frais chauffe et les arbres remuent à peine. Je monte en soufflant, en m'excusant, à quatre pattes désormais, le baluchon du sac fixé noué sur une branche posée sur le dos d'une main. Des deux pattes je cavalcade sur la terre vers les rocs gris, le sol marron puis les buissons verts et jaunis qui ont tout envahi, grâce au point de repère du sommet de la colline, je n'ai pas perdu mon chemin. Mais de chemin bientôt dans le sous-bois, il n'y en a pas.

Au sommet se dégagent les troncs serrés des grands arbres. À travers la trouée au soleil exposée par-dessus l'épaule de mon petit baluchon blanc sur le gilet coupé en deux où goutte ma sueur, je peux apercevoir la plage petite, noire aux mille reflets. La plage est plate et balayée par les eaux qui luisent telles que l'huile à frire de madame Diane, loin des brumes là-bas de la grande île. Oh la plage a rapetissé sur mon œil comme un éléphant en s'éloignant devient un insecte écrabouillé sur la vitre des yeux qui voient et qui commandent.

Pauvre Michael, je dis, quelque part dans l'ombre en bas sous mes pieds sous les rochers à la frange des premiers arbres de la forêt sur la rive. Deux heures après lâchées par la montre de Janet que je regarde et à qui je parle mon seul compagnon, en grimaçant, en m'excusant, sur la paume des mains, les genoux pliés, je grimpe à découvert un terrain caillouteux à flanc nu du grand contrefort du volcan. Je grimpe avant la forêt qui ceinture l'inaccessible sommet plus haut que le plus haut nuage comme les cheveux sur les tempes d'un chauve tel monsieur McVey, vous vous souvenez. Je veux atteindre la forêt et du haut d'un arbre sur une branche regarder situer.

Je longe une tranchée profonde, l'ancien lit d'enfant du torrent, d'une rivière qui a tellement coulé de la source de la forêt qu'elle est tombée tout en bas, elle est peut-être dans la mer aujourd'hui qui sait ? Il n'y a plus que des cailloux et du basalte sur les bords de la tranchée, sous la chaleur et je suis épuisé.

Je suis si fatigué.

Assis accroupi sur un énorme rocher plat, j'ouvre le baluchon, je découpe au couteau des six lames coupe-coupe la mangue orange et juteuse pour me reposer car le chemin des poumons à ma bouche est sec et chaud comme le fond de la rivière tombée dans la mer, sous le soleil orange plus que la mangue fraîche.

En inclinant la tête alors que je gratte du bout de l'index le fond de mon oreille, car Doogie l'oreille propre et l'esprit clair, je visualise une toute petite fourmi, oh comme un bébé, et je souris. Elle marche sur le rocher avec Doogie mon ami. Je regarde en me penchant de plus près, les yeux froncés.

Voilà un petit animal à deux fois trois pattes fines articulées comme les robots de monsieur McVey, le ça s'appelle un gastre en forme de cœur, la tête aux yeux des points noirs et, sur le thorax après la taille fine comme celle de Janet, deux épines obliques aux angles postérieurs. D'un peu de terre au bout du rocher des plantes vertes ont poussé et des pucerons font leur miel sur les tiges aux rainures poilues. La fourmi au derrière en cœur se nourrit mais elle semble seule et affolée, perdue. Par-ci, par-là, elle avance, elle recule, en vibrant des mandibules, pauvre pauvre fourmi loin de ton foyer, perdue et pas de maison, Doogie tu comprends, tout le monde cherche là où il va là d'où il vient, tu sais. Comme Doogie gentil, il accroche au-dessus de lui, dans l'arbre en bordel à l'écorce frêle, une branchette d'une ramille, très très fine. Doucement, il la pèle et j'enlève tous les nœuds et les épines. Puis du gros doigt en la rassurant comme un papa je l'aide à la faire monter sur le bâtonnet et je baisse la tête vers sous le gros rocher.

Qu'est-ce que je vois ? Sur cent trois cent fois un grand pas de monkey, une colonne de fourmis madames affairées qui suivent le chemin du fond de tranchée de la rivière asséchée : magnifique spectacle ! Les ouvriers et peut-être la reine au centre et les soldats amis de ma fourmi bébé sur les deux côtés montent en bruissant d'un bruit grand. Sur les moindres troncs en travers des moindres creux, certains s'agglutinent et servent même de pont vivant aux suivants pour passer l'obstacle vers l'avant. Doogie c'est pour toi un exemple, il est temps de te remettre en avant.

Cours rejoindre toi aussi tes amies, je dis sur le bâton à la fourmi dorée, le derrière en forme de cœur et la tête rouge. Elle est petite comme un bébé face aux grosses fourmis adultes et parents qui avancent par-dessous, il ne faut pas que tu perdes de vue ton papa et maman et je pense moi-même à la mienne et au mien.

Pour lui venir en aide, je la replace en équilibre sur le très long bâton et je descends le bâton vers la colonne infinie des fourmis brunes, le derrière rouge, grignotant et emportant les moindres minuscules brindilles, comme une coulée de bave croustillante descendue du volcan vers la mer.

Alors je souris, elle va rejoindre au moins les siens.

Mais quand je la dépose dans le courant trois cinq et dix fourmis guerrières aux mandibules en crochets acérés, trois fois plus grosses qu'elle, s'en emparent. Je crois bien qu'elle me regarde une dernière fois, elles la déchiquettent et la dévorent en la découpant pour la partager entre toutes en mille et mille morceaux pour manger.

Aaoooouuunnnmnh !

Oh malheureux Doogie ! Qu'est-ce que la cruauté ! Et je comprends qu'elle n'est qu'une petite fourmi différente le derrière rouge des grosses fourmis aux mandibules en crochets qui avancent, et à ceux qu'elle fuyait je l'ai livrée.

Oh malheur, peine, chagrin et affliction. Que bête et que désespoir pleure le cœur de Doogie. Je n'arrête pas et les larmes tombent sur mes pieds. Je donne un coup de poing à Doogie. Pauvre idiot de monkey, tu as tué ton amie petite la fourmi.

Quel malheur que la Nature, les fourmis sont parties et qu'est devenue la petite, en morceaux découpée où sera-t-elle jamais au Paradis ? Doogie descend du rocher en pleurnichant, je me réprimande : Doogie, dit toujours Janet, ah je te l'avais dit, la voilà la Nature. La Nature il faut observer et dire oui ou non, ça c'est civilisation. Je sèche mes larmes en marchant, j'observe et j'expérimente car naïf que tu es, petit Doogie, dans la Jungle le bien que tu fais à la plus petite des petites fourmis n'est toujours peut-être à l'échelle de la forêt du monde que la nourriture donnée ni en bien ni en mauvais aux plus grosses fourmis dans leur avancée, et tuer n'est rien de différent que vivre, hélas.

Oh, lasse, lasse, lasse.

Je m'intéresse de plus près à la Nature de la Jungle à présent.

Aux premiers bosquets de la bande forestière, j'étudie comme avec la loupe monsieur Gardner Evans, les plantes les insectes et le sol.

D'abord, je remarque un arbuste étrange de cinq fois la taille d'un Doogie, dans les fourrés, à l'ombre, qui tapisse les environs de la couronne des montagnes. C'est comme un faisceau de tiges aux feuilles lourdes dirigées vers le bas au milieu desquelles des fruits jaunes comme des citrons qui auraient minci maigres après un régime attirent l'œil à la lumière de Doogie qui les respire.

Comment marche un arbre ? Est-ce qu'il tue est-ce qu'il vit comme la fourmi ? Je ne veux pas faire deux fois d'erreur et soigner l'arbuste blessé aux branches coupées, au tronc à moitié tordu et le réparer pour lui faire finalement plus de mal que jadis. Alors j'observe où sont plongés les troncs des racines et sous la terre poudreuse sale pleine de vers lombrics, je tire très précautionneusement les pieds de la plante, entre des laines poilues comme des pommes de terre germées, une grosse racine jaune épaisse à la façon d'un légume qu'à quatre pattes je renifle méfiant.

Drôle vraiment drôle est l'odeur de cette chose. Une sorte de terre au parfum très fort. Pour la science du Doogie, je sors le coupe couteau et je tranche sans faire de mal un morceau de la racine. Du bord du doigt je touche de la pointe de la langue je goûte. Mmh. Ce qui a le goût âcre et amer très puissant d'une terre profonde. Est-ce miam est-ce beurk ? Que ne sais-je ?

Je décide de débiter en lamelles fines presque en poudre l'extrait de racine pour le tester sur ma langue et c'est l'impression d'il y a longtemps des calendriers et des calendriers peut-être de jamais qui me fait ça frissonne. Qu'est-ce que c'est ? Idiot Doogie, après la fourmi, Michael t'attend et tu perds du temps qui coule de la montre. Je me redresse en montrant les dents, mais je ne suis pas méchant, les bras repliés sous les aisselles car je me gratte. Il est grand temps.

Quelle énergie que Doogie ! Jamais il ne faut jamais s'arrêter. Je ne m'arrête même pas aux grands arbres au tronc épais pour grimper regarder car je voudrais le sommeil. Le sommeil du sommet de la somme et il faut marcher. C'est comme si le chemin se déroule sous le doigt de mes pieds. Que clair est l'œil précis du cerveau, je vois par-dedans très distinctement. La voix et le dessin, parce que je sais. Que puissant est le Doogie ! Ah ah, mieux que vous que vous tous, pauvres les fourmis les humains.

Doogie, que dis-tu ?

Ah, ferme la ferme-la. Je suis roi.

Hi hi, j'entends très parfaitement le bruit de chaque feuille de chaque feuillet de chacune différent du bruit de l'autre et je vois chaque branche sur une autre branche, je vois à l'infini à un pas de moi le sommet du volcan noir et gris brumeux à mille fois mille pas, je cours je vole. Chaque odeur de chaque fleur de chaque animal remplit l'une de mes narines. Combien ne suis-je ? C'est magie. Hyper-puissant Doogie.

J'ai franchi le fossé, le tronc, l'éboulis et le ravin car grand et fort sans un poil, énorme géant des Doogies, majestueux plus immense que la montagne je la vois comme la lune regarde une fourmi. Meurs fourmi ! Doogie est ici ! Regarde, mon ami ! Je vous vois tous ! Merveilleux, incroyable ma vue !

Peut-être est-ce et si c'était la poudre de la racine dans ma tête ? Mais comme des étoiles en poussière j'ai derrière mes yeux la lumière qui me guide...

Un soir un étudiant de monsieur Gardner au Zoo avait fumé dedans du papier brun une herbe, en cachette près du vivarium sous le préau, puis pour partir faire la fête avec Mehdi, vous savez on n'avait pas beaucoup d'amusement pour les étudiants en exil, ils avaient les yeux rouges, ils ont chanté avec des gestes bizarres, ils riaient tout le temps, je les ai vus par la fenêtre je n'ai rien dit, ils avaient voulu plus tard escalader sous la lune sur les barreaux de la cage du lion King je crois, tu sais Doogie, si tu pleures, ils ont fait ça parce qu'une substance. C'est scientifique.

Et la substance transforme le cerveau.

Et le cerveau transforme le monde.

Mais le monde ne change pas.

Lion King n'est pas un mauvais bougre, mais il a le cerveau de son estomac, tu sais. C'est pour ça qu'il a fait ça, il a mordu l'étudiant. Pauvre substance, j'ai pensé à l'enterrement.

Lion King a fini enfermé dans le hangar de la réserve, plus jamais je ne l'ai vu.

Ah Mehdi ! j'ai dit. Mais n'enterre pas ne m'enterre pas trop vite, et vole je m'envole, ah ah, j'ai ri, plus haut que le sommet, tant pis pour les Mehdis ! Quelle substance de quel cerveau de tous les mondes, vous n'êtes que de la poudre, tous, mes yeux des étoiles. Hi hi, quel maître tout de même ce Doogie. Je domine le tout est à mes pieds.

Je pourrais avec l'énergie que j'ai grimper mille et mille volcans jusqu'aux stations orbitales et monsieur Doogie je reviendrai, cher très cher respect pour le toast et le champagne, en passant par le hublot, hi hi, et il vous fait caca sur la tête dans les étoiles du cul du ciel bleu. Non, noir.

Non.

Ah tant pis, bonheur ! Ah puissance ! Ah joie ! Je respire. Voilà le paysage, c'est un plat je vais donc le manger. Ici au-dessus de moi, quoi ? au sommet, il y a donc encore quelque chose au-dessus de moi qui domine Doogie, ce n'est pas possible, je n'accepte pas ça. Tous les sons du silence sont différents dans mes oreilles, je ne veux qu'un pays large sous mes pieds à la montagne du sommet, et au-dessus le ciel je le cueillerai : pour Janet, à la racine de mes pieds.

De mes ?

Sur le dernier piton des rochers, marron, je vois une Janet, bien habillée, deux trois cinq et dix fois. Oh, beaucoup de Janets, à cette heure-ci. En robe blanche d'été, je crois, les cheveux roux noués en oreillettes et macarons, je t'attends, au bras un panier d'osier c'est breakfast le brunch un pique-nique d'été, elle me sourit et remue le bras droit, viens, Doogie, je suis ici. Ici c'est maintenant. Et tu y es. J'y crois, c'est le maximum du monde.

Alors je grimpe, ah ouh, sans les mains, fort que je suis. Je m'assois au sommet. Où Janet est passée ? Je jette un œil en bas.

Aaaaah !

Que vide le vide. Quel vertige. Rien je ne vois au-dessous de moi sinon rien et étalés jusqu'à la forêt, des bandes noires de basalte, puis le bois et la plage qui dessine un C. C'est là qu'est Michael. Ma tête tourne et mon cerveau reste droit. Loin très loin, en bas, le Charles Bigleux est plus petit que le petit moustique de la nuit. Tu as déjà fait du chemin.

Doogie, je murmure, qu'arrive-t-il à toi, tu as l'énergie, reprends-toi. Que fais-tu, tu fais n'importe quoi...

Frénétiquement, je cherche les morceaux de la carte dans le baluchon mais le vent siffle et j'y accroche mes gros doigts.

Alors voilà : je me tourne vers Janet, tu vois. Hounh, hounh. Ah ah. La substance du cerveau de la substance s'effrite et je crois que par endroits ce que je vois tombe en poudre, à mes oreilles le son zigue le zag et butine en tournant comme une abeille que je chasse des dix doigts.

Devant l'île de l'océan aux deux volcans, la plage de sable noir au pied de la montagne enlacée par les forêts est un croissant irrégulier, mais aux deux extrémités des terres comme des deltas, par petits bouts à la manière de biscuits émiettés dans le café, forment des végétations à moitié immergées, des racines sorties des eaux et des plantes sur la boue et la mer, à l'entrée du long couloir progressivement refermé de deux fleuves aux eaux marron. Comment ça s'appelle ?

Doogie encore puissant se balance d'un pied sur l'autre, c'est dangereux, une encyclopédie dans le cerveau de la substance, Janet a appris en biologie, Doogie c'est comme près du grand fleuve où l'on va en quatre fois quatre, c'est une mangrove. Moins qu'un marais, plus qu'un étang, des plantes qui se sont mariées sans divorce avec l'eau de la mer des fleuves afin de faire des enfants de l'air et respirer... Mangrove au nord, mangrove au sud. Deux mangroves.

Doogie étale alors la carte en morceaux et immédiatement en reculant les yeux grands ouverts, la bouche baveuse il les repère. Là et là. C'est ça. Mais Doogie, dit Janet, le grand fleuve qui près du Zoo passe à une heure de montre de quatre fois quatre pour emporter les crocos et les hippopos...

Le fleuve, je le descends avec l'index et il débouche dans les mangroves rouges et roses au milieu de la Jungle au-dessus du mont volcan dessiné en marron, surtout pas au-dessous, non, car l'autre rivière descend en revanche vers le bas du continent : Doogie malin intelligent monkey, tu sais ce que tu dois faire à présent. Marche avec Michael à la mangrove du nord, traverse les racines et les végétations, remonte les rivières, construis un radeau et descends le fleuve jusque proche du Zoo. Oh Janet !

Mais je ne marche pas, je ne nage pas, regarde-moi, je te montre, Janet, quelle est l'énergie en substance car Doogie hallucine et c'est réel, je sais flotter ! C'est que je vole ! Mieux que le mieux des oiseaux, mille et une couleurs, en accrochant au menton le soleil d'ici, je dévale au-dessus des terres et des eaux, je survole la Jungle éveillé à jamais, jamais dormir et vigilant, stimulé comme le plus absolu monkey, je suis tel le grand Charles Bigleux en personne qui revient, qui atterrit, le navire en forme de tortue venu des étoiles et je vole...

Je décolle, la carte froissée à la main, le pied pris dans le baluchon... Oh Doogie ton cerveau t'est sorti de la tête, qu'as-tu fait, les bras en l'air, aïe aïe aïe, tu ne voles pas vraiment, je ne veux pas voir ça.

Et je ne le vois pas.

FEU

— Gueule de bois sur un plateau venteux, — Le paysage en contrebas, — La mer, le fleuve, la forêt, — Incendie, — Course folle, — Arrivé trop tard, — Disparition de Michael, — Indices, déluge et abandon

DE LA JUNGLE

Tout d'abord, je suis sur un grand plateau noir et gris désertique, allongé affalé sur le bras et je ne vois rien que le vent qui rit de moi et c'est plat. Affreux comme j'ai terriblement mal à la tête et le coude de ma gauche est raide comme est raide la pierre, il fait froid. Où c'est ça ?

Nausée, oh comme le ventre de Doogie est un vieux sac irrité qui remue, beurk, je vomis mais rien ne sort, est-ce que je suis le sac, est-ce que je suis dedans ? Je me sens retourné dessus dessous comme un gant. Je remarque que déjà mes deux pattes pataugent dans une mare jaune de grumeaux orange et de bile, bientôt oh les deux muscles de mes deux bras ne bougent plus, comme le Charles Bigleux quand il est en panne, les ailes ne sortent pas, les écoutilles sont bloquées, crie dans ma tête commandant Gardner monsieur papa de son état. Oh stop stop stop. Oh, je vous en prie, je ne sais pas, arrêtez-moi.

Je crois bien qu'à la suite de la malencontreuse rencontre de l'estomac de mon cerveau et de la substance, je connais quelques hallucinations, un court-circuit de ma tête par les yeux les oreilles, car ce que voit maintenant Doogie le monde ne l'est certainement pas, c'est comme un écran de cinéma !

Lorsque je lève la tête, en effet, un grand piton droit et noir comme le charbon est seul dressé sur le plateau gris balayé avec les cailloux ovales par le vent tranchant moqueur. Au-dessus comme des cotons-tiges sans tiges, tortillonnés telles des pâtes trop cuites ordonnées en spirale dans l'assiette du grand ciel sale, les nuages cachent le soleil et les stations orbitales humaines, ils sont blancs bientôt gris, et j'ai l'impression qu'ils vont atterrir, pour venir me punir.

La deuxième chose que j'ai vue, en descendant du piton avec le bout des prunelles de ses yeux, c'est l'immense incroyable cratère en contrebas, enroulé dans un flanc de mille fois mille fois mille petites billes noires sur le sol, comme une assiette à soupe j'ai bien cru qu'il grondait.

Oh ne jure jamais, Doogie, jure et tu seras prisonnier, mais si tu veux sauver ta peau le temps que ton cerveau se réveille pour le remettre quelque part dedans un de ces jours, il faudra tout de suite monter sur les deux pieds et descendre d'ici avant longtemps. Mais les muscles du Doogie sont engourdis parce que la substance s'est endormie dedans, et il se traîne jusqu'à ce que.

La troisième chose que j'ai vue, à la fin du plateau, là où la roche s'effritait comme la biscotte du matin dans le café chaud, mais là dans le vide c'est le vide. Et le vide c'est beaucoup plus de rien que vous croyez. Houh houh, là là ! Quel piège de malheur !

Où as-tu été et comment, pauvre fou de monkey ? Comment mais comment es-tu grimpé sur ce monstre sous les nuages qui grincent ? Aïe aïe, il faut réfléchir à ne pas réfléchir car ça urge, c'est indubitable un fait, ma foi. Au-dessous de moi, embrumé, le paysage de la grande plage, sous la mangrove du fleuve, enfoncé dans le ténèbre vert touffu de feuillage du continent jusqu'à l'horizon derrière moi, où dans le centre sous les arbres de la ligne loin là-bas demeure Janet, oh si je savais voler. Tu ne sais pas pouvoir. Au sud, l'autre mangrove à éviter, mais où est donc la carte pour dessiner tracer le cheminement du chemin du fleuve comme un fil noir dans le vert des forêts qui serpente et fait des lacets ? Je me retourne, je marche avec mal sur les rochers du plateau désert et sous le grondement, je l'entends, une fois le vent me siffle, deux fois. Il est parti, elle n'est pas là, le vent l'a emportée, elle est partie avec lui, la carte t'a trahi. Pourquoi ta main n'a-t-elle pas été fidèle au baluchon ? Tout est c'est perdu maintenant. Oh malheur pour toi il n'y a jamais de joie.

Il faut que tu écrives dans ta mémoire le dessin du chemin, en observant la mangrove mille fois découpée la gueule et l'estomac du fleuve pour que près du Zoo il te fait caca.

Mais, je fronce le front, la main plaquée contre ma joue, la mâchoire engourdie. Hou hou, qu'est-ce que c'est que ça ? Ici où est Michael dans le creux caché au fond du grand C de la plage, sous les feuillages, une énorme grande et grande énorme colonne de fumée noire s'est levée, elle tourbillonne et vole vraiment vers le ciel, lentement. Qu'est-ce que c'est ?

Je renifle, je sens. Doogie, ne te fie pas. Mais. C'est danger danger danger. Michael, il faut le sauver.

Ma respiration connaît des hoquets, tu sais, je gémis mille fois en transportant mes jambes atrophiées, à l'aide de mon bras le plus valide et long qui les fouette, allez cocher, il faut y aller, Michael est en danger, cours, cours. Mais je cours en tout sens paniqué, je cavale et demi-tour en un sens puis dans l'autre, désorienté comment sortir du plateau où Doogie est-il entré ?

Oh pourquoi tant de fois il est si aisé d'aller et impossible de revenir, c'est l'histoire de la cage c'est l'histoire de ta vie, pauvre pauvre Doogie. Hi hi hi, je ferme les yeux à l'aide de la grande main je dégourdis les deux jambes sous le pantalon déchiré et je retiens ma respiration en bouchant le tout petit nez humide et frémissant de l'autre main, comme dans la piscine Doogie, avec la bouée, mais tu as peur, tu as fait caca dans ta culotte tu ne sauras jamais nager car c'est un cauchemar.

J'ai couru en clopinant et j'ai sauté, de haut oh oui de haut pour sauver, te sauver Michael. J'ai atterri dans la houppe des très grands arbres, en contrebas de la petite falaise du volcan, inconscient que tu es, je dégringolais, la chemise accrochée, déchiquetée, j'ai perdu le gilet ; je suis griffé, blessé mais je m'accroche d'un pied à la chemise blanche, je culbute et Doogie touche le tronc, il accroche maladroitement la liane et il ralentit, il finit la tête la première dans un arbuste aux feuilles rondes et douces si douces qui sent le citron dans le parfum de caca général de la terre entière. Doogie a les deux pieds sur le sol, à présent, c'est bien Doogie, les fesses par terre, la tête parfaite.

Oh si vous saviez, je regardais ma montre pour m'encourager combien d'heures tu dépenseras, monkey, Janet oh s'il te plaît aide et pardonne-moi, en courant à deux à quatre pattes, au milieu des arbres de fruits sous les palmes, les pieds pris dans les racines sorties du sol comme des bras des genoux, à bout de souffle. Je crois, mon nez a saigné, je laisse traîner une jambe à la terre, et mes poils noirs touffus sortent de la chemise déboutonnée, ma tête renfrognée qu'est-ce que je deviens ? en soulevant la terre, en sautant par-dessus les obstacles, dévalant la pente, parfois je tourneboule et j'ai mal, en gémissant, je reprends la course, la bouche ouverte sur mes dents méchantes. Doogie on ne montre pas les dents, je n'ai pas un joli visage si je le voyais, mais fidèle à l'humain je suis à la fin, il faut peut-être passer par d'autres moyens, oh pardon, je ne sais plus, en courant comme un fou, je crois que je n'ai pas pensé, je n'étais qu'un bête monkey, un monkey acharné et violent, mais jamais sinon je n'aurais traversé la forêt pour arriver.

J'ai retrouvé la tranchée des fourmis et d'en haut de loin à contre-courant je les ai suivies en tenant mon coude de la main qui était râpé, rouge ou sans chemise.

Pourvu que je n'arrive pas tard, j'aurais pu penser.

Quand je suis arrivé, j'ai écarté des deux bras les petits arbres fruitiers, l'écorce douce et grise, après les manguiers, des arbustes en fleurs blanches, j'ai écrasé les tapis de boue, j'ai sauté et tendu la main, au travers du rideau des troncs vers la lumière de la lumière de l'océan. Le soleil qui couche m'a tapé sur les yeux les paupières refermées lorsque j'ai découvert le sable de la plage sous mes pieds.

J'étais encore loin du creux du C doux où j'avais laissé, hélas mauvais Doogie que tu es, Michael allongé. Au bout du bout de l'arc des sables noirs, le ciel jaune orange à la mangue se couvrait d'une épaisse nappe de fumée. L'odeur la vieille odeur du four des gâteaux du brûlé.

Oh Doogie, stupide, je t'avais pourtant demandé de surveiller ! Tout est brûlé ! On ne peut pas compter sur toi. Et encore, encore, j'ai pleuré en courant lourdement les pieds au frais des flaques grises de l'eau de l'océan, plic ploc, les mains remontées, posées enfoncées dans le sable croustillant, car devant moi bientôt où avait été, mais c'est le passé, un beau camp construit de la civilisation par Doogie, sèche-linge, cabane, eau de gourde et garde-manger, pour toi l'humain, désespoir, je n'ai senti en toussant que la fumée du feu de la fumée.

Et agitant les deux bras, pour nettoyer autour de Doogie la propreté d'y voir quelque chose, j'ai compris. Je suis tombé à genoux, encore à genoux. Le feu avait mangé déjà sur cent fois le pas de Doogie la végétation avancée sur la plage des bois, il fait chaud, il fait chaud, tout autour de l'abri qui dansait mollement, crépitant, dans les flammes de la nuit tombée, déjà cendres bientôt rien. Là où fut Michael : du brûlé, du charbon de braise et des tapis de flammèches méchantes jaunes et orange qui chatouillent tout ce qui s'écroule, se fripe et noircit puis poussière. Oh c'est bien fini.

Doogie prend de l'eau au creux de ses deux mains, qui coule entre les paumes et il lance l'eau sur le feu de l'incendie pour le soigner, mais il est si fort qu'il n'a plus de maladie, le feu se porte bien merci.

Oh Doogie, Doogie.

Je suis resté les pieds dans l'eau face au désastre, agenouillé en sanglotant. Que devient qu'est devenu

Michael, Doogie ? Jamais je ne rentre, jamais je ne rentrerai à la maison du Zoo. Et pleure je me pleure.

Alors seulement je remarque autour du premier foyer où l'incendie a laissé d'abord derrière un amas de bois de cendre où Michael était endormi, les traces creusées dans le sable encore frais, à la limite de la plage avant la forêt, régulièrement un pied deux pieds, je m'approche et je veux placer mon vrai pied plein dans l'absence creuse de pied que je vois bien. Et ça correspond.

Doogie, qu'as-tu fait ? Tu étais là quand tu n'étais pas là, je m'interloque. Oh non, non, non, déjà Doogie voit autour de ses pieds, les faux, les vrais comme un inspecteur de policier, tu sais le soir au lit avant de s'endormir madame Diane aime lire les enquêtes de madame Agatha Grizzli : dix et trois fois dix absences de pieds plus petits mais ce sont, je m'en souviens, comme les chaussures naturelles des petits coquins que Doogie n'appréciait guère, au Zoo, les sapajous, les atèles, les ouistitis et là le pas d'un gibbon je crois.

Des singes, des petits animaux inférieurs, singes de merde, singes de rien sont passés par ici, oui oui oui Doogie ne sois pas raciste. Hihi. Haoounh... Mais je renifle méchamment, pris de colère, les traces de pisse de merdeux de ces sous-merdes, hiiinh, violence, combat, bagarre, dans le sable l'absence des pieds traînés de Michael et je sens, je goûte du doigt, le goût de son sang.

Aaah ! Ouh ouh ! Je tambourine le torse de Doogie de rage sur mes deux pieds face à la forêt en feu, bientôt toute la Jungle brûlera, et le feu crame le cœur de Doogie, flammes dans ses yeux, sang et vengeance dans sa tête, je grogne, d'abord hulule hou-

hou, puis cri, je parade, j'intimide, les poils dressés, domine, domine et hurle de frustration.

Oh Michael...

Enlevé il a été, traîné blessé emporté dans la forêt par des petits singes merdeux, fils de fiente et Doogie doit le retrouver. Mais le feu, et feu qui brûle, qui l'a fait ? Car les merdeux qui font les crottes ne savent ni ne connaissent la science du feu, oh l'humain, toi qui connais, dis-moi, je t'en supplie. Seul Doogie, car génie que ce Doogie, connaît le pouvoir de l'allumette, des silex, du frotter-frotter et du bois qui fait feu.

Alors l'absence de tes pieds découpée dans le sable...

Est-ce que c'était toi ? Que veut dire que tout ça... ?

Doogie grogne, il gémit et dès que je m'approche de nouveau de l'absence de mon pied dans le noir du sable de la plage, le ciel pleure, il pleure trois cinq et dix mille fois, car il pleut et les nuages qui atterrissaient, en coton torsadé comme les vaisseaux blancs dans le ciel, ils ont pissé dru.

Toute l'eau, violemment, trait par trait, sur moi, sur la plage, sur le feu est tombée.

Fini bientôt le feu mouillé a crépité comme un méchant grogne que le gentil a châtié, mais finie aussi l'enquête, l'absence des pieds dans le sable, le sable trempé, gondolé, plein et déformé, des cendres et des coulées du sable qui laisse sortir les vers et s'effondre et s'effrite, sous les yeux désespérés sombres de Doogie en nage, grelottant, les vêtements en lambeaux collés, grimaçant, les bras serrés, maintenant de froid s'il s'éloigne du feu du foyer qui s'éteint, sans maison sans chez-soi.

Adieu l'indice, pleure le ciel tu n'es pas triste, pleure Doogie tu as froid, qui le saura ? seul sur la plage, le feu fini, l'eau tombée, Michael enlevé et les animaux par dix par mille de la Nature dans la Jungle méchants attendent Doogie et veulent sa peau. Il faudra retrouver Michael, se battre et ruser, être singe et fidèle à la fois, mais donner et reprendre du sang, mille hélas, puis marcher à la mangrove, remonter le fleuve et marcher encore et un jour peut-être de plus en plus loin à mesure que s'en approche le singe passer les portes aux grilles vernies qui grincent sous le soleil du Zoo.

Que de bonheur tu as eu, mais tout n'est plus que mémoires et rien ne reviendra, Janet, tu m'as oublié et tout oubliera Doogie. C'est fini, car tout s'est perdu, étoiles, confort, Charles Bigleux, civilisation, Michael, monsieur Gardner, Pointe du Bec, amitié des baleines, des dauphins, petits déjeuners, Janet et parfums, perdus, c'est la fin.

Pour l'heure, Doogie, tu es moins qu'un animal et tu n'as plus grand-chose de l'humain. Comment, oh ciel qui rit de moi qui pleut, comment toi, Doogie pleurnichard, iras-tu jamais plus loin qu'un presque rien ?

CHIEN

— Impuissance de l'odorat, — La science du nez, — Un chien abandonné, — Le maître et la fidélité

DE LA JUNGLE

Essaie j'ai essayé, essaie encore j'ai recommencé. Le ciel au-dessus de moi a changé, la pluie a séché, l'eau chaude est devenue de la fumée, la fumée de l'air, l'air était blanc, bleu, noir et nuit, oh même dans l'obscurité, dans l'obscurité sombre comme un aveugle, j'ai essayé de faire comme font ceux qui savent.

L'absence des pieds de Michael, des pieds des petits singes au cul merdeux, leur absence creusée dans le sable, dans la boue, sous les fougères piétinées, sur la terre, je les ai bien regardées, j'ai senti, j'ai humé et j'ai suivi comme le détective. Doogie, je me suis dit en tremblotant dans la nuit, si tu es singe, retrouve ce que tu sais : mille odeurs dans la forêt, la science du pisteur, l'instinct de ton singe ! Oh savoir reconnaître les traces, les parfums, le son des brindilles cassées, l'écho de la Jungle !

Mais Doogie moi je ne sais rien de rien à la science de l'animal.

Monte le soleil et après le froid la chaleur, qu'est-ce que la Jungle ? Toujours pareil toute l'année, jamais pareil toute la journée : tremble de froid dans le noir, étouffe de chaud quand haut le ciel est encore plus haut. Tout s'évapore Doogie ! Où sont les odeurs passées ? J'ai le nez bouché, le petit nez que tu as à la place d'une gueule ou d'un museau. Doogie, ton nez comme celui d'un humain prouve combien peu animal tu es. Partagé en deux que j'étais : fier du nez qu'aime Janet, du nez aux deux narines si proches comme celui de Janet, oh quel charme, petit et retroussé, mais honte honte honte du nez encore trop noir, trop écrasé, un pli le coupe en deux, qui frétille quand Doogie tu renifles, mouche-toi donc dans le mouchoir à carreaux brodé qu'a cousu madame Diane, il coule, sale le nez, tu es encore trop museau pour être honnête ! Sale gueule que ton visage, Doogie ! Janet ne l'aimera pas.

Aaaah.

Alors ici et à présent combien Doogie aimerait pourtant changer contre son nez écrasé une vraie gueule d'animal au cul de merde ! Car le museau de la gueule de l'animal qui sent, qui snif-snif, la gueule sait la bonne science de la trace, de l'odeur des merdes et de la chasse.

Lorsque Doogie reniflait son caca dans les toilettes, Janet disait : Doogie, je t'ai vu, je vois toujours, tu le sais, je suis la femme invisible de la caméra de la morale. Si tu veux renifler tes selles, car Janet n'appelle pas caca le caca, je devrai le dire à papa, tu ne mangeras rien et tu nettoieras seul les toilettes, avec les gants en plastique, le produit pschitt-pschitt et la balayette rose. C'est ce que tu veux, ape ?

Oh Doogie n'aime pas ça. Il sait que les odeurs qui sortent de moi ne sont pas pour la civilisation, et Doogie on ne renifle pas non plus le cul des gens. Sinon où est-ce qu'il y a de la civilisation ? Combien civilisée est l'odeur de l'alcool doux, de la vanille puis des mille essences du flacon de Janet, dans son cou ! Oh Janet, si je sens la civilisation de son cou, quel Paradis ensuite ? Rien rien rien. Mais... Doogie aime aussi le parfum qui sort de la bouche de Janet quand elle l'a laissée fermée toute la nuit. Doogie, je pue de la gueule ! Hi hi, Doogie se colle contre elle au réveil ! Et l'odeur qui sort sous les bras : Doogie, où as-tu mis mon désodorisant ? Janet est colère. Et l'odeur des pieds qui ont marché : Vite, Doogie, va me chercher du savon, ne sens pas mes orteils, oh stupide grand singe, ape que tu es ! L'odeur du cul mouillé de Janet ! Oh pardon, pardon, pardon : des fesses. Pourvu qu'elle oublie la chasse des toilettes, le savon et le produit qui pschitt.

L'odeur entre ses cuisses.

Et si je suis indisposée, Doogie.

Sale ape mauvais, que je me dis ! Sale dégueulasse. Et je donne moi-même la claque à Doogie. Comment peux-tu penser ça, les cuisses de Janet, dans la civilisation et au moment où il faut sauver Michael. Sois fidèle à l'humain. Ne mets pas la merde dans Janet.

Mais je regarde. Comment fait l'humain nu sans les objets sans les machines ni la boussole, l'ordinateur GPS, Doogie, et le plan papier, quand très profond dans la Jungle il doit chercher la trace, suivre le chemin, humer les odeurs, pister la merde, je respire. Il n'y a qu'air mouillé, en bloc, terre qui pue, fumée de la chaleur, bois brûlé qui a pris la douche de la pluie ploc-ploc et les mille parfums de la Nature qui n'a pas mis de pschitt pour sentir bon la civilisation, tout n'est dans mon nez que comme une seule odeur qui ne dit rien, l'odeur du junglement. Qui ne parle pas. À quoi sert le langage dans la Jungle ? Maudit nez qui n'est pas nez, sale nez qui n'est même plus museau.

Oh brouillard, entre les lianes les arbres, brouillard dans ton cerveau, sale singe.

Car je ne sais rien : ni singes ni Michael, car je ne vois ni traces ni pieds ni ombres, car je n'entends bruits que des bruits et je n'y comprends rien. Chasseur tu n'es pas, piètre animal que toi tu fais, Doogie. Assis sur le cul, le nez vers l'air et les yeux grands ouverts, je sais bien que sans la science de la merde qui pue ici je ne sais rien.

Ooooh ! J'ai pleure et pleuré. Misérable misère que tu es ! Où es-tu instinct, car civilisation tu m'as laissé tomber ?

Comme j'aimerais, méchant méchant, sentir la merde de mon cul et qu'à la place de mon nez enfin le museau de la gueule des bêtes animaux me pousse et alors, bête et méchant, renifler, humer, chasser, ça je saurais.

Mais j'ai trop d'idées et pas le moindre snif au nez.

Tout autour de moi, la Jungle des ombres qui mangent la lumière, la chaleur et l'eau : tout est plus gros, tout est plus haut. Autour des arbres, les belles fleurs poussent sur les troncs et les fruits aussi, les noix, les coques et les calebasses, regarde Doogie combien riche la Nature est, pauvre toi que tu es.

Trente, cinquante fois plus que moi sont les arbres serrés, à la petite houppe sur le crâne loin très loin, et descendent les tuyaux des lianes où coule plus vite que ton sang le sang des végétaux. J'ai tendu la grande main maladroite vers la liane poilue du palmier, au-dessus des fougères et des orchidées, penché comme un dos l'arbre tordu qui aime l'eau, décoré de fleurs et qui sert tout là-haut de passoire à la lumière qui parfois tombe en glissant du soleil du ciel, un rayon. Et même si je n'ai pas de moustache comme les animaux, parce que nul est mon naseau, parce que je préfère les yeux et le cerveau aux sales narines, la lumière jaune au-dessus des herbes et des mousses sombres, où danse la poussière, me chatouille le nez humide, snif snif, sale nez tu ne sais qu'éternuer.

Et j'atchoume, saleté.

Alors je cherche dans ce qui reste de ma poche le grand mouchoir brodé avec mon nom, il faudra le laver Doogie, dans la machine à laver d'une rivière. Et comme Doogie baisse la tête en reniflant, je le vois.

Quel cri j'ai poussé.

Qu'est-ce que c'est que ça, j'ai voulu dire, oh oh, hounhn, c'est un chien dog, Doogie, hihi, que tu es bête. Janet disait Doogie, dog c'est un chien en anglais, c'est un chien de terrier.

Aaah ah. Il s'approche de toi, que fait Doogie ? Parce que j'ai la peur des chiens qui sont très dog.

C'est un bête. Combien bête il a l'air. Non non, chien, ne touche pas à moi. Houhn houhn, mais il ne recule pas. Je crois bien qu'il montre les dents comme un chien de chasseur, il est haut comme la moitié de moi, il n'est que poils et poils, et tout son poil est de la couleur des feuilles mortes. Quelle méchanceté n'est-il pas ? Il faut savoir que mordent les chiens, Doogie le sait. Il renifle, il grogne, il regarde Doogie. Il va sauter sur toi, il faut fuir te défendre, maudit monkey. J'ai cherché un bâton, une arme, un pistolet et je n'ai rien trouvé.

Fuir.

Le ouaf ouaf la gueule ouverte avait la tête sale et poil comme un buisson, les oreilles pendantes comme un monstre, les crocs décrochés, la truffe luisante de méchanceté contre moi, je le sais, il veut te manger. Alors sa queue s'est tendue. Aaah, j'ai sursauté : il veut te poignarder ! Pauvre pauvre Doogie ! Au Paradis bientôt dans la Jungle.

Comme malin est le Doogie, j'ai sauté de côté sur mes deux pieds, en agrippant la liane, pour m'évader.

Mais. La liane a dit craac. Doogie a dit aaah. Paf et poum les deux fesses de Doogie sur le sol marron elles ont fait.

Malheur. Doogie ne veut pas voir ça, il pince ses doigts contre ses yeux autour de son nez.

Aïe.

Doogie ouvre un œil, Doogie en ouvre deux. Le chien est assis, maigre très maigre, la langue pendante et les grands yeux jaunes vides, le poil mal brossé.

Hounh ?

Le chien lèche la tête de Doogie. Beurk beurk beurk. Il attend.

Alors Doogie, que tu es bête, je me suis dit. Hi hi, bête comme le chien est, il croit que Doogie est humain, alors il est fidèle à toi.

Fidèle, j'ai dit, c'est bien.

Et du bout du bout des doigts, parce que quand même, je lui ai donné une caresse. Hop. Il m'a léché.

Hi hi, j'ai ri. Chien, chien, quel abruti. Et je me suis moqué.

Je l'ai bien regardé, il ne pesait pas lourd, le chien anglais de terrier. Sa truffe, blonde, les narines ouvertes, au bout du museau très long, très large et carré, mais surtout, oh surtout sa grosse moustache... Il me donne un regard si stupidement. Comment tu t'appelles ?

Ouaf ouaf.

J'ai ramassé un bâton, je l'ai lancé comme font les humains, fort et loin, il est parti, joyeux, en aboyant.

Hounh. Pff. À quoi sert un chien ? Quel bête esclave.

Je me suis levé et alors j'ai pensé : seul que je suis, personne ne comprend Doogie, le chien est comme une montre qui fait tic tac dedans le chien, il n'y a que des ressorts, pour courir, aboyer et renifler.

Il n'a pas l'âme, Doogie, j'ai pensé.

Et j'ai sorti le slip de Michael que j'avais récupéré sur le sable noir de la plage où les singes au cul merdeux l'avaient enlevé. Bâtards. J'ai regardé le slip mouillé et déchiré de l'humain.

Oh, l'humain, Doogie.

Alors le chien est revenu en sautant, il s'est appuyé sur ses pattes derrière, une oreille tendue, malpropre et boueux, le poil qui pue couleur des feuilles mortes, sous sa moustache l'air bête et les yeux jaunes, il a fait le beau, et il a fourré sa truffe humide, luisante et blonde dans le slip de Michael, le slip bleu en lambeaux.

Sale chien j'ai grogné, en me campant sur deux pieds les lèvres retroussées sur les dents de devant, hou hou, pas touche à ce qui appartient à l'humain.

Mais le chien a aboyé, comme s'il voulait que je le

suive, en se frayant un chemin, la queue qui battait clac-clac, sous les bruyères, le museau salement dans la terre, il se retournait ensuite vers moi.

Doogie, je me suis dit, il veut te parler sans langage.

Quand je l'ai rejoint, j'ai vu dans le sol l'absence presque effacée des pieds de singes merdeux et à côté, de mes propres pieds.

C'est une piste ! j'ai crié avec les deux bras.

Combien bête est le chien qui sait. Bête comme une montre, il remonte les pistes avec la science des truffes qui fait si grand défaut à Doogie.

Brave chien j'ai fait, et j'ai caressé avec deux doigts entre ses yeux jaunes et vides. Comme il était maigre et qu'il avait faim, j'ai grimpé à un arbre lui attraper bananes, calebasses et papayes. Il a mangé sans serviette sans fourchette et il ne s'est pas lavé les pattes. Il a remué la queue à la fin, la poitrine creuse et le poil râpeux. Comme une prière, il a levé les deux yeux vers Doogie en gémissant et je l'ai caressé pour le rassurer, bête le chien.

Alors j'ai su que j'étais son maître et domine.

MANGROVE

— Le chien cherche la piste, — La piste se perd dans les marais, — Qu'est-ce que la mangrove ?, — La peur, — Halloween et la fausse sorcière, — Labyrinthe nauséabond, — Un perroquet parle, — Un singe suspect, — La chasse, — Souvenirs d'école

DE LA JUNGLE

Derrière le dog anglais, Doogie suit.

Ils marchent dans la forêt, le soleil est haut avant de tomber, sous la patte et sous le pied des feuilles, les branches croustillent et les bruits chatouillent mes oreilles dégagées sur les deux côtés de crâne. Ouh, il fait chaud.

Et quand la forêt devient plus sombre que profonde, attends-moi le chien, je veux dire, mais je grogne et il s'arrête, l'ombre est partout, il fait doux frais. Incroyable à quel point le chien pelé, les moustaches sales, rentre donc ta langue, je lui dis, tu n'as vraiment pas de dentifrice dans ta gueule, tu pues, le chien renifle de la truffe et il sait, il cherche, la tête basse, il connaît la voie et le chemin.

Doogie, je me dis, tu vas retrouver Michael, à moi la gloire, sauver Michael, tu donneras une caresse au sale chien, et tu remonteras le premier petit fleuve puis le grand fleuve Congo, alors tu seras au Zoo et

Janet dira : Comme fidèle à l'humain tu es, puis elle me donnera une caresse, parce que je serai propre.

Ouaf.

Quoi, quel ouaf ? j'ai dit. Qu'est-ce qu'il y a le chien ? Raide droit à quatre pattes sur de l'herbe presque chauve, la queue tendue et une oreille enroulée comme une crêpe au fromage, oh le chien, je dis, tu as de la saleté dans les moustaches. Alors en grimaçant, haounh, j'épouille sous sa truffe blonde ses poils blancs puis ses poils couleur des feuilles mortes, sur son museau carré. Et il me lèche, beurk, je me relève. Donne-moi la piste du sentier, le chien, pendant que je m'essuie avec le mouchoir à carreaux brodé, les pieds à moitié dans la gadoue.

Mais le chien, les cuisses tendues comme des arcs, il ne bouge pas. Devant lui, devant moi, des branchages cassés serrés comme des allumettes dans la boîte, tombés par mille comme le jeu du mikado, Doogie, tu veux jouer avec Janet ? Oh oui oui oui, mais j'ai le mikado dans les pieds, les branches barrent le passage. Sous la plante de nos pattes, la boue du marais marron devient noir c'est noir, puis des coulées de l'eau verte, oh tout est si bizarre. Le soleil découpe au ciseau des nuages brillants et l'ombre du sommet des arbres très mal rangés, Doogie, range il faut ranger ta chambre. Mais dans la Jungle personne ne fait le ménage.

Comme le chien aboyait ouaf sans s'arrêter, chut ! j'ai dit, tu vas prendre mal à ta gorge et je lui ai expliqué avec les mots de la main : c'est la mangrove. La mangrove ! Le chien a pataugé entre les racines plus hautes que sa gueule pleine de poils en grognant. Des centaines de paniers en osier mal tressés, à l'envers, pendaient au-dessus des flaques et des racines croisées sur des racines croisées remontaient au-dessus de la tête de Doogie, comme le vertige tout autour des troncs de travers, j'ai éternué.

Le chien a jappé parce que la piste des singes au cul merdeux continuait dans la mangrove. Du calme, le chien, j'ai posé ma main sur sa tête et j'avais peur qu'il morde Doogie ! Regarde-moi, mangrove est une très bizarre forêt, Janet a expliqué mille fois en faisant la promenade près du grand fleuve le dimanche pour s'amuser : Doogie, mangrove est le mariage de l'amour de monsieur la terre et de madame l'eau. Elle sourit : Comme Doogie et Janet, Doogie. Tous les petits arbres mangent l'eau de leur mangrove quand la marée monte et les inonde, mais les arbres, les arbustes, les herbiers sont enfoncés dans la terre de leur papa sous le niveau de l'eau, tu comprends, puis ils montent haut, pour respirer de l'air et toute la forêt grimpe grimpe grimpe, comme sur une plateforme et des pilotis, comme à la maison de la Pointe du Bec, tu connais. Tu sais, Doogie, je t'ai expliqué, regarde-moi, le limon de l'érosion des terres, non pas le lemon du citron en anglais, Doogie, les sédiments du fleuve donnent de la force à la mangrove qui pousse fort, vite et serré. Doogie, ne fais pas l'imbécile.

Comme le soleil s'endormait, j'étais accroupi, la chemise ouverte et j'expliquais au chien ce que c'est mangrove : c'est bizarre bizarre. Les bancs du sable et la terre mouillée se mélangent avec l'eau de mer et de fleuve, comme mille châteaux de haricots verts blancs, les racines montent et tous les arbres ont des talons à aiguille, regarde-moi le chien, je t'explique.

Mais le chien fait l'imbécile, il fait son sale pipi

contre des branches et des troncs noués comme les doigts de la main.

Imbécile, j'ai dit, je ne suis pas content. Tu ne comprends rien de ton rien, bête que tu es, avec tes moustaches dégueulasses et tes yeux jaunes, il n'y a rien dedans. Il ne faut pas faire pipi partout et il faut toujours s'essuyer. Sois propre.

Il s'est assis du cul en baissant la gueule, triste, il n'a pas écouté. Je soupire.

Malheur triste misère.

La mangrove est une porte qui n'a pas de serrure, tout est fermé pour le Doogie qui marche à deux pieds. La mangrove est une porte qui se referme sur le nez du chien : l'odeur est tombée dans l'eau pourrie, l'odeur de la piste est partie évaporée entre les mille et mille racines du marais.

Triste, le chien s'assoit à côté de Doogie, dans mangrove il ne sent plus rien. Le soleil bâille, ouvre la bouche à l'obscur, bientôt la nuit a froid.

Bien sûr, Doogie a essayé de suivre la voie dans la mangrove. J'ai grimpé sur les mille racines grises, au-dessus de l'eau, du sable et des marais, j'ai accroché des deux mains les palmiers et bientôt j'ai fait stop. Le sol sous la plante des pieds de Doogie était comme si la terre est couverte d'aiguilles, de petites pousses grises piquantes et un tapis du fakir indien, ouille ouille ouille. Rien à faire. Étrange et sombre est la mangrove. Au-dessus de moi dans le ciel noir, un pélican au dos rose s'envole et les voix des mille sorcières du livre que lit Janet ont ri en chuchotant : Doogie, qu'est la mangrove sinon l'empire des sorcières ?

Oh, Doogie n'aime pas les sorcières, Janet si belle pourquoi quand Halloween tombe du calendrier tu dessines sur ton visage une tête laide effroi, noire et qui fait la grimace comme les singes ?

Parce que je suis une sorcière, Doogie.

Chuchotent les feuilles, la mangrove épaisse ricane.

Perdu, perdu, perdu.

Alors tremble Doogie. L'eau glauque coule au loin, les arbustes déformés comme des os sans les corps, aux cheveux verts, se tordent et marchent sur les racines, comme les griffes grises des sorcières. Hounh ! Que peut le Doogie ?

Alors fidèle le chien est venu se blottir et dormir contre moi. Il s'est allongé sur le lit des racines de côté, les quatre pattes tendues, et la peau de ses os de la poitrine pendante, qui a encore faim, frémissant, le cou long, il a posé la tête de ses sales moustaches contre mes genoux ramenés sur mon ventre de pauvre chimpanzé. Tu crois que tu es l'humain, Doogie tu ne vaux pas mieux que le plus sale des sales chiens.

J'ai soupiré et j'ai regardé la lune du ciel.

Bête chien, il dort, il n'a pas dans le cerveau ni sorcière ni amour de Janet.

Je jette un œil dans ma montre-toi.

Devant nous, dans le sombre des ombres, une petite île sur l'eau sale, tel un gâteau monté sur des racines comme les pattes des criquets. Sous un arbre gris tout tordu, dans le brouillard de la nuit après que l'air sort de l'eau, le liquide verdâtre est comme de la terre molle.

J'aimerais, j'aimerais tant que Janet me voie, qu'elle me caresse la nuque et qu'elle chuchote : Ne t'en fais pas, tout ira bien.

J'hésite et je vois le chien qui dort. Alors je le regarde, je caresse entre ses pauvres yeux fermés pleins de poils et je dis : Haounh haounh, tout doucement.

Il ouvre la gueule, il respire, il est heureux, je crois, lui.

Comme seul est l'humain, comme seul est celui qui caresse, comme heureux l'animal bête qu'on caresse, Doogie. Et ni toi ni toi.

MÉMOIRES

Doogie, tu es somnambule.

Tu n'as pas regardé la montre que tu avais au poignet et j'ai descendu les petits escaliers en bois au bout du couloir du fond de la maison dans le noir, sans passer par les marches en marbre du grand hall.

Je ne me souviens pas de ce que j'ai fait. Tu es grand maintenant, Doogie, tu ne fais plus pipi dans ton lit, tu ne fais plus caca dans ton pot. Lorsque j'ai envie, je descends au double vécé.

Mais quand j'ai ouvert les yeux, horreur frisson de malheur, où j'étais ? Il fait noir chez noir et je suis en pyjama bleu doux en pilou, je suce mon pouce en gémissant, la petite tête les yeux ouverts à droite de la gauche, à gauche de la droite. Du bout des doigts de la main en sueur, je tâtonne comme dans les expériences le long du mur et je cherche le oui ou non de la lumière, Doogie ça s'appelle un interrupteur.

Est-ce que c'est encore une expérience, ça ? Est-ce que toujours tout est une expérience ? Quand est-ce que j'aurai la note à la fin et finalement le câlin ? J'ai allumé la lumière et le temps de flip-flap les paupières, je peux voir tout autour de Doogie.

Je me trouve dans un garage de la maison sur la colline que je ne connaissais jamais : la lumière en prison dans la baguette des néons jaunes au plafond aussi bas qu'un crâne de Doogie clignote comme les paupières, au-dessus des caisses en carton, des trottinettes, sur le sol bleu comme le pétrole, dit toujours Janet, recouvert de plastique lisse tel le dessus des éclairs au chocolat mais bleu.

Dans un coin du garage, un deux trois cinq et dix bocaux de verre grands comme Doogie debout sous la lumière verdâtre et dans chaque bocal, Doogie hésite et marche un deux trois pas dans son pyjama, un animal.

C'est le Paradis.

L'animal, Doogie le voit, il est comme moi.

Un deux trois cinq singes dans le Paradis qui ne bouge pas et combien laid, triste et froid semble le liquide jaune et vert de Paradis, certains singes n'ont plus la peau, les os sans vêtement ou la tête affreuse.

Aaaah. Doogie pourrait sauter, se cacher, mais il n'y a que tristesse. Jette ton œil plus précisément sous les poils, ce singe, Doogie, tu le connais... Je me rapproche en fronçant la barre de mon sourcil lorsque déformé dans le verre du bocal sous le ça clignote du néon, je vois l'ombre et la voix, qui me dit :

Doogie, qu'est-ce que tu fais ici ?

Je me tourne et la sorcière a ouvert la bouche, les yeux sortis de leur maison, les cheveux noirs et le nez crochu.

Aaaaah.

Je suis au Paradis.

Doogie, elle me dit, ne fais pas l'idiot, c'est moi. Halloween est terminé, ici, j'ai frappé chez le gardien, chez l'infirmière, chez le chauffeur et le jardinier, ils n'avaient pas de bonbons. Quand je suis revenue, tu n'étais pas au lit. Qu'est-ce que tu fais ?

J'ai regardé autour de moi-même. Je me tenais au pied de l'escalier de marbre, la lumière était allumée. J'ai vu le miroir entouré de fer forgé : j'avais une tache rouge sur le front. Elle a ri quand avec la grande main j'ai touché le front de Doogie.

Pourquoi ça ?

C'est une vieille expérience, Doogie ! Tu te reconnais dans le miroir.

Évidemment, j'ai boudé en haussant les épaules, je sais que je suis Doogie dans le reflet et Doogie dans le reflet me voit au pied des escaliers qui te regarde. Mais pourquoi la tache ?

Tu étais maquillé, Doogie. Tu ne te souviens donc pas ? Tu étais Frankenstein, Doogie !

Oh la bête, oh la bête, oh j'ai peur.

Hin hin, très drôle.

Doogie fait la tête, il n'est pas le bête. Je plonge la tête dans mes bras : où est mon pyjama ?

Doogie, tu ne te souviens pas ? Et les bocaux verts et jaunes, le Paradis des singes en conserve ?

Doogie, Janet pince les deux lèvres en grimaçant comme la sorcière, quel mauvais rêve tu as encore fait ? Viens par ici, monkey, elle a fait signe de son doigt crochu

Et pauvre de moi, j'ai fait câlin dans les bras de la noire sorcière, qui parlait, qui sentait même comme la Janet que j'aimais.

Lorsque le jour d'après est tombé du calendrier, Doogie a escaladé les pattes des racines pointues dégringolées des branches et plantées dans la vase de la côte à moitié mouillée. Quelle saleté que mangrove humide qui n'est ni mer ni terre.

Dessous la lumière, Doogie voyait mieux la mangrove maritime et le labyrinthe des rhizophores, Doogie ça s'appelle comme ça, qui vivent avec des échasses sur le sol si dégueulasse de la marée basse. Avec une lame du couteau coupe-coupe en plein soleil du matin, j'ai fait clac d'une racine blanche qui dessinait un arc jusqu'aux flaques d'eau verte.

Beurk, ça sent ça pue la sève qui colle aux doigts. Rien de rien à manger là-dedans, il fait chaud, l'eau fait de la fumée.

Un deux trois et cinq pas fidèle le chien traînait derrière moi. Je n'ai plus besoin de toi, j'ai dit, tu ne sens rien ici. Mais il grattait ses sales moustaches et sa truffe brune de terrier avec les yeux jaunes et vides en boitant derrière moi. Si je m'arrête, il s'arrête.

Arrête d'imite moi, j'ai dit, ne fais pas le monkey.

Quand midi tombe du soleil haut, Doogie sans chaussons ni chaussures évite les vers lombrics sales de la vase, les crabes et les éponges. Il grimpe au-dessus de l'eau salée qui sent l'eau pourrie des boîtes de conserve du garage de la maison de monsieur Gardner, au-dessus des racines qui sont les poumons des arbres blancs à la houppe verte. Et il saute par-dessus les tubes et les tiges plantés droit sur la terre comme des tubas des sales habitants de dessous le sol pour respirer. Doogie, je grimpe comme le singe, difficilement, des pieds et des mains sur les sortes de crosses de bois et les arbustes qui craquent cric. Piou piou. Les oiseaux sont heureux, saleté, saleté, pas Doogie.

Devant Doogie pas content, sale et pas lavé, les manches retroussées, le pantalon déchiré, un grand arbre en asperge, énorme immense et feuillu, balance avec le vent qui vient par la droite du bas de la boussole du soleil.

Ébloui, Doogie, qu'est-ce que c'est ? Le chien a grogné, aboyé et je l'ai calmé. Chut, j'ai dit, et si c'est un méchant ennemi, il ne faut pas lui donner des cris à manger.

Alors dans les cent rayons du soleil qui lance des fléchettes en brûlant mes deux yeux noir et blanc protégés par la paume de ma grande main, hi hou hou, a volé en faisant parler les feuilles des branches, crac, un grand bel oiseau mille couleurs, le bec tordu, les ailes larges.

Piou piou, vole le Mille couleurs.

Le chien, bête qu'il est, soif de la langue rose pendue, a couru en boitant, en sautant, vers l'oiseau qui volait.

Reviens ici, abruti, j'ai dit.

J'ai couru sur le sol mou dans les fougères et les feuilles d'hibiscus qu'on boit pour le thé, sous les palmiers, sur la petite colline qui montait à l'abri de l'eau, la mangrove haute et terrestre lorsque plaf, je tombe en ouille.

Deux petits arbres secs cachaient une fosse dégoûtante, où dégouline une eau crade de la mer qui remonte.

Aaah de beurk, j'ai grogné, qu'est-ce que c'est que

ça ? Un poisson qui sort de l'eau avec des nageoires grises comme s'il avait des pattes, monstrueux, grimpe en sautillant sur les branches basses de l'arbuste près de moi. Doogie a peur et il crie. Je sors d'ici.

Où es-tu le chien ? Je ne suis pas très sûr. Ici les poissons à la gueule grise grimpent sur terre et les vers glissent dans l'eau sous mes pauvres pieds qui pataugent.

Doogie, j'entends un bruit. Je tourne la tête et alors j'écoute :

Doogie, c'est Janet.

Quoi ? j'ai fait. Je crois que j'ai cru tomber. Où ça ? Je sens le cœur qui dans la mangrove bat, je patauge, je saute et à quatre pattes comme un monkey je me relève et je plane joie bonheur et Paradis.

Doogie, dit la voix, c'est Janet.

Haaaaaoooouuunnh, je hurle et je module.

Est-ce que tu m'entends ?

Oh oui.

Doogie...

Je te vois, elle dit. Encore deux branchages qui coupent mes poignets avec les épines pique-pique, sous le palmier bas du cul, près du grand palmier royal du roi, haut très haut, qui trône sur la colline et je sors du labyrinthe de mangrove pour voir derrière la voix.

Janet.

Oh Janet.

Et je le vois.

Le chien, fidèle, grogne et remue les sales moustaches. En arrêt, il aboie comme un chasseur, les deux oreilles tendues au pied du très grand palmier très royal. Malgré le soleil, je regarde, la houppette du palmier et la voix qui parle : C'est moi, Doogie, c'est Janet, il dit.

Je te vois.

Je vois alors l'oiseau Mille couleurs le bec tordu et les ailes repliées qui caquette. Il répète : C'est moi, Doogie, c'est moi Janet.

Rage de la rage du malheur. J'ai pris une pierre de galet sur le sol qui séchait et sur le Mille couleurs menteur je l'ai envoyée.

D'abord il a stop de parler. J'étais presque triste, car j'avais du bonheur à entendre la voix de la parole, surtout de Janet, plutôt que le ouaf-ouaf, le pioupiou, le silence du rien et le vent du vent.

Puis il m'a regardé, moi Doogie, et il a dit :

La Rnimal.

Quoi, j'ai dit quoi ?

La Rnimal ! il a dit, l'oiseau. Il faut aller dans la Rnature, Doogie. La solution est dans la Rnature.

Je n'ai pas compris, à quatre pattes et sous le soleil qui joue aux fléchettes avec les yeux, le perroquet s'est envolé plein de lumière en craquant les feuilles des branches.

Je voulais réfléchir m'asseoir quand, à la place du Mille couleurs sur le palmier, j'ai vu soudain un singe au gros nez, un petit singe au cul de la merde. Et dans ses mains, il portait un morceau de tee-shirt d'un humain...

Houh houh, j'ai crié et le chien s'est excité. Chasse, chasse, j'ai expliqué, alors que le singe fuyait, d'arbre en arbre, et comme fidèle le chien montrait les dents en courant devant, les babines retroussées et les poils de la poitrine sous la chemise dressés, chasse, chasse et tue, j'ai pensé.

Le mercredi du matin, c'est dictée.

Ce que Janet dit, Doogie le répète. Doogie est assis sur une chaise en bois accrochée par le métal à une table plus petite que toutes les tables dont monsieur le Jardinier a coupé avec la scie les pieds sans lui faire mal exprès pour toi Doogie. La matinée, Janet joue à l'institutrice avec Doogie désemparé, parce que madame est occupée préoccupée par Donald qui ne parle pas et qui boite, parce que Jack mange les pilules des calmants, pauvre chimpanzé cancre, et parce que monsieur Gardner essaie de sauver le Zoo, Doogie.

Autant que Doogie peut se souvenir, ça va mal Doogie, mais Doogie est heureux, l'enfance est heureuse et Janet est là.

Doogie, répète ce que je te dis. Lionel est un petit garçon. Lionel a un ami, son ami s'appelle Edgar.

Haounh. Doogie remue la grande main en se tortillant sur le siège. Le col de la chemise me gratte et les couilles de Doogie cuisent dans le bermuda, il fait chaud. Lionel, dit Doogie. Ami, dit Doogie, et il ajoute le cœur.

Non Doogie, dit Janet. Lionel n'a pas un amoureux. C'est un ami. Est-ce que tu sais ce que c'est qu'un ami ?

Janet est debout sur l'estrade de bois, elle porte une jupe et des bretelles sur sa chemise. Elle a attaché ses cheveux et derrière les lunettes elle regarde Doogie pour lui envoyer le sourire. Il fait chaud, il fait beau. La vieille salle de classe du premier étage est petite : quatre tables, une estrade, un tableau noir avec les craies, le plan de la carte du monde, l'horloge et le calendrier. Deux fenêtres qui ne s'ouvrent plus et derrière je vois le Jardinier, monsieur Peter et l'infirmière qui courent sur le gravier de l'arrière-cour, au pied de la balustrade des escaliers de service.

Doogie ?

Hounh. Doogie fronce le sourcil. Il n'est pas bien coiffé, il a l'épi sur le côté. Ami, il dit, c'est Janet de Doogie.

Non, elle dit. Janet est la maîtresse de Doogie.

Ami, Doogie, c'est tout partager sans secret avec l'égalité.

Ha hounh, dit Doogie. Et il tend l'index de la droite pour rentrer dans le rond du pouce et de l'index de la gauche. Hou hou.

Ho, Doogie. Janet rougit. Voyons, pas le sexe, bien sûr ! Être ami c'est pour l'esprit. Tu sais ce qu'est l'esprit, Doogie ?

Cerveau dans le crâne et Doogie tire sur ses deux oreilles comme pour sortir de la petite tête le grand monde.

Ne fais pas le singe, Doogie, ce n'est pas parce que tu sais parler que... Mais le bruit de beaucoup de bruit a dévalé les escaliers, on entendit le cri, Janet est descendue de l'estrade en fronçant les sourcils, reste là Doogie, j'avais escaladé la table, petit Doogie mal élevé que j'étais.

La porte écartée, sur le palier de l'escalier, la lumière par la fenêtre dessinait la poussière qui vole et Janet a demandé :

Qu'y a-t-il donc ? Vous nous dérangez !

Mademoiselle Janet, le Jardinier a enlevé son chapeau de paille de son crâne, il reniflait de la barbe et derrière Janet il a regardé d'un drôle d'air Doogie qui restait droit sans bouger sur son siège, il ne m'aimait pas, qu'est-ce qu'un singe qui va à l'école, il marmonnait, si c'est pas une honte, est-ce que Dieu a voulu ça ? Qu'est-ce que c'est qui Dieu ? un jour j'ai demandé à Janet.

Mademoiselle Janet, c'est votre frère. Oh, elle est devenue blanche et les taches de rousseur rouges.

Il a trouvé un oiseau dans la volière, vous savez, le perroquet Edgar, c'est qu'on l'aimait bien.

Et...

Dites, voyons, dites, a dit Janet qui n'était encore qu'une petite fille, vous savez.

C'est que, mademoiselle. Et le Jardinier a baissé la voix. Avec ses dents, mademoiselle, il l'a tué. Oh ! Et ensuite il l'a mangé.

Puis le Jardinier a secoué la tête. Si c'est pas malheureux. Comme un animal. Avec tout ce qu'on a fait aux animaux, ici.

Et il m'a regardé. Oh là là, je ne comprenais pas, mais quelle sueur j'avais, là-bas, sur la chaise en bois coincé par les accoudoirs en métal, tout droit comme un bout de bois. Et Janet a murmuré : Mais voyons, mais pourquoi, pourquoi aurait-il fait ça ?

Le Jardinier a levé les yeux. Il me surveillait de loin, je le voyais, à travers la porte à moitié écartée.

Monsieur votre père l'a enfermé. C'est que, vous comprenez, il a de plus en plus de mal à supporter. Eh... C'est que cet oiseau, Edgar, là, vous comprenez, lui, il parlait, il savait parler. Votre frère n'a pas supporté.

MACACA

— Le singe découvre un groupe de macaques, — Racisme du singe et science de la bêtise, — Ordre et chaos, — Souvenirs de cobayes dans le formol et d'une tentative fratricide, — Manœuvre d'approche autour des macaques, — Mémoire de la maladie du frère, — Paroles mystérieuses du perroquet et empreintes de chimpanzé

DE LA JUNGLE

Chasse chasse, tue tue, mords-le, semble me crier au-dessus des cimes des arbres loin de la mangrove Mille couleurs l'oiseau du mystère.

C'était un oiseau dont Doogie se méfie et que Doogie a déjà vu mais dont je n'ai aucunes mémoires : un petit bec noir tordu sous une sorte de grosse verrue grasse et grise, sur la tête toute blanche. Et des plumes comme des colliers de laine de mille couleurs fluorescentes : bleu jaune vert et jaune vert bleu et bleu vert jaune et bleu bleu jaune et jaune et jaune et jaune. Quelle plume pour les yeux, c'en est trop ! La queue du Mille couleurs est rouge comme le sang du cœur. On dirait qu'on l'a peinte au pinceau.

Chasse tue et mords-le, est-ce qu'il crie pour exciter le fidèle chien aux sales moustaches qui court loin devant moi derrière un singe à gros nez et maintenant un babouin à la face de merde écrasée. Krrr... je retrousse les lèvres, j'écarte les branchages et patatras sur un tapis de feuilles je dégringole sous le grand soleil.

Alors une énorme gigantesque clairière se déroule tel un tapis sous mes pieds. Autour de tout petits arbres, de branches cassées, décortiquant des fruits sur la plaine plate à l'ombre des bosquets, oh Janet tu ne me croiras pas, un deux et trois cents singes peut-être même gigotent en tous les sens, à l'ombre, à la lumière, sur la mousse, sur les tas de rochers, sous les palmiers, dans le silence et dans le bruit.

Des singes ! j'ai dit. Hinhin, des culs de merde à queue ! Des queutards, qu'ils sont. Malgré quelques babouins à la face de raie, il n'y a ici que des macacas, des têtes à poils de caca, des petits singes à queue à moustache et les yeux noirs. Voilà ceux qui ne savent rien de l'humain, des bêtes et des moins que rien. Regardez-moi ça, hounh hounh ! Ce sont des singes petits, gris, blancs et bruns qui s'agitent, où est l'intelligence, monsieur dame ? En voici un qui tape l'autre ! Il chipe la nourriture, il fait caca, le plus petit s'écrase et le plus gros gonfle la poitrine, que font les femelles ? Aah, sales qu'elles sont, les cuisses écartées entre les cuisses leur trou à pipi tout rouge et gonflé, les mâles sentent le cul, la fourrure brillante ou la fourrure terne, ils se ressemblent tous comme des marionnettes, esclaves de la Nature, je dis, vous n'êtes pas dignes de la moitié d'un quart de Doogie, et dessus vous je chie.

Aïe, je fais. Mon pantalon gris en toile à deux plis tellement déchiré qu'il est c'est un short et tes cuisses de poils, Doogie, zébrées de sang, tu as mal. Regarde tes pieds, Doogie, sans chaussures, sans chaussettes, tu es blessé, sous ton pied, serre le pouce contre les autres orteils pour marcher, la corne grise et les épines qui piquent, oh je souffre, Doogie c'est bien fait pour toi.

Je me retourne. Je regarde ma montre au cadran clignotant. C'est dans ta tête, Doogie, la caméra morale a filmé ce que tu dis de ce que tu penses.

Doogie, comme j'ai honte de toi, tu es raciste.

Vois, tous les êtres qui sont vivants méritent le respect, tous sont malins et intelligents, chacun selon ses moyens, chacun selon ses besoins, ape. Ape ? Oh, Doogie n'aime pas que Janet l'appelle ape. Il grimace de ricane : intelligents même les cons !

Oh, Doogie, les gros mots !

Pff. Flbbbbl. Tous les monkeys à queue sont du pipi, et Doogie veut qu'ils sont tous morts. Caméra morale, excuse-moi. Quels abrutis que ces pauvres monkeys ! Dans la clairière, ils sont bêtes comme hier, ils ne savent même pas ce que c'est qu'aujourd'hui. Ouaf ouaf. Regarde un œil. Le fidèle le chien aboie en grognant sur ses deux pattes arrière, les pattes avant sur le galet d'un rocher gris et plat, comme panique sont les macacas, il n'y a ni ordre ni civilisation ni progrès dans la clairière, tout est n'importe c'est quoi chez les sauvages, c'est laisse-tomber.

Nevermind !

Hi hi, Nevermind ici, caquette le perroquet, le beau Mille couleurs à l'œil noir dans un rond blanc que je connais et qui se pose sur la branche de l'arbre à demi déraciné près de moi à côté. C'est le royaume de Nevermind : laisse-tomber, jamais penser, vivent leur vie les singes petits. Mais...

Comment tu parles, je dis avec les mains à Mille couleurs l'intelligent qui sous la lumière il flamboie, la queue rouge comme mille sangs.

Je répète, je répète. Et il caquette :

C'est le royaume de Nevermind. Mais... La Rnimal. Tu dois aller au royaume de la Rnature. La Rnature Doogie, et il dit mon nom.

Quoi ?

Je répète. Je répète.

Puis il s'envole, de l'autre côté de la clairière verte où les macacas panique et effroi de loin, aplatis montrent les dents, les oreilles droites, le menton en avant, en désordre et même pas un seul pour défier le chien fidèle qui me défend.

Je descends, tranquillement, les mains des deux longs bras sur la terre et je soulage mes pauvres pieds en marchant à l'aide des mains : les mains c'est pour parler. Doogie, les pieds c'est pour marcher, hélas oui je sais. Mais ici personne ne parle et comprend, ici les pieds sans chaussettes ni chaussures ne sont pas les amis du sol mou qui pique, dur qui frappe.

Haounh, je tape une fois deux fois sur la poitrine sous ma chemise maculée de taches. Le chien s'assoit, la truffe en l'air, et il m'obéit. Comme j'avance les lèvres et je claque des dents en sifflant amicalement, les femelles idiotes qui respiraient fort, fatiguées par la fuite, la peur et l'effroi, à plat ventre, se dressent et grognent, claquent des dents bêtement.

Chacune fait n'importe quoi et Nevermind le tout du tableau de tous est complètement incohérent.

Je suis choqué : pour vivre comme ça, n'avez-vous pas la dignité ? Les mâles sont mous, loin aux frontières de la clairière et les femelles qui ne sont pas des femmes sans culotte ni soutien-gorge occupent le centre de la clairière, du pré rectangulaire. Soudain, irrégulièrement, une femelle prise de folie comme la Nature agresse en grimaçant une autre femelle sans raison.

C'est sans raison, je frissonne.

Elle l'attrape et mord sa victime dans le dos, en pressant la pauvre femelle au poil roux contre le sol couvert de cailloux, de feuilles et de noix.

Puis la femelle bête et la barbe blanche regarde fixement la pauvre rousse, qui s'écrase et montre les dents en souriant, que peu de dignité elle a ! Ensuite la femelle à la barbe blanche voit et aperçoit un groupe de singes jeunes qui dorment, elle les réveille et attrape une petite macaca ahurie orange à qui elle montre le poing.

Une toute jeune macaca l'air sérieux et dont le haut de la tête est carré a lâché la nourriture qu'elle grignotait en haut du rocher en compagnie de deux femelles plus âgées, elle fonce sur la femelle barbe blanche et elles crient, elles s'excitent, la barbe sur le menton, les oreilles aplaties fait la grenouille et regarde la tête carrée, dont les narines écartées de bête animal sans vrai nez d'humain frétillent. Une autre par-derrière l'attrape et la mord.

Doogie s'approche, les femelles s'écartent sans faire attention à lui. Quelle misère que cette vie : le sol est sec et sale, couvert de merde, de coques de noix et de feuilles grignotées. Doogie fronce le sourcil et observe deux jeunes le visage sans poil, la tête ronde et les bras maigres comme des enfants mal nourris. J'essaie de leur parler, ils sifflent et un des deux grimace en grognant comme un vieillard, sur les bras, des cicatrices, un mâle derrière eux, qui me montre son cul, pervers, pervers a perdu deux doigts, roses sont ses moignons. L'oreille est molle de la femelle qui court derrière eux à quatre pattes la queue tendue pour agresser une rousse à crête avec une oreille effilochée, coupée. Sur le crâne, sous les pieds, égratignures.

Dès qu'une minute est tombée du cadran, au hasard, une femelle s'excite, elles se tapent.

Au fond de la clairière, entre deux troncs d'arbre nus, la barbe blanche et la tête carrée ont fait la paix, elles ne se souviennent plus de rien. Pas d'intelligence ni mémoires, rien ne tombe de la montre, rien ne tombe du calendrier pour les macacas. À côté de moi, le chien trottine et je caresse sa tête pendant qu'il rentre sa langue en gémissant.

Et ils vivent ainsi.

La barbe blanche collée comme une femme qui fait des bisous à une femme, beurk Doogie, contre le dos de la tête carrée épouille la fille la femelle en cherchant dans son pelage les poux les croûtes et les parasites. L'autre mange sans partager sa feuille avec la câlineuse, les yeux noirs, l'air de rien, abrutie le dos courbé.

Doogie alors sent une crampe au creux de son estomac. C'est que... combien malgré l'intelligence de la civilisation, il aimerait dans son poil sale, car il n'y a dans la Jungle pas de shampooing, sentir l'épouillage des doigts et... Oh sale, Doogie, jamais n'écoute tes pensées.

Je détourne les yeux, je marche. Chaos sans raison ni mémoires, la clairière des macacas où passent des babouins, des singes verts, ils dorment, ils mangent, ils se battent et quand un enfant naît : qu'est-ce qu'il voit ? Il voit ça c'est ce qu'il sera, le pauvre macaca, pauvre vie de rien.

Doogie, disait Janet, ne moque pas les macacaques, ce ne sont pas des cacas. Les macaques viennent du Maroc et nous nous occupons d'eux au

Zoo. Sans eux et les expériences de l'humain, nombre des maladies auraient tué l'humain et Janet aussi : il s'appelle le rhésus et grâce à lui l'humain connaît et combat la maladie. Connais-tu la poliomyélite, Doogie ? C'est grâce à rhésus que l'humain connaît et combat la poliomyélite.

Ah. Parfois le bête rend des services à l'intelligence, je me suis dit.

Car rhésus, le singe macaca, il ne réfléchit jamais avant d'agir comme Janet a toujours appris à Doogie : regarde un peu, la femelle à poil blanc grimpe sur un rocher, elle se blottit, elle regarde bêtement, frénétiquement, elle redescend, elle remonte. Pendant ce temps la rousse a tapé la plus petite au museau luisant en triangle. Chipies que tout ça. Après une minute de moins dans le cadran, l'une sourit alors qu'elle a perdu, les deux claquent des dents.

Que signifie tout ça ? C'est néant. Et pendant ce temps passent les minutes des jours des ans sans progrès et l'humain...

Aboie le chien, je me penche.

À la lisière de la grande chaotique clairière, dans la glaise, une série d'absences de pas gravées sous les fougères et, accroché aux épines du buisson marron, un morceau de tissu de chemise blanc.

J'avance la mâchoire, en fronçant le sourcil, les oreilles frémissantes. Alors le chien à la truffe blonde sous ses sales moustaches renifle le tissu, il le reconnaît, il aboie.

Brave, je dis, si tu parlais, tu dirais : Michael ! Tu as les mémoires, brave chien, il te manque le parler et ensuite tu deviens aussi dieu que l'humain. Chasse et montre-moi, le chien.

Doogie est seul mais seul n'est pas Doogie, car il est assez grand pour se souvenir.

Qu'est-ce qu'être sinon des mémoires ? il se demande.

Oh crâne, trop petit le cerveau de Doogie, accroupi sur son lit de bois de pin qui grince, dans la tour carrée de la grande maison au sommet de la colline. Doogie regarde le tapis, les peluches, Doogie regarde par la fenêtre, le ciel est bleu, il est l'après-midi.

Tout le matin, monsieur et madame Papa se sont disputés. Oh Doogie ne comprend pas tous les mots, mais il entend, mais il sait. Monte dans ta chambre, Doogie, Janet a dit. Elle était blanche.

Madame veut quelque chose, monsieur ne veut pas. Monsieur Gardner dit des choses, il parle de Donald et madame Diane pleure. Finalement la porte a claqué en bas, Janet a crié, crié et Doogie la voit courir sur le gravier, après la terrasse et sur l'arrière-cour, elle court vers la forêt pour les rattraper.

Alors la solitude. Dans le jardin, le Jardinier. Dans l'infirmerie, l'infirmière. Où est monsieur Peter ? Son fils un jour viendra, mais les étudiants sont fatigués, ils ne font plus la fête dans l'annexe. La cage du lion King est vide. On n'entend rien ni personne, car Jack prend ses pilules, excepté les loups qui crient hou-hou. Doogie est seul, il réfléchit. Je porte un tee-shirt Zoo Université avec la croix, un short long, blanc et des chaussures à pompons.

Doogie n'a pas rêvé. Il se souvient du garage, des

singes au Paradis d'Halloween et quand il s'endort de fatigue, certaines mémoires chassent Doogie comme méchants les chasseurs chassent la proie. J'ai ouvert la porte sans faire de bruit un seul et doucement les deux mains trop grandes sur la rampe. J'ai descendu le petit escalier de bois noir. Je cherchais le garage.

Longtemps, tic tac sur la montre et re-tic et re-tac, j'ai cherché porte après porte le garage. Une porte dont la poignée était comme une calculatrice à code était entrouverte au bout du couloir interdit de service.

Interdit Doogie ! Que dit la morale de la caméra quand elle te voit ? Je réfléchis, je me cache dans un coin. Parfois, je crois qu'il faut que la caméra de la morale elle ne te voie pas. Lorsque j'entre dans le garage, il n'y a pas de grands flacons de verre et à l'intérieur des singes que je connais au Paradis. Non. C'est différent de mes mémoires : Doogie est ici entouré de cinq cages comme des hamsters sauf qu'à l'intérieur il trouve cinq singes comme moi, Doogie. Des singes ? Ils sont plus petits que le petit Doogie, ils ont des queues, les yeux noirs et des moustaches. Lorsque Doogie ouvre la lumière de l'interrupteur, ils grognent, ils crient. Doogie se bouche les oreilles : combien ils ont l'air triste.

Oh ! dit Doogie. Ils sont tout nus. Je ferme les yeux.

Après, j'essaie de parler. Doogie n'a jamais vu de singes aussi retardés du cerveau : pas un mot, rien de la tête ne descend dans leurs mains. Sur le cou des sparadraps. Des blessures. Le long de leur cou, des tubes et tout autour des machines.

Doogie fronce le sourcil, il sniffe une odeur bizarre de maladie.

Toi, il dit, quel est ton nom ?

Le monkey regarde lui, regarde moi. Quelle petite tête à poil, il ouvre les dents péniblement, il grince, il gémit.

Quoi, qu'est-ce que tu dis ?

Doogie est abasourdi. Même si les singes comme Jack, Elliott ou Emma sont moins malins, tous les monkeys sont comme lui.

Qui sont ceux-ci ?

Je me penche et je tends à travers le grillage la main afin de saluer le bonjour. Le monkey les poils dressés sur le crâne, les yeux vides et les oreilles dressées frétille des narines, comme il est laid, il n'a pas de nez.

Il me mord, jusqu'au sang.

Aaah, je recule et je crie.

Alors je vois lui.

Et il grogne. À quatre pattes, en boitillant, il s'approche, il sort de l'ombre.

Donald ? je demande.

Donald mon frère. Il est beau, il est très beau, combien humain il est. Sans poils, roux comme est Janet, des taches de rousseur, mais de la morve sort de son nez, oh comme est beau son nez, et le blanc de ses yeux, il peut être bête, jamais ce ne sera bête comme Doogie, car il est humain. Sa chemise est sale, il y a des taches de sang sur son short, il porte le même que Doogie, mais sans chaussons les pieds nus couverts de boue.

Avec les mains, je lui dis, Donald, tu vas attraper froid, sur ce sol recouvert de plastique.

Donald sourit, il est joli. Doogie baisse la tête, il le sait.

Mais le problème est que Donald ne sait pas parler : Droogie, il grogne, Droogie...

Oui ?

Hi hi hiiii... Et Donald saute, il saute sur moi, je ne sais pas bouger, il bloque mes bras, il m'étrangle, j'étouffe, il me mord, je saigne et j'étouffe, la tête cognée contre la table sous la cage du monkey qui hurle, qui rit. Meurs, Doogie, je crois qu'il dit. Mais c'est juste qu'excité, il crie. Le sang, qui coule, sent et je crois que je vais au Paradis.

Donald, il tue Doogie, ici.

DE LA JUNGLE

En direction des arbres qui adoraient l'humide et qui grandissaient, à la lisière de la clairière, conduisaient comme la flèche d'un doigt les absences de pas dans la terre et dans la boue. Puis fidèle le chien qui remue la queue a levé la truffe sale et marron dans la direction des troncs des branches hautes et du vent, dans le ciel qu'on ne voit pas, il n'y a que des feuilles.

Oh non non non, j'ai dit, encore une fois ça s'arrête là. Le chien ne renifle pas le vent, les branches et les absences de pas en haut des arbres à l'écorce mince et grise. Le chien a regardé moi. Je crois qu'il disait : Monkey, c'est toi qui sais grimper aux arbres, c'est toi qui suis les pistes entre les feuilles le long des lianes poilues. Moi j'ai fait ce que je peux. C'est à toi.

Pauvre chien, je me suis énervé. J'écartais les mains. Hounh. Hou, je ne suis pas monkey, je ne sais pas, je ne sais rien, sale chien. Je marche comme l'humain, grimper les arbres non, je n'ai pas les bonnes mains, et j'ai mal aux pieds, je suis blessé.

J'ai assis Doogie et son cul sur un rondin. Le brouillard venait de tomber, bientôt il faisait frais. Le chien, fidèle comme il était, peur de ma colère à trois ou cinq pas de là, il s'est allongé en silence, il m'a regardé les yeux vides et c'était comme les miroirs où la méchanceté de Doogie je peux la voir.

Oh arrête de stop de me jeter ton œil comme ça, j'ai grogné et je me suis recroquevillé tel un bébé en me balançant.

Comme si ça ne suffisait pas à moi, malheur, sur la branche basse, au-dessus des échasses renforçant la base de la base du tronc du plus gros arbre à la houppe très haute, le Mille couleurs s'est posé. Piou hi et hic, il a d'abord fait.

Ferme la ferme ta gueule, j'ai pensé grogné.

Avec son bec, il picorait le plumage de lui-même et les plumes rouge bleu rouge et jaune. Je lui ai remarqué deux taches grises : Mille et une couleurs, j'ai dit avec la grande main.

Son bec tordu et son espèce de verrue il a dressés, droit sur ses pattes aux doigts très pointus :

C'est le royaume de Nevermind, ici, il a caqueté.

Je sais qu'on commence à le savoir, j'ai sifflé, qui te l'a dit ?

Je répète. Je répète.

Pff. Satané disque de Mille couleurs.

C'est le royaume de Nevermind, ici. Mais...

Oui, je sais. J'ai claqué des dents et j'ai parlé avec

les mains mais je ne crois pas que Mille couleurs l'oiseau ne me comprenait rien du tout.

Mais... La Rnimal. Tu dois aller au royaume de la Rnature.

La Rnature.

Oui, oui, oui, je me suis énervé. Je me suis levé devant lui et j'ai dit distinctement avec la grande main, mot après mot : Je sais, qui te l'a dit ? Qui te parle ? De qui te portes-tu la parole ?

Qui ? Ki ki ki !

Et il s'est parti envolé.

J'ai baissé les bras. Le chien, fidèle terrier, s'est approché. Les moustaches sales, la truffe blonde sous la boue marron, droit et maigre comme il est, il m'a léché la main, puis, la langue qui pend et la tête de côté, il m'a regardé.

Sa bave était beurk, mais j'ai découvert les dents. Chien, j'ai pensé, toi tu me comprends. Alors il aboyé joyeusement.

La tête dedans les mains je me suis pris : l'oiseau parle et il ne me comprend pas, le chien comprend mais il ne parle pas. Ah misère de malheur et j'ai soupiré en posant le regard de mon œil sur la montre du montre-moi, le cadran plein de buée : Janet, l'humain, toi qui parles et comprends, j'ai pensé, que tu es loin. Michael. Je sais. Il faut le retrouver.

Comment faire et qui sait ? J'ai demandé sans parler au chien qui me comprenait. En direction des macacas idiots et crétins dans la clairière qui dormaient, mangeaient, se battaient et montraient leur sexe, les yeux jaunes vides, il a aboyé : ouaf et ouaf trois fois.

Ah, j'ai cligné de mes jolis yeux noirs qui avaient l'iris comme les humains, Doogie, tu as de beaux yeux presque comme les humains, tu sais, Janet toujours elle disait.

Eux. Mais qui sait quelque chose chez eux ?

Doogie, disait monsieur Gardner, la science c'est d'abord regarder, ensuite observer, et finalement tu sais. Moi je te regarde et j'ai la science du Doogie, quand tu seras grand, regarde autour de toi et la science tu la trouveras.

Hi hi, j'ai ri, qui croit qu'il y a une science des singes à caca ? Doogie, ne te moque pas. OK, science s'il y a, science il y aura. J'ai accroupi moi, j'ai ouvert les yeux et c'était long.

Une femelle s'est approchée de Doogie, lentement. Doogie a regardé. Elle ressemblait à toutes les femelles de macaca, dans le brouillard. Elle a regardé à droite de la gauche, à gauche de la droite, puis elle a tendu rapidement une feuille à Doogie, puis à quatre pattes elle s'est enfuie. Regarde bien, Doogie.

Doogie a remarqué qu'elle était rousse, plus rousse que les autres. Pas rousse partout, mais rousse sur le dessous de son corps dégoûtant poilu.

Mmh.

Puis j'ai entendu un cri, et du remue-ménage sur le tapis de feuilles et de branchages. Une autre femelle avait attaqué la rousse du dessous. Quoi ? Elle l'a mordue méchamment, et la rousse s'est laissé faire, à plat ventre. Quelle injustice, Doogie tu te dois d'intervenir.

J'ai sauté à deux pattes, en tapant du poing ma poitrine et j'ai découvert mes dents de devant. Il y a si longtemps que je n'ai pas eu de dentifrice, Doogie tu sens mauvais. La femelle s'est baissée, les oreilles aplaties, et elle a souri nerveusement sans vraiment me regarder. Sa queue de singe de merde s'est enroulée. Alors j'ai remarqué qu'elle n'était pas comme la rousse de devant. Elle avait la tête carrée et il y a dans ses yeux quelque chose d'insolent. Tss. Je me souviens la tête carrée. À droite à gauche j'ai regardé, dans le chaos des dizaines de dizaines de macacas, qui courent qui s'arrêtent, j'ai aperçu plusieurs têtes carrées. C'est une famille, j'ai pensé, en fait tous les singes merdeux ne sont pas les mêmes. Ils n'ont pas construit un moule à gâteaux comme celui de madame Diane pour les faire tous pareils. Hmm. Mystérieux étrange bizarre.

La femelle rousse s'est éloignée de moi sans me merci beaucoup à vous, malpolie, et elle a fait le sourire à la tête carrée qui marchait à reculons. Imbécile, j'ai pensé, tu souris à celle qui t'a mordue, tu ne te souviens donc de rien. Petit à petit l'oiseau fait son nid et Doogie a compris, le menton sur son poignet, j'ai la science de la patience de regarder.

Je vois la femelle rousse grimpe sur un rocher rond, dans la lumière d'une brume. Elle est heureuse, elle rejoint deux autres femelles rousses, elles ont le zizi de fille bien visible rouge et rond, Doogie, tu rougis rouge. Ah, j'ai pensé, une est sa sœur, l'autre a plus de poils, elle est courbée et elle est plus vieille. C'est sa mère.

Mais au coin du coin du rocher une autre femelle brune à la tête carrée qui a l'air nerveuse et qui fait des gestes dans l'air, imprévisible, lui fait peur. La rousse recule et descend sur le sol jonché de fruits à coque pour accomplir sa petite cueillette. Elle choisit la nourriture comme au marché, elle grignote.

En tournant la tête, je vois qu'elle voit la tête carrée imprévisible qui comme elle fait son marché. Ah ah, elle est intelligente, elle a compris que si la tête carrée est ici, elle n'est pas là-bas, ici, ailleurs, pas partout. Le champ est libre. Elle rejoint sa mère et sa sœur sur le roc, elle apporte des fruits, elles bougent toutes les trois les lèvres et la langue, comme si elles parlaient mais sans rien dire.

En bas du roc, une barbe blanche qui garde un bout de bois dans la bouche, comme un cigare, a tapé et montré le poing en grognant à une toute petite macaca accroupie, les poils ternes, qui gémit. Elle n'a pas de nourriture, elle porte les narines hautes et elle sourit nerveusement.

Sourire, pense Doogie, c'est être inférieur.

Alors la barbe blanche tourne le dos et la narines hautes se colle à elle pour l'épouiller des deux mains. Doogie ferme les yeux. Est-ce qu'ils sont heureux ?

Je commence à comprendre. Oh Doogie, j'ai pensé en grimaçant, même les bêtes sont intelligents bêtement. Dans le chaos, chacun a sa raison, Doogie, la science est bizarre, elle fait voir, comprendre et tu es déçu, tout le monde a raison, avec la science, même les singes merdeux d'avoir le cul merdeux. Ah misère de la science.

Le soir, avec le brouillard, va tomber. Des cris rebondissent, puis c'est le calme, puis des cris. Au sommet du rocher, la mère et ses filles s'installent. Il fait bon.

Le chien s'est réveillé. Doogie se dit : merci la science pour tout. Mais savoir c'est pour pouvoir. Que faire, maintenant, que faire ? Intelligence de bête ont les bêtes. Qu'est-ce qu'ils savent pour l'intelligence de Doogie ? Les supérieurs sont numéros un, c'est eux qui sont chefs, c'est eux qui savent.

Doogie se lève et sans faire peur aux macacas qui se rassemblent ou qui s'endorment, je vais dans la direction de la mère qui souffle fort, assise sur son rocher, la tête carrée.

Pour montrer que je sais les usages, que je sais qu'elle est mère et chef, je souris. Elle tourne la tête. Le langage n'est pas pour eux. Doogie a bien vu, il a bien observé. Haounh. J'imite les macacas, les narines qui frétillent et je tourne la tête vers les grands arbres en secouant la culotte sale de Michael que je sors de mon pantalon. Je tends la grande main et je grogne en claquant des dents comme ils font, eux. Où est lui ? Je penche la tête vers le morceau de culotte de l'humain.

Mais la nuit tombe et la chef-mère et ses filles mastiquent leur nourriture le dos courbé. Rien. Elle me regarde du coin de l'œil jaune et frétille. Dans ses yeux je ne vois rien. Je t'ai comprise, je dis, j'ai la science de toi, parfaitement, je t'ai observée, je peux parler comme toi, mais maintenant, s'il te plaît, aide-moi.

Et rien.

Oh, Doogie a essayé de communiquer, il ne s'est rien passé.

Le soir était de cent couleurs dans le ciel et Mille couleurs a volé au-dessus de ma tête, son bec tordu a bougé, il a claqué du bec et il a dit : Crooh, crooh, c'est Nevermind, ici. C'est laisse tomber.

Nevermind.

Nevermind.

Oh Nevermind, j'ai pensé, c'est Neverpense.

Alors j'ai entendu un petit cri, hi hi, et la petite coquine aux narines hautes a bondi, elle a chipé à Doogie comme une chipie la culotte de Michael et en claquant des dents elle a rebondi, elle a sauté, la queue tendue, puis elle a grimpé sur une liane et elle est entrée dans la forêt.

Sale singe de merde, macaca qui ne parle pas, j'ai grogné, tu vas payer.

Le chien, chasse, chasse et ramène-moi ce qui est à moi. Il a tout de suite compris.

Méchant macaca, je me souviens maintenant, moi.

MÉMOIRES

Doogie était au Paradis et le Paradis n'était pas dans Janet.

J'ai toussé en pleurant et je me suis relevé.

Donald gémissait par terre, il se traînait à quatre pattes en montrant les gencives de ses dents : Pauvre Donald, il avait mal et il ne comprenait pas ce qui se passait.

Monsieur Gardner était entré dans le garage et ses yeux étaient si ronds, il était si blanc, même sa moustache était devenue blanche, et il tremblait. Il a giflé Donald une fois et il l'a tapé.

Iiiink, Donald a gémi.

Monsieur Gardner était en sueur, et les singes dans les cages ont sauté, crié, ils claquaient des dents, les yeux noirs.

Animal, a crié monsieur Gardner entre ses dents. Et il a frappé Donald à terre. Animal.

Doogie a fermé les yeux, recroquevillé dans un coin sous la table, et j'ai attendu que Janet vienne me chercher.

Sors d'ici Doogie, a murmuré monsieur Gardner qui s'est épongé le front avec le mouchoir brodé à son nom en se grattant la moustache. Sors d'ici, je suis désolé, tu ne sais pas ce que c'est.

Il m'a pris par la main et m'a conduit jusqu'à la porte. La lumière des néons a clignoté et les reflets du sol en plastique bleu comme le pétrole ont clignoté. Donald, à plat ventre, le nez en sang, a grogné et alors il m'a regardé. Il m'a regardé avec le blanc de ses yeux et j'ai vu sous ses lèvres ses dents.

J'ai frissonné, Janet m'a enroulé dans une grosse couverture à carreaux. Elle s'est mordu la lèvre et ses yeux ont pleuré.

Puis ils ont refermé la porte du garage.

DE LA JUNGLE

Ouh là là, Doogie a mal aux pieds, il est tout essoufflé.

Tandis que fidèle le chien court et aboie après la macaca aux narines hautes qui a volé le trésor de Michael, Doogie s'accroupit contre un grand arbre étouffé par les lianes. Ouf ouf, le souffle sort dans le désordre et la plante des pieds est déchirée par des ciseaux. J'ai grimacé.

Ouaf ouaf.

Ah, le chien m'appelle. J'arrive. Soudain Doogie est las de la fatigue. À quoi bon quoi d'autre excepté Nerve-le-mind ? Le soir monte comme la marée des mers sur le talus, au-dessus de la vallée, et on voit cachée sous le brouillard comme sous le drap des voiles la clairière des macaques rhésus. Pauvres macaques pauvres rhésus, je pense, le monde est si grand, qu'est-ce que vous en savez ? Toute la vie, désormais, dans la clairière et la forêt, vous dormez, vous bisoutez dans les colonnes d'un tableau de la science, mais le tableau tout entier jamais vous ne le verrez.

Et pourtant vous vivez.

J'ai soufflé, le chien aboyait. J'arrive.

Sous mes pieds blessés, le brouillard s'est déchiré. J'ai vu sur le rocher des macaques qui se serraient autour d'un bébé, des macaques qui se battaient sur le sol, certains aux branches les plus basses qui s'endormaient et d'autres, après avoir fait la course, qui commençaient le dodo. Chacun était différent, oh Doogie, chacun sa raison et où est le tort ? Bêtes, bêtes, bêtes. Qu'est-ce qu'il y a d'autre, je me suis demandé, où es-tu civilisation ? Je leur ai dit bonne nuit les petits chacun selon son nom et je me suis levé, adieu la vallée.

Sous mes yeux, dans la coulée de terre grise et marron pleine de grumeaux qui serpentait, je l'ai vu. Devant moi et qui monte jusqu'en haut du talus où le chien affolé aboyait, il y avait les pas de moi.

De moi-même, un chimpanzé.

MÉMOIRES

Bientôt la sixième des heures tombera de l'horloge au-dessus du tableau noir, mais pour l'instant elle s'accroche.

Tombe, tombe, tombe, pense Doogie en la regardant sous son sourcil. Doogie, il faut finir tes devoirs. Pff. Sur la table en bois sciée par le Jardinier, dans la classe vide, Doogie tripote des rectangles plats. Sur chaque plaque est dessiné une maman ou un papa ou un petit et Doogie doit reconnaître, trier et classer par familles, pour faire la preuve qu'il a la science de la famille : famille lion, famille dauphin, famille baleine, Doogie connaît les familles. Je souris. Doogie garde pour la fin la famille humaine, Janet a fait exprès pour lui faire plaisir : maman madame Diane est en photo avec son ombrelle, papa monsieur Gardner fume la pipe sous la moustache, en photo, et Janet est assise à la table de son anniversaire habillée en robe de princesse, elle sourit, et Doogie, en personne, est en photo d'identité, de face, il ouvre la bouche et il a les yeux rouges, ah, beurk, qu'il a l'air bête, ce n'est pas lui l'enfant et l'humain, non mais c'est moi. Je suis triste. Je cherche l'image de Donald. Où est-elle ? Entre les photos de madame tigre, monsieur panthère, oh, Doogie confond tous les félins.

Triste Doogie. On voit sur la photo que tu n'es pas de la famille.

Et la sixième heure reste au bord, elle ne tombe jamais, le soleil se couche, Doogie croit bien que l'horloge est bloquée. Je me lève et je sors de mon siège, Doogie la caméra te voit, oh ça va, c'est l'horloge qui ne marche pas.

Alors plaf. Doogie entend le bruit qui tombe derrière porte.

Je marche en salopette prudent jusqu'à la poignée, trop haute pour moi, sur la pointe des pieds. J'ouvre, qu'est-ce que je vois ?

Donald blanc est allongé, affalé sur le côté en haut des escaliers, sur le plancher.

Donald ? je demande, et j'ai peur. C'est peut-être un piège.

Donald boite d'habitude, il n'a guère la science du marcher. Aujourd'hui il est par terre et il grelotte, il dit : Hiiii, comme une souris. Je ne veux pas le toucher. La dernière fois, il m'a emmené trop près du Paradis c'est fini et je touche le bord de mon cou, j'ai encore le pansement, il avait la bouche pleine de mon sang.

Mais Donald a l'air blessé aussi, il gémit, les yeux petits, roux et blanc, torse nu et en pantalon de pyjama. Il se roule par terre.

Doogie, a dit Janet, les parents sont partis inspecter la mare aux hippopos. Je dois finir mes devoirs de bio. Tu restes ici jusqu'à six heures, vérifie sur ta montre, tu sais, la caméra de la morale te voit... J'ai regardé sur mon poignet, déjà vingt minutes étaient tombées de la sixième heure. J'avais le droit.

Donald a dégluti : Iiiih... Droooogie, il a dit.

Je me suis penché et il ne m'a rien fait. Hounh, ouvre les bras, j'ai fait, mon frère était couvert de points rouges sur la poitrine et il m'a regardé, jamais je n'oublierai désespéré.

J'ai pris Donald par les poignets et jusqu'à ma chambre en tirant la langue. Je l'ai traîné. Il me regardait, toujours. Dans mon lit, même si très mauvais il sentait, c'est ton frère, Doogie, je l'ai allongé en faisant l'effort et de la couverture à carreaux. Je l'ai couvert. Il tremblait, bientôt il ne bougeait plus, les yeux ouverts, il était raide. Je l'ai touché. Donald, que tu es froid. J'ai cherché de l'eau au robinet, il ne buvait pas.

Sur le tabouret, je me suis assis et j'ai attendu. Le soir est venu.

Ding-dong, crac, j'ai entendu les pas dans l'escalier. Donald n'avait pas fait un geste et je ne savais pas quoi décider. Madame Diane a ouvert la porte de ma chambre, Doogie je t'ai apporté la première banane, quand elle est entrée, elle a laissé tomber les sacs de courses et son sac à main.

Oh mon Dieu, elle a murmuré. Qu'est-ce que c'est ? j'ai demandé. Elle s'est précipitée sur le lit, posant sur le front de Donald sa main à deux bagues, et elle m'a regardé en ouvrant la bouche pleine de rouge à lèvres : Singe ! singe ! Elle a hurlé : Qu'est-ce que tu lui as fait ? Elle me secouait, hounh, hounh. Qu'est-ce que tu lui as fait ? Dis-le-moi, et elle hurlait.

Elle m'a giflé, la tête je l'ai baissée en me recroquevillant. Oh... Elle pleurait... Oh mon Dieu, je crois qu'il est mort, mon fils, elle disait, je crois qu'il est mort.

Et le mot, il me semble, c'est la première fois que Doogie l'entendait.

Depuis, Doogie l'a oublié.

MORT

— Le mot, — Un cadavre, — Souvenirs : premières impressions de Michael, — Le trou, l'arme et l'enterrement

DE LA JUNGLE

Dès que j'ai écarté du bras les fougères tout en haut du talus, je l'ai su. Le soleil était tombé, mais au sommet la lune éclairait comme une lampe torche, et il faisait frais. Fidèle le chien avait éloigné en grognant et même en se battant la hyène et les chacals qui marchaient, là-bas, à l'ombre des arbres nus comme des brûlés.

Oh oui, je l'ai vu et le mot m'est revenu.

Tristes sont les mémoires, triste le cerveau, mais le plus triste je ne sais pas ce que c'est. Je me suis agenouillé. Le mot c'est mort.

Étendu, nu et les deux jambes et un bras et le bas du visage bouffés par les chacals, Michael n'était plus là. Michael, je voulais murmurer, où tu es ? La nuit était tombée et dans la nuit même sous la lune, je ne parle plus, le cerveau descend dans mes mains et mes mains dans la nuit.

Le chien m'a compris, lui, il est resté assis, fixement, à un deux et trois pas, il empêchait le chacal de venir de nouveau faire de Michael un restaurant.

Mais Paradis, où es-tu ? Si tu es là, Michael n'y est pas, Michael est à moitié là, à moitié dans le ventre du chacal, Paradis tu n'es nulle part, le vrai mot c'est mort c'est mort.

Et j'ai pleuré, pleuré, beaucoup pleuré à genoux. Car je savais. Tête basse, je me suis étouffé et j'avais des hoquets. Michael pourri, Michael l'humain n'est plus ici, rien c'est néant, rien c'est fini. Et pleure j'ai pleuré.

Je le reconnaissais à moitié, mort et tué. Ce n'est pas le chacal qui l'a tué. Sa tête, à coups de pierre, elle a été défoncée, le crâne est ouvert, le cerveau n'est que de la cervelle comme la viande, qui dégouline, fleuve fait le sang. Et il a été mordu, au cou, par un singe, Doogie, regarde autour de toi, ce sont tes pas, regarde, je ne comprends pas.

Je crois que j'étais folie. Qui est Doogie, qui je ? Ce sont mes pas de chimpanzé, tout autour de lui. Qui l'a mort ? Le mot, je ne l'ai pas oublié, folie que je suis.

Toute la nuit, en tremblant, j'ai sangloté. Même sur la montre de mon cadran je n'ai pas vu les heures tomber.

Michael, mort que tu es, tu n'es plus rien de rien et Doogie ne t'a pas sauvé. Qui a fait Michael égale mort, je ne sais pas, je ne comprends pas. Ce sont les pas de mes pieds du meurtrier.

Sale singe, singe fou, tu ne sais rien et rien c'est tout, désormais.

Les deux oreilles entre les doigts j'ai attrapé et la tête de moi contre le sol quand Doogie je ne pouvais plus pleurer, sous la lune cachée par le brouillard je me suis tapé, tapé, tapé.

Puis dormi.

MÉMOIRES

Donald est resté blanc un jour, Donald est resté blanc deux jours.

Il n'est pas au Paradis, Doogie, a souri Janet quand elle est venue pour s'asseoir au bord de mon lit tout mou aux pieds en pin. Elle n'a pas dit le mot et Doogie ne savait pas, avec les mains, comment dire le mot, il ne l'a jamais su. Il ne faisait pas encore noir du soir. Janet deux mains autour du mug, j'attends que ma tisane refroidisse, doucement, Doogie, je souffle délicatement à la surface de la tisane au bon tilleul pour refroidir les molécules du chaud, Doogie, c'est merveilleux la physique, bientôt je t'apprendrai en classe ce que j'ai appris dans le manuel par correspondance à l'école.

Doogie, tout autour de toi, c'est incroyable, elle a dit, si tu savais, tout n'est qu'atomes et molécules. Comme je français le sourcil, elle a caressé le bout de mon mauvais nez, même toi, elle a murmuré, même ton nez.

Et Janet ? en arrêtant de bouder, j'ai demandé.

Elle allumait la lampe de chevet comme pour raconter à Doogie l'histoire du soir. Ses mains sentent comme la crème de beauté, rousse elle est, Janet a les seins désormais. Doogie est très très très gêné.

Même Janet, elle acquiesce.

Ô atome, ô molécule. Pourquoi toi tu es Doogie,

pourquoi toi tu es Janet, molécule qu'est-ce que tu as fait ?

Janet, il faut y aller, on entend dans l'escalier.

Pauvre de moi, je comprends, pauvre molécule de Doogie, la molécule de Janet va te quitter. Janet a enfilé son manteau de doudoune orange et bleue. Ciao, elle a fait, en embrassant bise le bout de ses doigts, sa bague a aveuglé Doogie. Nous allons rouler toute la nuit pour chercher le médecin de brousse, tu sais.

C'est silence.

Janet a baissé la tête en attachant sa queue de jument, rousse, elle était très souci : Donald ne peut pas attendre plus longtemps. Et puis elle a hésite sur le pas du pied de la porte : Michael va venir te garder, c'est le nouvel étudiant, il est si bien élevé si mignon, Doogie, sois gentil, tu vas l'aimer. Elle a cligné de l'œil et le cauchemar a commencé.

D'abord elle avait les joues roses rouges, elle lui a fait la bise. Jamais elle ne fait la bise à Doogie, bonsoir Mickey elle a dit, ensuite il avait les mains dans les poches, un jean, une chemise à carreaux, les beaux cheveux blonds courts, les yeux bleus. Il a dit : Bonne chance, Jane. Comment pourquoi il dit Jane, lui ? Et Doogie a commencé à s'étouffer. Houh, houh. Coincé comme un malade dans le lit j'étais. Doogie, Janet avait dit, bien sûr ce n'est pas ta faute, mais tu dois rester dans ta chambre tant qu'on ne sait pas, pour Donald. Hoooooouuh...

Doogie ! Sois sage ! Regarde ta montre, quand je te manque, compte les heures comme je t'ai appris et compte les jours, sache que je te vois. Parce que je te regarde. Toujours, je suis là.

Et elle a disparu. Aaaah.

Alors Michael a croisé les bras. Sous la couverture, en gémissant, Doogie s'est caché. Je ne veux pas voir cela.

Hello, il a dit, comment ça se passe, petit ape ?

Huuuuunh... Doogie a fait la gueule sous la couette sous la couverture, en pyjama Mickey Mouse. Combien Doogie devra-t-il le dire de fois ?

Doogie n'aime pas qu'on l'appelle comme ça.

Hiiii... Qu'on me laisse tranquille, j'ai gémi. Mais comme la colle, Michael ne s'en va pas. Et il s'assoit, et il parle en détachant les syllabes comme si Doogie ne comprenait pas les mots comme un idiot, il parle à un bébé. Il dit : Regarde, je ne te connais pas, c'est la première fois que je te vois, mais j'ai un cadeau. Je viens de tout là-haut, loin derrière les étoiles...

Doogie n'est pas abruti, il connaît les stations orbitales spatiales.

Il a sifflé. Doogie ne sait pas siffler entre les dents.

Hé, ape, je ne te vois pas, montre-toi.

Pff, j'ai fait, et la gueule j'ai levée.

Alors je me suis pris de l'eau dans la face. Quoi ? Il riait et ses dents étaient blanches. Merde. Doogie, surveille ton vocabulaire. Hé, ne t'inquiète pas, ape, ce n'est qu'un pistolet en plastoc, tiens, un pistolet à eau, allez je te l'offre. Sans rancune.

Oh, déjà, Doogie l'a détesté.

Il a souri bêtement et il a voulu, catastrophe, caresser le sommet du crâne de Doogie. Il avait l'air mélancolique dans ses yeux d'abruti, à l'époque je n'ai pas compris.

Oh, ape, pauvre singe, il a fait, si tu savais.

Si tu savais.

Et puis il a voulu me chatouiller en blaguant, Doogie déteste les chatouilles, Doogie déteste les blagues. Ses joues sentaient le produit de rasage de monsieur Gardner dont est jaloux Doogie mais l'odeur du cou de Janet, aussi.

Hé, ape, je crois qu'on va bien s'entendre tous les deux, pas vrai, tu m'as l'air d'un sacré phénomène à ce qu'on m'a dit. Tu restes sage ici et je travaille à côté, sur ton bureau.

OK.

Doogie l'a regardé bêtement comme un singe dans les yeux, les yeux noirs, en avançant la mâchoire, hounh, et alors prout, en le regardant dans le lit j'ai chié.

Oh. Oh non, il a fait. C'est pas vrai.

Et le temps qu'il panique en cherchant une serviette, une éponge et la poubelle, j'ai sauté du lit, je me suis enfui.

Doogie... Doogie... reviens ici.

Lui, j'ai pensé, quand il aura le malheur, j'aurai le bonheur.

DE LA JUNGLE

Doogie ne connaît pas toutes les subtilités de la science d'enterrer mais ce que je sais, c'est qu'il y a un trou au milieu.

Au chien, comme il est fidèle, j'ai dit : Creuse, et je lui ai montré, alors il a creusé, au petit matin, parce que déjà ça sentait mauvais.

Puis j'ai cherché la religion et je ne l'ai pas trouvée.

Qu'est censé faire le singe qui enterre l'humain ? Je ne sais.

Au revoir de Dieu, j'ai dit, mais je ne savais pas ce

que je disais, vous savez. J'ai expliqué avec la grande main comment j'ai rencontré Michael, comment insupportable j'étais, mais avec Janet vous comprenez je ne pouvais pas le supporter. J'ai dit Michael, je ne sais plus rien des histoires de Paradis, je n'en sais rien et je n'ai pas pleuré.

Comme le dog terrier était fatigué, le corps je l'ai traîné jusqu'au trou très mal fait hélas, dans la terre noire et au fond en fronçant le sourcil, j'ai vu les vers blancs qui remuaient. Oh, ça ne me plaît pas beaucoup comme restaurant pour Michael, mais la science du trou est la seule qui sait enterrer.

Et il est tombé. Ploum.

J'ai tendu la main, autour de sa taille il restait la ceinture de cuir et je l'ai détachée, je l'ai remontée. Dans l'étui qui pendait, clic clac, je réfléchis, j'ai trouvé le pistolet d'arme.

Doogie, j'ai dit, tu es loin d'être une arme qui a la science du pistolet mais j'avais un slip XXL et le petit pistolet armé je l'ai fourré dans mon slip comme un vrai cow-boy, Doogie OK.

Au moment de refermer le sol de la terre, Mille couleurs le bec tordu s'est posé. Il avait trois taches grises sur les plumes, il a caqueté.

Doogie.

Doogie.

Doogie.

Oui, j'ai dit, c'est mon nom. Mais il a fermé sa gueule et j'ai poussé la terre molle avec les pieds et les mains puisque personne ne veut m'aider.

Doogie, c'est la Rnature.

Mmh, j'ai fait. Je ne l'ai pas écouté. Il faut rentrer au Zoo, maintenant, et Michael disparaissait, salut au revoir de bye-bye. Finalement la petite macaca aux narines trop hautes a sauté de la branche de l'arbre mort en remuant la culotte sale de Michael qu'elle avait volée avant la nuit.

Ému, je me suis dit : sacré singe, est-ce qu'elle lui dit au revoir de ciao ?

Puis j'ai compris qu'abrutie la macaca rhésus voulait jouer et sauter, excitée qu'elle était par le tissu. Grrr, j'ai grogné, donne-moi ça et sur la tête je l'ai tapée. Elle a souri en baissant le regard. Sale singe, j'ai voulu encore la taper.

Idiote, je me suis dit, tu n'as rien compris.

Tu ne sais rien, Michael l'humain, tu ne l'as pas connu, tu ne sais rien du Paradis et de la vie finie. Tu ne connais pas le mot, va-t'en d'ici.

Et c'était fini. Le soleil a monté du ciel la montagne en brillant. J'ai tapoté l'arme du pistolet dans mon slip et j'ai caressé le chien, je ne savais pas quoi penser, comment avoir la science de la croix et du cimetière, j'ai juste dit :

Michael, je crois que je l'aimais bien un peu.

Une branche a craqué, j'ai sursauté : où ça ?

Michael, j'avais envie de faire à ceux qui lui ont fait ce qu'ils lui ont fait, oui. J'ai serré le poing sur le lourd pistolet, avec l'arme ne pleure pas, tu as la puissance.

Le chien sous ses sales moustaches, droit sur ses quatre grandes pattes a grogné. Chut.

Vite, je me cache derrière l'arbre noir mort et je pose la main grande sur la gueule humide et pleine de poils du chien qui croit à la caresse.

Quelqu'un s'approche et je tends la tête derrière le tronc noir comme le charbon de la foudre. Est-ce que quelqu'un veut emmener la tombe au Paradis aussi ?

C'est comme une ombre, noire et courbée, maladroite, c'est comme un miroir de reflet. Je reconnais ses pas, ses pieds, c'est comme me voir sans être derrière mes yeux.

C'est un singe inquiet. C'est un autre moi.

Je fronce le sourcil et mon nez remonte, comme l'accordéon entre mes deux yeux rouge orange qui brillent brûlent, je le reconnais, ce n'est pas un macaca, lui, c'est un chimpanzé. Tel moi.

C'était c'est Jack.

JACK

— Souvenirs du second chimpanzé, — Attaque et humiliation de l'autre, — L'oubli et la mémoire des langages, — L'assassin se dénonce, — Souvenirs : un tragique accident, — L'Animal

MÉMOIRES

Madame Diane est partie dans les étoiles faire soigner Donald sur les conseils du médecin de brousse. Un mois déjà du calendrier est tombé. Je ne vois jamais monsieur Gardner.

Tous les jours, avec Janet, j'ai classe, mais le soir, elle part fumer, se balader et prendre la voiture quatre fois quatre avec Michael.

Quand la sixième heure tombe de l'horloge dans la classe en bas, Michael ouvre la porte en chemise d'Hawaï, il sourit, m'apporte un bonbon et Doogie sois gentil.

Janet lui fait la bise en chemisier. Hou, Mickey, il fait chaud ce soir, tu ne trouves pas ? Elle se tourne vers moi : Doogie, tu sais, depuis que maman est partie, Jack dépérit, tu serais tellement gentil.

OK. Mickey reste avec Jane à compter le nombre de pétales de merde des fleurs des champs et Doogie descend dans la réserve du labo dire bonjour Jack, tu t'éclates ! Grrr.

Merci, Doogie.

Quand je referme la porte, en maudissant ma salopette de bébé en jean, j'entends Michael qui murmure : Jane, je sais comme c'est dur pour toi, avec ton frère.

Oh.

Chut.

OK.

Je suis descendu, Doogie a recraché le bonbon à la menthe qui pue de Michael et j'ai pensé un jour je lui montre mon cul et sur sa tête je fais caca.

Je cherche la clé sous le pot de fleur bégonia, j'allume la lumière et j'entre dans la réserve. Il y a si longtemps à présent. Je ne suis plus au labo, je suis à l'école aujourd'hui.

Jack, je ne le vois plus, depuis... Depuis.

Hello, Jack, timide, j'ai dit.

Je l'ai vu, dans le grand fauteuil en velours, affalé, les yeux ouverts. Jack, je fais, est-ce que tu es OK ? J'avais peur que, comme Donald, il saute sur Doogie.

Mais Jack, quand il a vu Doogie, il a grimacé comme un idiot, il a tordu les bras et de la bave sortait de ses lèvres.

Jack. Eh. De quoi on peut discuter. Il connaissait une dizaine de mots des mains. Je vais te chercher tes cubes en plastique, j'ai dit. Tu veux est-ce que tu as envie de jouer ?

Jack joue super bien à la balle de base-ball, il ouvre les bananes, il sait cuisiner les hamburgers.

Mais c'est un animal plus que moi, vous savez.

Maladie du mental, j'ai pensé. Sa tête penchait de

côté, son gros nez que je n'aime pas comme le mien était une vraie patate germée et ses lèvres partaient de travers.

Jack, je lui ai tendu la main, tu restes dans le noir ?

Alors, alors, Jack tend vers Doogie la main. Il veut. Il veut m'épouiller. Doogie est gêné. Jack, voyons, ça ne se fait pas.

Il a envie.

Doogie se racle la gorge et saute d'un pied sur l'autre en salopette.

Bon, ben voilà, content de t'avoir vu.

Doogie remarque les médicaments et la pharmacie en verre fermée à clé.

Jack descend du siège, difficilement, il gémit et me regarde. Dans les yeux je vois d'abord : pitié, puis rien et puis il fait le dos rond, il n'est pas très propre du pelage, il s'écrase devant moi. S'il te plaît. Je ne sais pas ce qu'il fait.

Oh, eh bien, Jack je vais y aller.

Jack le chimpanzé devant moi, il s'est écrasé. Qu'est-ce qu'il voulait ? C'était si choquant d'inconvenant, en rasant les murs, hein, je me suis éclipsé, j'ai laissé la lumière allumée et en quittant le couloir en carrelage derrière moi la porte je l'ai refermée.

Qu'est-ce qu'il voulait ?

Ce fut la dernière fois que je le voyais.

DE LA JUNGLE

Un peu désespéré, Jack m'a attaqué.

Houh ! C'est encore un solide chimpanzé, il soulève la poussière, il m'a couru après. Une, deux fois, en grognant, beaucoup de bruit, beaucoup de bruit, il a montré les dents, la bouche ouverte et l'air méchant, je me suis sauvé en sautillant, sur le sol cendré, avant de m'étaler.

Il a plongé sous moi, pour me mordre au milieu des jambes, mais rapidement j'ai rampé, en grattant le sol qui devenait rouge quand la poussière grise a volé.

Cri perçant, perce ta tête ! Il veut me frappe, ah hounh, c'est le vide qu'il a sous le poing, raté. Agression ! Je protège ma tête, un bras sur le front poilu, une main tendue. Mais il te faut faire face, Doogie. Car j'ai compris.

Debout sur ses jambes à poil, arquées, une main aux testicules, une main sur l'épaule et les poils dressés sur le crâne, Jack a baissé la tête, les genoux découverts et le nez renfrogné. Il a tapé de la main sa poitrine.

Sale singe j'ai dit et j'ai crié.

Car j'ai compris qu'il était effrayé. Hi hi, Doogie, j'ai pensé, aussi lâche que tu es, tu gagnes sans faire le combat, car Jack a peur de toi. Il suffit que j'aie l'air supérieur et je le suis. Hounh, je me redresse et je le regarde, déjà Jack a honte de m'attaquer, il tremble des jambes et des pieds, recule, crispé, et pose ses deux mains sur le sol rouge et gris cendre à la poussière vient de redescendre.

J'ai sorti du slip mon pistolet qui appartient à l'arme de la puissance lourde et noire, que je remue au-dessus de ma tête, en grimaçant, je jette à lui mon regard et sur le sol, vaincu, son regard il le dépose, hagard. Il sourit, et montre à moi sa mâchoire mal assurée. Il trépigne et s'aplatit. Le chien, je dis. Viens près de moi. Et fidèle le chien qui aboie, les moustaches qui remuent, il me regarde, tendu sur ses pattes arrière, prêt à mordre ta gueule, ah Jack, tu ne joues pas le malin, hin hin.

Doogie domine, Doogie est le roi, répète-le-moi.

Voilà. Jack a voulu attaquer moi, mais il a une petite impuissante volonté, dans la frontière de sa peur et ses mémoires. Il sait que Doogie est plus fort, bien plus fort, il l'a testé un peu, mais plus loin, il n'a pas su. Je range en crânant dans mon slip XXL le pistolet, le soleil brille et le sol est plat. On n'entend plus de bruit que de moi, moi, moi, je respire, je respire et je domine. Le chien, assis. Et il s'assoit.

Domine dominateur, je gonfle les épaules de Doogie, la tête rentrée et je regarde Jack. C'est moi qui ai les yeux, tu n'as rien, c'est moi qui ai le droit. Jack a la même taille que moi, mais il est plus petit petit. Le cul relevé, il montre le trou de son caca au ciel, il fait le crapaud, les poils raplapla, il s'écrase, il rampe vers la poussière. Et pour lui dire : la paix. Je grogne en marchant, je le frôle en passant et il se relève. Doogie, Jack je t'humilie.

Et il ne sait même pas dire oui.

Je me calme. Doogie, sois fidèle à l'humain, ne roule pas des mécaniques, monkey, tu fais moins le fier quand Janet est en colère. C'est vrai. Je grogne.

Alors, je fais, qu'est-ce que tu fais ?

Il a peur, encore, même s'il se détend. Paniqué, il regarde derrière lui.

Qu'est-ce que tu fais là dans la Jungle perdu ? Toi aussi ?

Il ne comprend pas. Pauvre singe, pauvre monkey. J'abandonne avec les mains le langage c'est pas pour lui.

Je pousse un cri, un halètement du bon vieux

passé et je tambourine contre le tronc d'arbre pour le lui rappeler.

Rien de néant. Jack reste courbé. Je remue la poussière et les brindilles en poussant un cri content. Comment tu vas ?

Néant de rien c'est rien.

Je me morfonds. Doogie, je me dis, quelle saleté d'être plus malin que malin et le meilleur de toute ton espèce. Les autres sont cons comme des murs.

Tout ce qu'il comprend, idiot, c'est la domination.

Jack, je grogne et il sursaute. Abruti, regarde vers moi, c'est toi qui tu as fait ça à Michael ? Je répète : est-ce que c'est toi qui le tues, lui ?

Il se tait.

Les yeux écartés, la bouche en triangle sur ses sales dents sans dentifrice, il sourit, le débile.

Jack, je pousse un cri, avance-toi, je dis, baisse-toi, recueille-toi et recueille-toi sur la tombe du souvenir de l'humain Michael. Michael tu te souviens ?

Il n'ose pas.

Je le claque sur le haut du crâne en découvrant les dents, je vais te mordre, je fais, je le pousse et je lui baisse la sale tête devant la motte de terre noirâtre sous laquelle était ce qui reste de Michael.

Humilie-toi devant le souvenir de l'humain, sale nez. Et je crache en grommelant. Je crache à ses pieds en dressant les poils. Écrase-toi.

Il fait la nuit tombe.

Dans les bois de la forêt en hauteur au-dessus de la mangrove des mers, l'air a froid. Doucement trotte le chien, la langue pend. Appuyé sur son bâton ramassé et pelé au doigt, Doogie grimpe et il apostrophe : Viens donc, Jack, suis-nous, allez, vite. Et comme hélas Jack a peur, Jack suit.

Le sol a monté, la forêt a changé. Jaune, rouge, le sol de pierre qui sent le fer s'est effrité. De temps en temps, Doogie renifle l'argile sous ses pieds et des arbres hyperhumides se lancent dans la direction du ciel, par le vent secoués. Doogie suit le chien et le chien suit Doogie. Tous, ils longent en grimpant sur les lambeaux de forêt dans les rochers la vallée qui se rapproche, la vallée du grand fleuve vert qui coule vers la moitié du continent. Puis Doogie devra traverser à l'aveugle et rejoindre le fleuve géant Congo qui coule jusqu'au lac du continent, non loin du Zoo.

Doogie n'est pas dénué de science des pieds du sol, dans sa tête.

Il y a du granite et du basalte, comme lui a appris monsieur Gardner, qui enfle sous l'humus maigre et la terre déchirée sous mes deux pieds. L'eau de la pluie a ruisselé, des fentes et des canaux ont fait sculpture de toute cette Nature, et sous le brouillard du sans espoir, je vois le premier fleuve vert et noir qui conduira Doogie et les siens au fleuve Congo. Congo King Congo King, je ris !

Avec moi personne ne rit.

Que triste est sans langage. Allez on s'assoit le cul.

Il pleut, il a plu, c'est ça s'appelle la brume. Brrr.

Sur le relief des reliefs arrosées les forêts à bananes, à palmiers, le reste des vieilles plantes de café des humains quand ils y travaillaient jadis d'il y a longtemps, Jungle et civilisation main dans la main, mais comme sur le crâne d'un chauve à la monsieur Payne, les arbres sont dégradés et tout nus les rochers dominent le crâne de la terre.

Doogie domine aussi. C'est lui qui a trouvé l'eau

de la source fraîche à boire, les fruits, les racines et tutti quanti. Le chien tire la langue bêtement. Au-dessus de nous, Mille couleurs régulièrement vole, tournoie, s'envole et caquette les idioties qu'il répète. Quant à Jack, renfrogné, il mange de la terre, avec les vers. Le soleil est tombé, on ne voit pas de l'autre bout du nez. Mais je m'énerve.

Il suffit, je dis.

Jack, le cul dans les fougères sursaute et mâchonne affalé. Je dépose contre le fût gris du grand arbre nu mes bananes et les palmes fraîches fripées qu'en guise d'éponge j'ai ramassées et trempées à la source, pour afin de me nettoyer.

Jack, j'articule geste après geste, tu ne te rappelles pas le parler ?

Il arrête de mâche.

Le bon vieux temps. Je dis. Tous les deux. Tu te souviens ? Un singe qui parle, c'est un camarade de l'humain.

Blbl. Il grimace.

J'avais la patience, ce soir. À la lumière de la lune sur ce terrain découvert, j'ai repris mon vieux langage ASL, le langage des singes qui parlent le langage des sourds et des muets en anglais.

English, please !

Jack connaît l'ASL, *yes sir*, c'est lui qui m'a appris la moitié du tout. Mais celui qui apprend, qui le lui reprend ? Mystère, mystère. Le singe n'a pas d'idée dans le larynx, mais il a des mots dans les mains, mesdames messieurs.

Je signe la « *flower* » et je signe « *smell* », je désigne une orchidée rabougrie et je frétille des narines. Jack, ça ne te dit rien ?

Apparemment non. Puis je reprends mon cirque,

je signe « *hat* » et je fais le signe du chapeau, à la Charlot de l'écran sur le mur du salon, comme avait l'habitude monsieur Gardner Evans pour nous faire rire, juvéniles enfants que nous étions, hi hi. Pas enfants, pas humains.

Tout m'est revenu. PCM : P c'est la place du signe sur le corps, C c'est la configuration de la main et M c'est le mouvement. Je ne parle assez mal que pour les étrangers humains qui ne me connaissent pas et quand je suis dépourvu du clavier, de l'écran et du traducteur vocal. Tout a été cassé dans le crash du Charles Bigleux.

Parfois, vous le savez, les mots d'*english* en ASL reviennent à la surface de mon bien ordonné langage de singe, lorsque trop vite je veux parler à ma façon : comme les grumeaux dans le yaourt de madame Diane, il y a toujours des bouts de son *english* dans mon parler propre, vous savez. C'est *you can't always speak like you want*.

Mais Jack *speak* zéro.

Je me suis assis, gentil, gentil, devant le gros benêt. Pff. J'ai serré sa grande main intelligente, où les doigts sont très loin du poignet, ils ont oublié ce que le bras veut dire. Jack, j'ai dit, tu étais un modèle pour moi, et j'ai remodelé sa main, comme avant. Le *modeling*, monsieur Gardner a essayé, mais il n'y a qu'avec Janet que ça marchait : oh, qu'est-ce que j'adorais. Elle modelait ma main, vous savez, elle façonnait le signe du bout de ses doigts blancs délicats sans un poil sur ma main de gros balourd, noir marron poilu. Je suis le frisson.

J'ai modelé : « mon », « nom », « Jack », « bonjour » sur sa grande main. Il m'a regardé vide et l'air étonné. Il avait envie de mange. Le chien s'est allongé sur le flanc, il attendait ma caresse avant de dormir. Alors je l'ai flatté et son poil couleur des feuilles mortes était sale, rêche et grouillant de parasites. Autour de nous tournaient les moustiques. Qu'est-ce que c'est que cette Nature ? Quand le chien s'est endormi, j'ai sifflé Jack et j'ai dessiné dans la poussière grise à la lumière de la nuit c'est la lune des symboles puis les lexigrammes dans la terre, sur l'argile.

Est-ce que tu ne te souviens pas de ça et ça ?

J'ai montré à Jack le lexigramme du chien, celui de la nuit, de la lune et du sommeil. Les rares qu'il savait, à l'époque. Mais le lexigramme de la chose ne ressemble pas à la chose, et Jack a oublié, Jack est oublié.

Comme patient tu es Doogie l'instituteur et j'ai regardé ma montre, Janet si tu me voyais.

Comme seul tu es, surtout, Doogie.

Un seul solitaire, c'est certain.

L'argile n'avait pas séché derrière les mottes de mauvaise herbe et du poing j'ai modelé un peu de glaise sale, qui provenait de la crevasse, du sommet à la vallée, où l'eau de pluie coulait.

Tu te souviens du Lantek, Jack ?

Jack n'a jamais aimé le passage au Lantek. Le Lantek est un langage artificiel.

Hou, tu te souviens de la caméra, le tableau noir et les magnets de couleur, les formes bizarres du langage à accrocher au tableau, en cherchant le vocabulaire dans la boîte en osier ?

Jack mordille le bout de ses doigts, stressé, il regarde de tous côtés comme le mauvais élève du cancre.

J'ai sculpté dans l'argile la forme du lexigramme en cône tronqué, « banane », et j'ai redemandé.

Je voulais vraiment qu'il souvienne. Sur le sol plat et dégagé comme sur la vieille table de bois, j'ai posé un galet, une feuille de palmier, une banane.

Jack... Doucement, j'ai demandé en anglais ASL : « *What is it ?* » Et je lui ai tendu le lexigramme en argile, qui se déformait, ploc et paf.

Dans ses yeux, je savais qu'il y avait l'angoisse mais je continuai. Jack a la panique, il a tendu le doigt, il a montré le signe de la banane et il a désigné le caillou.

Ah, rouge que j'étais. Tiens, méchant sale bête monkey, j'ai dit prends ça, et j'ai tapé sa main avec le galet. C'est tu as faux.

En souriant nerveusement, il a pris la posture du dominé.

Les larmes autour des deux yeux, j'ai fait « excusez » et j'ai dit : Jack, est-ce que tu ne te souviens pas comment on dit « ami » ?

C'est le premier mot que je lui ai appris, moi, jamais il ne l'a su.

Comme un esclave, dans la nuit, sans langage devant moi il s'est prosterné.

J'ai abandonné et je me suis couché.

Alors seulement Jack, hésitant, a rampé. Il s'est approché et il a fait un geste mal assuré. Qu'est-ce qu'il y a, ape imbécile ? j'ai grogné.

En tremblant, dans le noir, je crois qu'il a signé. Non, en fait, il m'a demandé. Il s'est tourneboulé et m'a présenté ses côtes, puis il a ouvert ses lèvres sur ses dents blanches à la lumière de la lune.

Le chien dormait, comme une pierre.

Ah, j'ai compris. Il me demandait un signe, il se souvenait. Le signe dont tu as le souvenir, Jack, j'ai rapidement signé sans qu'il me voie, dans la nuit, c'est deux doigts qui bougent en crochet et un sourire. C'est le signe de la « chatouille », Jack, et j'avais envie de pleurer. Il m'a prêté son flanc et comme avant je l'ai chatouillé en pouffant. Le chien ne s'est pas réveillé.

Puis Jack a vaguement imité le signe et il a tendu le bras pour me guili-guili sous les côtes, mais...

Vas-y, je lui ai dit.

Il s'est arrêté, il n'a pas osé.

MÉMOIRES

En classe, je suis triste de ce que j'ai vu de Jack.

Le jour d'après le jour d'avant, je ne sais pas quand, je lève le doigt et je demande à Janet : Est-ce qu'on peut stop le cours ?

Oui Doogie, elle fronce les sourcils, tu as une question, tu as envie de faire pipi ?

À l'époque le matin elle m'apprend le passé, le présent, le demain et la différence entre conjonction et disjonction, ou bien et ou bien et. Hin hin.

Non, je remue tristement la tête, les oreilles décollées sous ma coiffure de poils séparés en deux par la raie, avec du gel.

Elle s'assoit sur son bureau et remonte sa jupe en soupirant sur ses longues chaussettes à rayures rouges et blanches, longues comme des collants. Il fait trop chaud. Elle fait l'éventail d'une main, les joues couvertes de taches de rousseur.

C'est Jack.

Ah... Jack. Elle lève les yeux au plafond. Doogie, il y a déjà le problème avec Donald, alors...

Mais, je dis, en signant rapidement d'une main, pourquoi il a *stop to speak*, Janet ?

Attention, Doogie, elle me dit, ne mélange pas l'*english* ASL des sourds-muets quand tu parles et ton propre Lantek, c'est ton langage propre. Il y a des langues, il y a le langage, Doogie, c'est différent. Janet est intelligente, je baisse la tête.

Patiente comme elle est, elle sourit, elle me dit : Allez, promenons-nous dans les bois et allons lézarder au soleil sur les chaises longues de la terrasse. Papa est parti, il attend le retour de maman. Il ne rentre pas avant demain, il n'en saura rien.

Et elle ferme à clé la porte de la salle de classe surchauffée.

En sirotant son sirop d'orgeat, Janet replace sur son petit nez fin, long et très distingué ses lunettes noires de star, en soutien-gorge blanc et short aussi, elle est allongée sur la chaise longue transatlantique et Doogie remue dans le hamac.

Doogie, elle me dit, le langage c'est tout une histoire.

Je sais, je redresse le torse, un jour je vais la raconter.

Hé hé, elle rit en prenant son éventail à dentelle. Tu ne sais rien, monkey, de tout ce que tu sais.

Janet est mystérieuse comme la phrase, parfois.

Au début, tout ce que tu vois, les financements du Projet Zoo et le labo, Daddy l'a obtenu grâce au nouveau projet sur le langage et l'apprentissage qu'il avait proposé aux stations orbitales, aux éco-sociétés.

Le but, c'était de faire parler Jack et de faire évoluer les grands singes pour leur rendre la forêt. Les hommes sont dans les étoiles aujourd'hui, tu le sais, depuis la fin de la guerre, la Terre est un trésor qu'ils gardent de loin. Mais nous, les humains, Doogie, nous nous sentons si seuls. Nous avons voulu faire quelque chose pour vous, tu comprends. Après tout, comme disait papa, si Dieu a créé un être qui parle, si cet être crée un autre être qui parle, la conclusion va de soi.

Je ne comprenais rien. Quoi ? Qui c'est Dieu ? Est-ce que c'est la Janet de Janet ?

Oui, si tu veux... Pff... Elle a déposé son verre bleu par terre, sur le ciment à l'ombre. La conclusion, Doogie, c'est que nous sommes vos Dieux et que nous sommes les singes de nos Dieux.

Les yeux vides de vide, j'ai arrêté de me balancer.

Elle a éclaté de rire. Pff, Doogie, tu verrais ta tête...

Enfin, elle s'est raclé la gorge, Jack était le meilleur...

Doogie a protesté.

... Avant qu'on te recueille, Doogie. Jack a progressé vite et bien. Madame Diane, maman avait théorisé l'environnement affectif total : elle voulait tellement, tellement un enfant, un autre, un garçon, pas comme moi. Elle ne s'occupait pas de moi, c'était tout pour lui. Moi, c'était papa.

Janet soupire.

Jack a appris les rudiments de langage sourd-muet. Papa disait : Les singes n'ont pas le larynx, mais regarde un peu leurs mains. En deux ans, il savait cent trente signes, Doogie, il avait assimilé. Jack était si intelligent, à l'époque. Il connaissait à peu près la négation, les bases pour toi aujourd'hui : agent/action/localisation/possession/nomination et récurrence. Tous les jours quand j'étais encore bébé, papa me l'a raconté, des experts des stations orbitales, des spécialistes « naïfs » en langue des signes venaient procéder à des tests derrière la vitre en verre : seul était comptabilisé comme acquis un signe dont l'utilisation était spontanée et appropriée pendant quinze jours.

Bon, c'était assez classique et déjà fait. Tout ça c'est encore du déjà vu, disaient les scientifiques à Daddy.

Puis Jack s'est signé lui-même. Il utilisait d'abord un signe indifférencié pour « fleur » et « sentir » et quand il a fait la différence maman a bu du champagne. C'était sa victoire. Papa n'était pas très content, il défendait une autre approche, le contact affectif avec Jack le gênait, il cherchait de l'analysable, du quantitatif, tu sais, il a toujours été comme ça, et ses travaux sur le langage le conduisaient à cette idée : il faudrait comparer point par point un enfant privé de langage et un singe auquel on apprendrait un langage propre. Il faudrait une comparaison objective, tu vois, avec un exemplaire témoin, est-ce que tu me comprends, Doogie ? Non, tu ne comprends rien.

Papa travaillait plutôt avec moi, il m'a toujours bien aimée, il disait que j'étais douée, très, tu sais, surdouée. Maman est passée au modelage des signes directement sur la main de Jack, et puis, et puis...

Et puis quoi ?

Donald est né. On ne sait pas trop comment. Papa et maman, enfin, bref. Il a eu une naissance délicate, c'était un miracle, encore une fois. Maman a suspendu les expériences et papa t'a trouvé, abandonné. Oh, ça a été, tu sais, une chance pour papa. Et, Doogie, une chance pour moi. Papa l'a placé tout de suite en concurrence avec toi. Pour faire plaisir à maman, qui n'en démordait pas, et qui était souvent au lit, fatiguée, il t'a d'abord appris des bases en ASL et rapidement il vous a fait communiquer. C'est Jack, tu sais, qui t'a appris à parler, à dire les quelques mots anglais que tu mélanges parfois à ton parler.

Jack, j'ai dit, bouche bée.

Hmm hm.

Les observateurs et les étudiants avaient consigne de silence. Ils ne signaient jamais dans la cage ou dans le labo en ta présence. Ils n'interagissaient qu'à l'oral, en notant tous tes gestes, l'érection de tes poils.

On voulait savoir si un singe pouvait enseigner le langage à un autre.

Au début, par exemple, Jack t'a appris les signes «*come*» et «*gimme*», tu répétais, «*gimme gimme*», tu étais si rapide, incroyable et rusé. Il faut dire que le soir on rigolait ensemble. Moi aussi, je respectais la consigne stricte de papa sur le silence : je n'ai pas signé, ça non, mais je te parlais à haute voix et oh, je crois que tu aimais ça. Il faut dire que papa l'a caché à maman, qui était en convalescence encore, le soir après le travail, il vous mettait en parallèle, Donald et toi, pour tout, pour jouer, pour manger, s'endormir. Sauf que toi, la journée tu travaillais au labo avec Jack pendant que Donald faisait la sieste avec maman. Et rapidement, on a compris qu'il devenait bizarre.

Mais le premier mot que t'a appris Jack, on était émus. Jack aimait signer pour «chatouille» : il se comprimait alors les côtes contre les barreaux de la cage afin qu'un étudiant vienne le chatouiller. Toi, Doogie, deux jours après, tu as commencé à faire pareil et je venais te faire guili-guili, tu rigolais, tu rigolais. Ensuite, tu as fait tout seul le signe, pour toi-même sur la paillasse. Puis tu as imité les cris de Jack en associant le signe et les mimiques. À la fin, tu as fait le signe uniquement, l'air réjoui, puis tu as pressé tes côtes entre les barreaux et je t'ai chatouillé, coquin.

Jack t'a appris les verbes, des locatifs aussi, même les adverbes, en anglais pour sourds-muets. Tu allais plus vite, tellement plus vite que lui, tu associais «*hurry*» et «*gimme*» pour qu'on te donne plus rapidement une banane, un câlin, et surtout, surtout, tu aimais que je modèle les signes sur ta main. Tu te souviens? Tu aimais ça, c'était si...

Au contraire de Jack, qui n'utilisait quasiment jamais que des requêtes, tu as multiplié, avec moi, les propositions indicatives, les descriptions, et les descriptions définies. Lorsque maman s'est enfin remise, elle s'est occupée surtout de Donald et papa et moi on n'avait d'yeux que pour toi. Jack a commencé à régresser, en plus tu l'impressionnais. Très vite, papa a imposé ta présence à la maison et comme on voyait les limites du langage des signes en anglais, il a triomphé devant maman en faisant voter par le bureau scientifique du Zoo la phase deux d'une expérience impliquant un langage artificiel nouveau, plus souple, qui te permettrait d'assimiler une grammaire. L'ASL ne te correspondait pas, en tant que chimpanzé.

Papa a fait venir immédiatement par le Charles Bigleux un linguiste, monsieur Peter, le père de Michael, pour créer avec lui un langage idéographique et simplifié, le Lantek, composé de lexigrammes d'abord, tu sais, les petits symboles qui ne représentaient pas ce qu'ils signifiaient, tu te souviens, et qui étaient classés d'après une sémantique très grossière, oh, Doogie, je te passe les détails.

On t'a offert cette année-là pour Noël l'écran d'ordinateur et le clavier aux grosses touches, celui que tu avais petit, avant celui d'aujourd'hui. Jack aussi, d'ailleurs, mais il n'a jamais réussi. Il était complètement dépassé. Ce langage, il ne le comprenait pas, et personne ne s'intéressait à lui.

Tu as essayé de l'aider, tu lui as appris le lexigramme « ami », mais très vite tu l'as écrasé. Même, tu étais méchant avec lui, oui... Tu jouais, tu l'humiliais.

Petit à petit, tu savais assembler des phrases à la verticale sur ton écran, tu tenais des conversations avec papa, tu as assimilé les relations, les nombres, plus ou moins bien, des propriétés de classe et des notions de métalangage.

Et puis, surtout, dès qu'on était ensemble, le soir sans l'écran et le clavier, comme tu voulais tellement me parler, ensemble on a passé des heures à se bricoler un langage de signes mais qui exprime le Monkage, ton propre langage, celui que tu nous parles, ta grammaire et tes lexigrammes, mélangé avec le vieil anglais des sourds-muets.

C'est là que tout a changé.

Janet a respiré. Elle s'est relevée, assise sur la chaise longue, à moitié dans l'ombre, bientôt sous le soleil.

Tu ne peux pas tout savoir, Doogie, mais personne ne sait pourquoi, je ne sais pas pourquoi, papa ne sait pas, alors que j'étais là, on est sortis de l'expérience, des résultats habituels très bien, du petit stock de vocabulaire qu'ont les bons chimpanzés et tu t'es mis à parler. Oui, vraiment. Avec les mains, tu signais des phrases, des sujets, verbes, compléments. Tu as fait la synthèse de ta grammaire électronique, sur écran, que tu utilisais comme une machine à écrire, et du langage ASL, avec les mains. C'est devenu ton mode de communication et tous ceux qui travaillent avec nous, au Zoo, tous les familiers l'ont appris.

Sauf maman, bien sûr, elle ne voulait pas, elle n'a jamais voulu.

Sinon, tout le monde parlait avec toi, surtout quand on a programmé le logiciel de traduction, avec les capteurs sur tes mains. Même si on avait encore nos petits mots à nous, juste à nous, pas vrai ?

Janet s'est rallongée. Le soleil a baissé aussi.

Jack... Il fallait faire quelque chose, tu comprends, monkey ? Papa a bricolé des lexigrammes comme des jouets pour enfant, des figurines en plastique, avec des mots, des copules, quelques quantificateurs aussi. Ils étaient colorés, avec des formes baroques et un intérieur aimanté qui permettait de les fixer sur le tableau noir. Il n'y avait pas de grammaire mais une grande boîte en osier avec un stock de vocabulaire.

On t'a demandé, toi qui étais tout petit, de jouer avec Jack, de lui apprendre au moins ce langage pour le sauver. Comme tu obéissais, tu as appris toi-même le langage des figurines en plastique, un de plus, mais tu n'as rien appris à Jack, tu t'es moqué. Et tu l'as laissé.

Il ne savait plus rien faire, tellement il était troublé. Il a fallu lui prescrire les calmants et depuis il a peur de la lumière, tu l'as vu, malheureusement, il est dans la réserve.

Oh, pauvre Doogie, si tu savais, ce n'est pas ta faute.

Et comme je baissais les yeux, elle m'a pris dans les bras, très fort, elle m'a serré et elle a cherché dans mes poils à la base de ma nuque des poux sans le shampooing.

Doogie, tu ne sais pas... Mais mon petit tout petit monkey génie, je t'aime tellement.

Alors je pleure et je suis comme au Paradis.

À ce moment-là, à bout de souffle, monsieur Gardner Evans, mal rasé, débarque sur la terrasse et il a tellement de mal à parler, rouge comme il est, que deux fois il doit répéter : Ta mère... Ta mère, elle est rentrée.

Et les choses ont changé.

DE LA JUNGLE

Je parle trois langages, et j'ai le souvenir du numéro quatre : face à vous, un humain qui ne m'est pas familier, sauf votre respect, je dois signer comme un mauvais sourd-muet si je suis nu. Mais si j'ai l'écran et le clavier, je tape les signes de mon langage sur les touches et alors en direct un traducteur vocal vous transmet la parole de l'idée des doigts de ma pensée.

Quand je suis seul je mélange souvent tout ça avec des restes de vieil *english*, hélas.

Avec Jack, j'ai le souvenir aussi parfois du langage des lexigrammes des figurines en plastique. Mais lui ne l'a pas.

Le lendemain d'hier, nous descendons tous les quatre, comme Mille couleurs nous accompagne, Doogie, Jack et fidèle le chien qui fait tellement son dog, au pied d'un doigt de terre et de pierre dressé au-dessus de la vallée. Sous nos pieds, il faut faire attention toujours aux éboulis et au-dessous de nous le fleuve est vert, large et mou. Oh, le grand doigt de pierre, il nous cache le soleil et nous marchons vers l'eau, pour remonter le long du fleuve sur les marais de sa berge.

Je fais une blague à Jack, je le mets à l'aise.

Hi hi, j'imite la pierre qui tombe, cet idiot il a peur, il veut se jeter dans le vide. Mais qu'est-ce que tu fais, Jack?

Cool doucement, chimpanzé que tu es, je rattrape et je le frôle pour le rassure, rassure-toi.

Alors Mille couleurs caquette et répète sous son bec tordu : La Rnature! la Rnature!

Et soudain Jack se fige très raide. Quoi qu'est-ce qu'il y a? je dis, ne l'écoute pas. On entend le fleuve qui marche, emportant bouts de bois, branchages, sous nos pieds.

Et surprise de mon étonnement, comme si une substance avait changé son cerveau, Jack signe en regardant frénétiquement à gauche à droite à gauche. Il signe en phonétique, comme il y a longtemps et qu'il m'apprenait le début de l'alphabet.

La-Rna-Tu-Re. Il dit.

OK, je fais. C'est bien, Jack, mais c'est Na-Tu-Re le mot.

Non, il me dit, je crois, et c'est comme un choc. Il connaît le négatif. Difficilement, tourmenté, les traits tirés, il signe La-Rna-Tu-Re. Puis il respire, il fait un effort, il tremble et les mains de son langage ne sont pas assurées : La-Rna-Tu-Re et La-Rni-Mal.

L'animal? je fais, point d'interrogation. Non, la Rnimal, apparemment, point d'exclamation.

La Rnimal ! que caquette le Mille couleurs. Et jappe le chien qui aboie.

Qu'est-ce que c'est que ça ?

La-Rni-Mal-Veut. Jack me regarde, il a peur. Jack-A-Fait.

Quoi ? Je fronce le sourcil en me grattant, à l'abri du gros rocher.

Il veut sauter dans le vide, je le retiens et le doigt vers le ciel projette son ombre sur la vallée. J'ai comme le vertige du ciel.

La-Rni-Mal-Veut. Il est en sueur. Jack-A-Fait. Puis après un silence.

Mi-Cha-El.

Quoi, articule, Michael, je demande, Michael quoi donc ? et mes yeux tournent.

Jack-A-Fait-Mi-Cha-El.

Aaaaaaaaaaaaaaaaaaah, je gémis. Jack a fait le Paradis pour Michael, Jack ne connaît pas le mot qu'il a fait, Jack l'a tué. Tué, c'est tué qu'on dit.

Et je tombe à mes genoux.

Jack-A-Fait. La-Rni-Mal-Veut.

Mais qui est où est la Rnimal, je demande de rage en mordant violemment son poignet pour la domination et le chien fidèle grogne et m'aide.

Qui ? Parle, parle, parle !

La-Rni-Mal-C'est-Lui. Il se recroqueville contre le mur de pierraille au pied du grand doigt.

Et alors je tabasse Jack de toutes mes forces, et je lui éclate éclater ta gueule, prends ça.

Quand c'est fini, pschhht, je crache une fois trois fois sur lui, je fais pipi et je montre les dents. Je dis : Je t'interdis de parler, ferme la gueule de ta gueule et Jack s'écrase.

Je dis : C'est moi qui dis, ici. C'est moi seulement.

Et le chien aboie pour m'appuyer. La ferme-la, toi aussi. Je fais peur à ton chien.

Maintenant, on va y aller. Je suis maître. Tu vas me montrer où il est la Rnimal, et la Rnimal moi aussi je vais le tuer. Je suis maître et domine.

Jack a les yeux qui brillent de l'esclave, il voudrait parler je sais, il lève un doigt.

La ferme, je crie sans les mains, la ferme c'est moi qui dis qui parle. Et je lui dis en l'écrasant : Ce que tu as fait, tu ne sais même pas quel mot c'est, chimpanzé.

Je réfléchis, en rage de rouge.

Mais au moins, ce que tu as fait, tu t'en souviens.

MÉMOIRES

Monsieur Gardner, la chemise kaki ouverte, a passé à Janet les lunettes jumelles qui rapprochent le loin du près.

La bouche ouverte tel un monkey, les deux coudes appuyés sur la balustrade de la terrasse en ciment, il a pris sa tête entre ses mains et Doogie s'est approché pour le consoler. Janet a poussé un cri et elle a jeté les lunettes sœurs jumelles : Il n'y a pas un instant à perdre.

Oui, a dit monsieur Gardner en se redressant et sa moustache si propre était devenue molle, les yeux rouges. L'équipe se réunit avec le matériel devant les garages. On part dans deux ou trois minutes. Janet, je crois bien c'est ma faute aussi, et il a baissé le regard.

Doogie, Janet m'a dit, va rejoindre Michael au

quatre fois quatre. J'ai trottiné. Ils sont restés derrière moi. En short long, en chemise, une casquette sur la tête, ma montre au poignet, pauvre chimpanzé. Qu'est-ce que je pouvais ?

Au loin, entre les palmiers, vous pouviez voir la fumée qui montait.

Michael m'a poussé les fesses, je n'aimais pas, il m'a obligé à boucler la ceinture de sécurité et j'ai boudé. Quelle agitation. C'est la première fois que je découvrais une telle expédition, mieux encore que pour la Pointe du Bec : l'infirmière et le médecin dans la voiture blanche, le Jardinier m'a fusillé du regard en transportant la grosse caisse d'armes de chasse, Naoki qui conduisait, Sindhu qui joignait les mains en tremblant, le cuisinier, les manœuvres, l'ancienne caissière, les employés et cinq, dix, quinze personnes des villages, scientifiques voisins, ils étaient tous là à parler, une arme à la main. De temps en tant de temps, ils me regardaient. J'étais assis, sage, sur le siège arrière, je n'avais ni mes peluches ni un livre ni un jouet.

Puis monsieur Gardner Evans a descendu en courant les escaliers et il a fait signe : Allez ! On y va ! Tout le monde a démarré. Janet, derrière, était blanche et nulle tache de rousseur ne dessinait de joie sur son visage. Elle s'est approchée de moi, elle a débouclé la ceinture de sécurité, Janet qu'est-ce que tu fais, elle m'a pris dans les bras et elle a dit : On reste ici. On attendra.

Comme j'étais dans ses bras, je n'ai pas demandé pourquoi et ils sont partis. En préparant seule à manger dans la cuisine en inox et en argent, Janet qui tournait la cuillère dans la purée a expliqué.

Doogie, le Charles Bigleux qui transportait maman

et Donald s'est crash écrasé. Sa voix a dérapé comme dans une flûte. Il fallait s'y attendre. Papa savait que le moteur droit ne tenait plus convenablement. Le Charles Bigleux n'est pas trop endommagé, on ne sait pas si... si maman et Donald sont blessés, tu sais...

J'ai fini ma brique de soupe aux légumes de poireau, pour lui faire plaisir, que je détestais. Mais... Elle a réfléchi. Ils se sont écrasés dans la réserve sauvage de la Jungle. Près du fleuve Congo, tu sais, au sud. À présent, papa craint qu'ils n'aient déjà été attaqués par les animaux.

Doogie a froncé le sourcil.

Quels animaux ? j'ai souri. Les animaux sont gentils, Janet.

Oh... Elle s'est retournée pour me parler et elle s'est essuyé les mains dans le torchon à carreaux verts. Pas tous, Doogie, il y a des choses que tu ne sais pas. La Jungle n'est pas comme tu crois.

Ah, j'ai fait en remuant ma serviette brodée. Mais les animaux vont protéger mère et frère, ne te fais pas de souci.

Doogie, elle a dit, nous avons un... contentieux avec certains animaux.

Lesquels ?

Hmm. Eh bien, des singes, mais ils ne sont pas comme toi. Ils n'aiment pas l'humain. Et puis il y a... l'animal, en règle générale.

Quand on s'est couchés, pour une fois, c'est moi qui ai raconté l'histoire à Janet, assis devant elle, allongée, elle portait un bandeau violet dans les cheveux, elle restait sur le flanc raide comme un piquet dans les prés, je l'ai bercée en faisant ha-hou-hou-ha. Merci Doogie, mais laisse-moi dormir dans mon coin, je t'en prie.

Il y avait déjà le problème de chauffage, la nuit, la maison sur la colline était froide, noire et immense. Il n'y avait que nous deux, comme je n'arrivais pas à fermer les yeux, soudain j'ai compris que dans le monde trop grand pour moi, pour ma petite tête, je n'étais pas plus grand qu'un moustique dans la Jungle et sans Janet le néant c'est néant.

Le cauchemar, je l'ai vu sans dormir. Tout est vide, personne n'est là et sans Janet le Zoo est comme la Jungle des premiers jours : Doogie sans père sans mère, recroquevillé ! Qu'est-ce que tu es ? Même le Zoo est Jungle.

J'ai pleuré.

Janet s'est réveillée et elle m'a posé contre le cœur sous sa poitrine gonflée. Chuuut, petit monkey, elle m'a dit, tu es mon monkey, tu seras toujours mon Doogie.

Deux jours deux nuits Janet et Doogie ont vécu seuls. Ils nourrissaient les bêtes la journée, ils rendaient visite à Jack devenu raide comme une statue de calmants et de médicaments. Janet et Doogie avaient l'angoisse, mais ils ont ri. De si belles journées. Mémoires, oh mémoires, où sont-elles passées ?

Malgré le malheur d'attendre, ce fut très proche de Paradis : dormir, jouer, manger et seule est Janet pour Doogie, seul est Doogie pour Janet. Il n'est pas un animal pour elle, autour ce sont les bêtes.

À midi, le bruit des moteurs a ronflé. Sur la terrasse nous sommes descendus.

Bientôt, c'était le désordre dans la civilisation. La voiture blanche a freiné de la poussière. Le médecin, l'infirmière et Naoki ont couru. Où sont-ils ? a crié Janet en descendant les escaliers. Oh mon Dieu ! Sur une civière ils ont remonté le corps de madame

Diane, enroulée dans des tubes de perfusion, un bandage de momie et du sang.

Maman !

L'infirmière le visage gris a rassuré Janet, en remuant le poignet : pas de souci. Elle a les jambes brisées, mais elle s'en sortira. Et Janet a suivi mère jusqu'à sa chambre à l'étage. Doogie n'était ni triste ni heureux : c'est juste que le souvenir du Paradis était parti.

Le staff médical a opéré madame durant une journée, pendant ce temps Janet buvait du café et elle interrogeait père et Michael qui se sont assis sur les chaises de la cuisine.

Monsieur Papa est resté muet.

Papa, parle-moi, qu'est-ce qui s'est passé ? Donald, où est Donald ?

Le Jardinier, au coin de la porte, n'osait rien dire. Il a retiré son chapeau de paille et la cuisinière a sangloté.

C'était au Papa de parler, mais son langage est resté muet. Il a tiré sur sa moustache et plus rien, comme un pantin.

Michael avait la voix cassée comme du gravier : Monsieur Evans, si vous ne pouvez pas le dire... Et il s'est levé. Soudain la cuisine s'est trouvée kitchen presque dans l'obscurité, l'après-midi. C'était un nuage, et la pluie noire.

Janet s'est ruée sur Michael, les cheveux défaits en tirant sur sa main : Dis-moi, Mickey.

Michael a dit : Donald avait réussi à se sauver du Charles Bigleux, salement touché par l'atterrissage en catastrophe. Les deux pilotes étaient... tu sais, morts.

Doogie a sursauté dans son coin. J'écoutais comme un espion derrière la porte en bas à moitié fermée. Je n'avais pas le droit d'être la caméra : je ne suis pas la morale. Mais c'était aussi le Donald de Doogie, après tout, je voulais savoir. J'ai écouté.

Toute la nuit, on l'a cherché. Le Jardinier a retrouvé ses traces. En plein dans la réserve des gorillas.

Oh non.

Oui, où on ne met plus les pieds depuis, tu sais. Donald était parti par là en boitant, d'après les traces, il ne pouvait pas savoir.

Monsieur Evans a voulu aller le chercher seul. Il n'était pas question de mettre toute l'équipe en danger. Après deux heures, nous avons entendu un coup de feu puis deux. On est partis après lui. On s'est perdus.

Entre-temps... eh bien. Monsieur Evans avait trouvé Donald, il était... il était...

Michael n'a rien pu dire.

Janet a eu du mal à respirer souffler ses poumons. Elle étouffait.

Il a été massacré. Monsieur Evans n'a pas voulu qu'on voie ça, il l'avait enterré, on l'a trouvé sur la tombe, prostré. Tiens.

Michael se grattait nerveusement, où il pouvait. Monsieur Evans a juste eu la force de nous dire que c'était... que c'était autre chose qu'un gorilla, à proprement parler. Un animal... un animal terrible. L'animal.

L'animal.

Monsieur Gardner s'est levé brusquement, il a arraché le fusil des mains du Jardinier et il a marché vers l'escalier de service.

Monsieur Evans...

Papa ! Papa !

Doogie s'est collé contre la porte. Michael l'a ouverte et tout le monde a vu Doogie, en fronçant le sourcil. Mais plus personne n'a fait attention, parce que Janet, qui faisait de l'asthme et qui a ouvert les yeux en haletant comme les dogs, elle a hurlé :

Mon frère ! Et elle évanouit.

FLEUVE

— Toilette, — Longue marche à contre-courant de la rivière, — Le lion se meurt, — Inquiétudes sur l'état actuel du Zoo, — En compagnie de Jack le chimpanzé et du chien fidèle, — Le perroquet parle encore, — Malade, — Découragement, disparition de Jack et fleuve Congo, — Nuages

DE LA JUNGLE

Au bord du fleuve, j'hume le vert et j'hume le gris.

Je suis très en colère contre Jack et je tiens le bâton au nœud du bois à la main, parfois je veux le frapper. Il marche mal devant moi et il ne parle pas. Lorsqu'il pose les mains par terre, je grogne : les mains, c'est pas pour marcher et je tape le sol avec mon bâton. Il sursaute, il gémit, pauvre Jack le dos courbé couvert de croûtes et de cicatrices sous le poil déplumé. Je suis torse nu, désormais, en slip marron comme le caca où remue le pistolet de Michael son arme. À la droite de ma main droite, le fleuve de l'eau coule dans le sens inversé d'où vont mes pieds. Le fleuve pousse par plaques d'eau grise où flottent les bouts de bois de troncs comme les crocodiles du Zoo, je me méfie. Le long de la rivière ce ne sont que sales arbustes verdâtres qui claquent, qui grattent. Le chien montre le chemin, le poil si mauvais sale qu'il a la couleur des feuilles dans la boue.

Jack suit, il casse les branchages, parfois il veut s'arrêter peut-être qu'il veut manger, hou hou, je tambourine contre un tronc et j'halète, il frissonne et il continue, c'est moi je donne la direction. Je crois qu'il a des tics. Parfois il bloque, il regarde le ciel et ses deux yeux se croisent comme des abeilles sur la fleur, il bouge la tête d'avant en arrière : je tape sa fesse trop rose. Avance, feignasse.

Parfois, je suis triste d'être méchant.

Mais je pense à Michael, à sa moitié de corps, à la fin du Paradis pour lui, c'est fini, et je pense à la Nature. La Nature ne sait rien de la méchanceté. Où sont les caméras de la morale dans la Jungle ? La Jungle n'a pas d'yeux, Doogie, il n'y a aucun Dieu pour toi. L'humain seul en a un.

Toi, tu es sans.

Alors, je pense vengeance, ou je pense retourne au Zoo, retrouve Janet, sois fidèle à l'humain. Je lève les pieds sur les branches cassées, je randonne le long du fleuve silence qui s'élargit, rétrécit, dessine des boucles et fonce s'enfonce dans épaisse la forêt.

Je vais venger. Je tiens mon pistolet, même si je ne sais pas comment l'utiliser. Je vais venger, j'irai voir la Rnimal dans le Royaume de la Rnature et je le tuerai jusqu'à la mort. Janet ne verra rien, la Jungle est aveugle, adieu caméra. Puis avec le chien et Jack je serai de retour dans le Zoo. Doogie tu n'es plus innocent.

Mais j'oublierai tout, je donnerais tout pour oublier les sciences que j'ai et ce qui va avec, je me blottirai dans les bras de Janet et elle me caressera.

Doogie regarde devant lui, le cul sale de Jack. J'en ai trop c'est trop. Jack, stop, je tambourine et il s'arrête.

Il me regarde à peine, il me craint. Je pose mon bâton.

Alors je signe doucement, j'espère qu'il me comprend, pauvre Jack.

Viens avec moi les pieds dans l'eau, sur le sable « *come* » et « *gimme* » ta main.

Je ramasse des feuilles fripées, je fais une éponge et je fais plonge dans l'eau du fleuve vert et gris en surveillant au loin les crocos.

Je me lave, je me nettoie. Oh qu'il est doux et qu'il est dur d'être l'humain. La civilisation est la meilleure, douce pour le corps propre mais quand tout autour tout n'est que saleté de la Nature, la civilisation est une morale. Dure. Et il faut se nettoyer le cul. Jack regarde fixement le gris argent des nuages, il garde la bouche ouverte. N'aie pas l'air bête, Jack, ne fais pas honte à notre race. Et je nettoie son cucul avec l'éponge, tandis que les oiseaux pépient et pépiautent sur les branches, autour de nous, clapis, clapote, le fleuve coule et au-dessus de nos têtes chassent les moustiques et vole encore Mille couleurs.

Allez, je dis, maintenant tu t'habilles. Je sors de mon slip le souvenir de la culotte sale et déchirée de Michael. Je l'enfile autour des pattes de Jack. On ne montre pas entre les cuisses l'affront fait à la civilisation. J'avance mes deux lèvres et je lui souris. Il lève pour se protéger son bras droit en gémissant comme si j'allais le taper.

Alors je fais venir le chien fidèle mais méfiant, pour à son tour lui donner le petit bain de la civilisation dont il a besoin.

Le jour d'après le jour d'après je ne sais plus quel jour d'avant, le pays a changé. Le fleuve est étroit, maintenant. Les palmes molles tombent dans le vent. Jack tremble toujours plus souvent, parfois il bave et je ne sais pas quoi comment faire.

Fidèle le chien a aboyé vers l'avant.

De l'autre côté sur l'autre rive les arbres hauts et verts étaient un mur qui tombait dans l'eau. Sous nos pieds, le fleuve plus mince avait accéléré. Sur le fil il ratissait comme au râteau des bancs de sable sale, sous des formes étranges de roche comme des éponges. Un amas de pierre barrait notre passage.

Oh malheur du pauvre Doogie, qui va jamais t'aider ?

Le ciel était gris comme une feuille de papier, où est la lumière ? j'ai demandé. Puis, en serrant mon slip à la taille, la mâchoire serrée, dans le sable mouillé j'ai pataugé. Je cherchais un passage contre les gros méchants rochers.

Toujours piétiner dans le froid de l'eau, remonter sans pouvoir se sécher, redescendre et errer.

Erre, petit singe !

Lorsque fidèle le chien comme sur ses cuisses arrière a aboyé, les moustaches balancées dans l'air frais, j'ai su d'où venait le danger.

Viens, j'ai chuchoté, en tenant contre moi mon bâton tout en tirant sur le bras de Jack qui, le dos rond, tordait son nez et sa bouche comme le dément d'un malade.

Au-dessus de nous sur les rochers, des cailloux ont dégringolé, une respiration, un bruit et le sentiment de l'ennemi ont grandi. Les muscles tendus, je n'étais plus que Nature et j'ai retenu le souffle de Doogie en cherchant mon pistolet dans la puissance de l'arme. J'ai fait signe au chien de ne pas bouger.

C'est le moment où, hélas, Mille couleurs est arrivé d'une branche cric-crac en caquetant bien fort : Doogie ! Doogie ! et sur ma tête il s'est posé.

Autour de moi les cailloux ont volé : Raoouuuh !

Juste au-dessus de moi, le lion est apparu.

Grande était la tête de sa gueule, le poil épais comme la laine et les yeux mi-clos comme le sage, il nous a regardés d'en haut.

Frémissant dans le vent ses crinières, sa truffe noire éclatante et comme il ouvre grande la bouche blanche sur ses dents en triomphe, le chien quelque fidèle qu'il soit s'enfuit en gémissant dans le bois, vers les terres.

Je peux entendre le son dur de l'eau qui coule, les cailloux sous les pieds du lion qui dégringolaient dans la rivière, plac, plouf, et les oiseaux font silence.

Car, soudain, je le reconnais lorsqu'il bâille en s'approchant au-dessus de ma tête, moi qui suis recroquevillé craintif dans le recoin des rochers en serrant Jack derrière le dos de Doogie, c'est King le lion ! C'est le lion du Zoo !

Je ne sais s'il me reconnaît, Doogie n'est qu'un bifteck comme les autres et le lion a mal au ventre de faim. Il pose une patte, il se tourne, il tente avec précaution, sous le soleil qui finit, adieu Doogie, de descendre les rochers empilés. Mais il ne peut pas. Je crois qu'il sautera sur moi.

Et puis il se tourne mélancoliquement vers l'eau qui coule.

Doogie découvre combien maigre est l'ancien

King le lion du Zoo. Sa peau paraît le cuir beige abîmé du manteau de monsieur Gardner pour les soirées avec monsieur le médecin à jouer aux fléchettes sur la terrasse. Ses pattes arrière, comme celles du lapin, tremblent et sa queue est basse. La peau de son ventre pend, les côtes du lion comme celles du chien sont dessinées et ce n'est pas très très beau.

Lion, je dis avec la main puis en grognant, lion roi des rois que se passe-t-il qu'est-ce que ça veut dire ?

Il tourne vers Doogie et Jack à moitié évanoui sa tête encore superbe, et il tend alors la patte à Doogie. Misérablement, il rugit. Je comprends. Oh, misère. Le vieux roi mendie à Doogie de quoi manger. Il est trop faible pour attaquer, il a vécu sa vie au Zoo, Doogie, et aujourd'hui il est dans la Nature, qu'est-ce qu'il fait là ? la Jungle n'a pas de cage, mais la Jungle n'a pas monsieur Léo qui apporte chaque soir la viande rouge en camion frigo. Le lion King bloqué sur ce rocher est perdu et il a faim.

Il meurt, Doogie, dans la Nature.

Que triste est Doogie. Mais le chien fidèle ne l'a pas abandonné, il revient, la queue relevée. Entre les arbres et les buissons, pour contourner les gros rochers, le chemin il a trouvé. Je le suis.

Je porte Jack contre mon épaule et je me tourne une dernière fois afin de saluer King le lion sur son rocher, la patte tendue, comme le mendiant, la peau sur les os et la crinière encore rousse, il gémit geint. Puis il regarde l'eau qui coule qui coule, sous son rocher, au soleil tombant, et je sens qu'il sent que bientôt le roi lui aussi tombera.

Mais alors que le soleil se relèvera, il se relève toujours, je crois, le lion restera en bas. Et je passe mon chemin.

Quel est le mystère de la Nature de cette Jungle ?

Doogie est inquiet : Jack abandonné fait le mal à Michael et il erre, loin si loin du Zoo, le lion King n'est plus dans sa cage mais maigre et mendiant sur un rocher à l'autre côté du continent, à dix fois mille de milles de la maison. Doogie est demeuré si longtemps dans les étoiles. Plus de deux calendriers tout entiers dans les stations orbitales, loin de Janet, oh Janet, de réception en grand salon velours et brillant, sous les lustres en jaquette de la chemise et du pantalon, avec la cravate, s'il vous plaît, monsieur Doogie, total civilisation, cherchant la gloire et l'argent, maintenant qu'est-ce qui m'attend ?

Le soleil a noirci, la Jungle sent le pourri. Doogie demande à Jack et au chien de faire stop en tambourinant contre un tronc d'arbre, halète, halète, on s'arrête. Je vois la forêt épaisse qui a monté et qui monte sur la vallée noire embrumée où le fleuve fait grand bruit.

Demain, je verrai.

Assis, en préparant le repas pendant que le chien affamé fait le guet, en terrain découvert, à l'abri des ennemis, je réfléchis. En l'absence de Doogie, quelque chose a changé. Je le sens. Qu'y a-t-il au Zoo ? Doogie a des frissons. Et Janet ?

Je mets dans la bouche de Jack amorphe des morceaux de bananas, des fruits mûrs en morceaux, des graines, et je caresse la tête du chien. La Rnimal, je pense, dont parle et répète Mille couleurs. C'est la Rnimal qui a obligé Jack à la mort de Michael. Je tremblote. Et Janet. Oh, Doogie, si ton cerveau était plus grand, tu aurais la science logique des connexions et tu comprendrais, dans ta main comme le bâton tu serrerais la vérité.

Dans ma main elle n'est que du vent, de la poussière ou de l'eau froide. Je m'allonge. Je ne vois aucune étoile, sous la houppe des hauts arbres, et j'entends le grondement du vent du fleuve qui a froid. Jack se tient n'importe comment.

Jack, tiens-toi bien, je dis.

Il ne répond pas. Jack parle-moi.

Mais il ne parvient pas à signer. Ses gestes se mélangent.

Je m'énerve.

Alors Jack a chié de peur sur le sol. Oh, ce ne sont pas les toilettes, ça pue, ça pue et il faut changer de campement. Jack est une ordure, je dis, pourquoi tu n'as pas dit que tu avais un caca en toi ? Jack gémit, montre les dents, il sent très mauvais, et il sourit. Stop de sourire, inférieur tu t'humilies. Je me morfonds et j'avale quelques fruits frais. Si le chien dort, Mille couleurs, là-haut sur les branches de l'arbre gris, nous réveillera en cas du danger.

Je m'endors. Il me semble que le Zoo est en danger. Où est passée la civilisation ? La fidélité à l'humain est perdue dans le brouillard des mille brumes. Si le lion meurt loin de son enclos, si Jack s'est enfui, le Zoo a changé.

Est-ce que Janet reconnaîtra le Doogie ?

Je crois que Doogie endormi commence dans la nuit trop froide sur son lit de feuilles séchées, il faut tisser quelques branchettes cassées pour le matelas du nid, à cauchemarder : et si Janet est devenue chimpanzé dans la forêt ? Hounh hounh, Janet ne sait plus parler... Doogie, qu'est-ce que tu fais ? Hou ! Doogie, l'humain c'est fini. Tu es seul et ta fidélité va dans le néant jusqu'à la fin de la vie.

Tout le long de la journée, du début à la fin de la lumière, Doogie, Jack, Mille couleurs et le chien fidèle ont fait de l'errance.

Tout autour des chutes qui cascadent, dans le brouillard le premier fleuve qui part de la mer que des jours et des jours le groupe de Doogie a suivi, les chemins de la forêt se perdaient. Énormes murs de la verdure mouillés par le splitch et le splotch de l'eau. Doogie grogne et se prend les pieds dans les lianes, les feuilles et les buissons épais. Au-dessous, l'eau blanche comme une fontaine qui rebondit, et les chutes qui font pipi l'eau depuis l'autre côté vert. Doogie ne trouve pas de chemin.

Je m'enrhume de l'atchoum.

Tchoum. Saleté de ventre, Doogie a le mal dans son estomac. Beurk. Épaisse et mouillée la Jungle des chutes de la forêt, idiots le chien et Jack qui suivent les pas des pieds de moi. Il fait froid.

Coule coule eau, autour du grand cirque vert et blanc. Gouttelettes d'humide, bruit du bruit du bruit, Doogie doit mettre un doigt dans ses oreilles. Sale cascade. Il soupire.

Jack, je demande, en me retournant appuyé sur le bâton, où tu es ?

Oh, Jack est resté en arrière. Qu'est-ce que tu fais ?

Jack est à quatre pattes, il a grimpé à l'arbre.

Jack, je fais, ne fais pas le singe, descend.

Comme Jack est triste, il tombe, paf et triste. Et il

me regarde. Pour la première fois, il signe, en hésitant : Y-Ar-Ri-Ve-Pas.

Qui, je demande.

Il tremblote. Y-Ar-Ri-Ve-Pas.

Jack, regarde et jette ton œil, tu signes un peu, tu parles encore un petit peu, il faut y arriver, c'est la civilisation. Oui, c'est... Nous retournerons au Zoo. Finie la Nature. Alors le Mille couleurs déploie ses ailes dans l'air humide, sous les branches les plus vertes, et il kek-kek caquette :

Au Royaume de la Rnature ! Il faut aller au Royaume de la Rnature !

Oh, il fatigue Doogie. Tss, fichu Mille couleurs, j'écoute toujours pareil, oui oui, je sais, d'abord il faut venger le Michael et il faut tue tue pour toi pas de Paradis pour la Rnimal dans la Rnature. Ensuite le Zoo. Mais, je dis, écartant les bras dans le froid, où est Narture de la Rnature ? Où c'est tout ça ? C'est tu parles, tu parles, je ne vois zéro. Je ne vois pas.

Iiiiik ! dit Mille couleurs. Suis-moi.

Suis-moi.

Il s'envole.

Pff, je suis fatigué et j'ai envie de caca chier. Laisse tomber nevermind la Rnature. Doogie, il faut venger Michael d'abord en premier. Certes, mais je suis fatigué et j'ai envie de prout les fruits dans mon estomac.

Je cours me cacher dans les toilettes derrière un arbuste piquant.

Oh j'ai mal au caca.

Je regarde ma montre rien ne se montre sur le cadran pour que je me donne du courage au cœur. Janet, on est perdus chez paumé. Le fleuve de la mer chute ici, puis c'est fini. Je n'ai aucune idée d'où est fleuve Congo qui mène au Zoo et je n'ai plus mon courage de suivre Mille couleurs dans la Rnature.

Je suis une fatigue. Mon slip est baissé, je m'accroche la main à l'écorce du tronc d'à côté. Assourdissant qui rend muet, le bruit du bruit des cascades tambourine sur la peau du crâne de mon cerveau. Oh, dans la brume l'air est comme de l'eau, encore une fois tu respires. Deux fois c'est trois. Je crois que je suis faible, Janet, faible.

Et je ne sais plus où je suis. Je me sens... Tourne le monde de ma tête, tombe le caca, l'eau et tombe le Doogie, tombe le moi, tombe de Michael, ton bébé ton.

MÉMOIRES

Janet hurlait dans l'escalier en chemise de nuit parfaitement blanche.

Moi qui suis Doogie, j'ouvre la porte et je demande Janet.

Je suis descendu au bas des marches. Dans la cuisine, sous la vieille lampe à pétrole, monsieur Gardner Evans avait empoigné son arme et il avait laissé tomber en tremblant la boîte de cartouches, ce sont la nourriture des carabines.

À présent et maintenant, sous la lune pleine d'Halloween, il marchait rapidement sur le gravier, vers le quatre fois quatre ça ne fait pas seize c'est une voiture, Doogie. C'est une voiture encore sale et couverte de boue, mais Janet en chemise blanche de nuit les pieds nus sur le gravier et Michael en bermuda qu'est-ce qu'il fait là des étoiles jaunes sur son caleçon short couraient derrière lui.

Papa Daddy, elle a dit, je l'ai vue.

Monsieur Evans, revenez, Michael disait.

Doogie a oublié ses pantoufles de chaussons, il ne veut pas se faire mal aux pieds en marchant sur les galets, et il fait la nuit c'est tu te cognes dans le sombre, j'ai peur des sorcières de minuit, il fait froid. Je reste au sommet des escaliers roses de la terrasse à balustrade à la limite de l'obscurité et je regarde.

Lâchez-moi, crie monsieur Gardner, dans la nuit, je vais le tuer.

Et le mot est là.

Janet est tombée à genoux en criant ah ! Michael a maîtrisé monsieur Gardner, en ramenant comme une clé son bras derrière le dos stop.

Je vais le retrouver et le tuer... souffle comme de la vapeur dans l'air frais monsieur Gardner qui a l'air fou, tu sais ce que c'est fou ?

Qui ? se demande Doogie.

Et comme Janet et Michael le ramènent, Doogie se cache derrière le vase géant des fleurs séchées de madame Diane.

Je vais le tuer, répète monsieur Gardner en murmurant : l'Animal.

Je frissonne, et dans l'air de la nuit la lune est comme le bout du tunnel qui s'éloigne, je frissonne, il me semble, je crois je m'évapore, comme la fumée.

DE LA JUNGLE

Je crois que chaque seconde est la première. Je crois qu'elle tombe de la montre puis elle m'est tombée sur la tête.

Aïe aïe aïe, j'ai mal. Masse le crâne, frotte les yeux, c'est le matin, tu as la tête dans ton propre caca, monkey, le brouillard s'est envolé et la chute des eaux tape encore comme un marteau : plouf... plouf...

Je marche en zigzag jusqu'à la rivière qui cascade sur le flanc de la montagne de verdure où je suis, loin au-dessus du fleuve d'eau blanche. Quelques oiseaux de deux ou trois couleurs volent par-dessus le robinet naturel de l'eau très blanche, qui pétille comme l'eau gazeuse, fait des bulles de la fumée d'eau et des gouttes sur la feuille des branches avec lesquelles, au bord de la rapide rivière qui glisse vers le fond de la verte vallée, je torche Doogie, je me nettoie.

D'abord je lave le cul et avec des éponges j'enlève la crasse de saleté de mon cou, sous les bras, dans les oreilles. Ensuite je brosse les dents avec le doigt trempé dans l'eau qui file bleue transparente et propre mais sans dentifrice.

Par contre, j'enfile encore le vieux slip XXL plus sale que sale de Doogie, qui sent le pipi et je regarde dans les yeux l'arme de Michael, je la frotte à l'aide d'avec une feuille à dents verte que je replie soigneusement. Tout est tout vert ici partout, c'est trop de vert pour moi.

Il faut que je pense. Pense, Doogie, parle, c'est quoi ? La Rnature ou le Zoo ? Quelle est ta direction maintenant ? Quel choix choisir ? Quel chemin cheminer ?

Mille couleurs, j'appelle et il ne vient pas.

Je siffle comme Michael l'a appris à Doogie. Le chien fidèle court comme un terrier et dans ses yeux je me vois humain. Hume, hume. Ses moustaches ont la couleur des moutardes qui piquent le nez, son poil sale des feuilles du novembre c'est un mois quand c'était l'automne dans les livres d'images, jadis, et quand je le vois, je veux pleurer. Brave tu es. Je n'ai que caresse pour toi, c'est déjà ça.

Jack ! j'appelle, et le Haounh ! résonne en rebondissant sur les murs de pierre entre les dégoulinades de verdure au-dessus du cirque de la brume qui remonte des eaux.

Jack ! Et les pierres des murs tout autour disent : Haounh ! Mais Jack ne répond pas.

Jack.

En tout lieu je cherche Jack et le chien cherche Jack aussi. De loin, je trouve des serpents, et mon sang devient froid, des escargots, des lézards et Doogie veut les prendre par la queue, des insectes et Doogie pense qu'il est grand quand il voit de si petits petits.

J'ai donné de l'œil derrière les palmiers, les régimes de bananiers, j'ai avancé et j'ai reculé. J'ai humé derrière le tronc des ananas, les arbres à graines et sous les buissons de blanches orchidées.

Le soleil a monté, Doogie est descendu. Le chien a senti la terre molle, la terre dure, l'humus et les cailloux qui caillent, la terre qui sent le fer et l'argile, rouge, jaune et cendre, la poussière et jusqu'aux rives des rivières. Puis le chien a levé sa truffe blonde vers les lianes des arbres poilus et il a aboyé. Il voulait me montrer.

Jack est parti, j'ai dit. Jack a fait le singe, Jack a trahi. Il préfère les arbres aux pieds, il préfère le nu à l'habillé. Jack... J'ai peur.

Y-Ar-Ri-Ve-Pas, je me souviens, il avait signé.

Jack, j'ai pensé, tu n'es jamais qu'un chimpanzé. Naturellement. Tu vas finir ici sans Paradis, maudit. Et comme était brisée la fidélité à l'humain, soudain dans le souvenir de mon compagnon, je n'ai plus vu qu'un singe chimpanzé.

Et vous savez, je l'ai accepté.

Finis les médicaments pour lui, dans la Nature il n'est pas heureux, mais il y est. Jack, tu n'es pas un humain et l'humain en toi n'a été que souffrir, souffrir et médicaments mais n'y arrive pas. Jack, j'ai pensé, sois chimpanzé, l'humain pour toi ce n'est rien que n'y arrive pas, n'y arrivera jamais.

Et Doogie, toi, qu'est-ce que tu es ?

J'ai regardé ma montre elle était presque morte, le temps avait chuté tombe comme l'eau de la cascade. Seules les mémoires sont restées. Où ça ? Dans le cerveau, Doogie. J'ai vu derrière mes yeux le visage de Janet, viens faire câlin, petit singe, tu l'as bien mérité, je voyais son visage sur la montre, montre-toi, elle disait. Mais rien. Et devant mes yeux, il n'y avait que la fin du fleuve qui naissait du flanc des monts, dans la casse et casse la cascade, puis forêt sans ordre ni sens et sans Congo. Ho ! Ho !

J'ai réfléchi, j'ai hésité.

Et droit devant moi, dedans l'épaisse Jungle qui ne veut pas de moi, en espérant rallier la boucle du fleuve Congo qui mène au Zoo, viens, j'ai dit au chien qui m'a suivi qui m'accompagne, seul j'ai continué.

Des jours et des jours ont cassé en dix le calendrier.

Doogie et son chien n'ont pas parlé, ils ont randonner c'est marcher. Doogie sur son bâton, le chien maigre et sale sur ses quatre pattes et quatre et quatre. Ils ont descendu la montagne, ils l'ont montée. Ils ont fait la connaissance du panda, qui n'a pas bougé, comme un drogué. Panda, junkie, j'ai dit. Hinhin, je connais les mots, quand les étudiants fumaient la substance, au Zoo. Mais Doogie et le chien ont pris peur des serpents. La nuit le chien a veillé. Et Doogie le soir se lave le singe, cherche à manger, à boire et à chauffer tandis que dort le chien. Ils s'aiment bien.

Et des jours et des jours sont remontés dans le calendrier. Doogie avait à peine plus de peau comme emballage cadeau de ses os que le chien qui n'avait plus rien.

Dans la plaine forestière, le vent d'alizé de face et de force nous a fouettés, méchante alizée, nous n'avons rien fait, méchante fessée dans ta gueule. Le ciel s'est perturbé, le ciel a déprimé, l'eau a fait pluie.

Et lorsque Doogie a oublié le jour et le calendrier, marche et marche, nous sommes arrivés au sommet du col d'une colline de montagne, touffue comme le poil sec de Doogie sur sa peau grise et marron. L'air je l'ai respiré.

Doogie debout en lambeaux de slip XXL avec son arme trop lourde de puissance et à ses pieds le fidèle chien terrier dont le poil des moustaches, terne, tombait comme les cheveux d'un chauve. Je crois que jusqu'au bout il le suivra. Au-dessus de nous, un voile de nuages le drap qui s'effrite comme de la purée en mousse. Le ciel murmure et Doogie ne comprend. Il a abandonné science et ce qui va avec.

Mais le chien grogne. Ne grogne pas les nuages, qu'est-ce qu'ils y peuvent ? Une journée dure, les nuées se sont cumulées comme des cumule-moi.

Avec le chien, qui rongeait un os de phoque, j'ai

descendu vers la vallée verdâtre et ombrée, dans le frais.

Trop petit crâne pour un monde dans le cerveau. Qu'est-ce que j'en sais ? J'ai mal au ventre dans l'estomac, envie de chier, mal à la tête, pas envie de penser, et la lumière filtrée des nuages jaunes angoisse le Doogie d'une peur qu'il ne connaît pas et qui vient de loin, il la sent. Qu'est-ce que c'est ?

Sur un tronc d'arbre cassé par la foudre de la lumière du vieux ciel épuisé, je m'assois.

Le chien fidèle s'approche, tsss, mais il lèche de sa langue rose et crache la main de Doogie. Oh chien, je dis, toi seul derrière tes moustaches es fidèle à Doogie et Doogie est fidèle à l'humain.

Mais à quoi est l'humain fidèle ? Ah, c'est le mystère des maîtres.

Je sens mauvais et je n'ai pas le courage, mais je me lève, je marche jusqu'au sommeil.

Je lâche mon bâton, je vois qui coule vert et lisse comme le long boa serpente à mes pieds le fleuve large et beau du Congo, silencieux sous le ciel des cieux, sous mes yeux, bleu et blanc aux mille nuages dans les eaux. Je l'ai trouvé.

Chien, je dis, ton maître est un génie et je t'appellerai désormais Fidèle, car c'est ce que tu es. Je le caresse. Sans lui, seul comme malheureux je suis, jamais un pauvre Doogie n'aurait trouvé sous les ramages des branches des branchages le Congo du rêve de ses buts. Tu ne sers à rien, chien, mais tu me sers. Et dans mes bras bien fort je le serre.

Puis je réfléchis si je remonte le Congo jusqu'au Zoo, je suis fidèle à la quête de l'humain, certes, et je retrouve Janet. Mais un contraire en deux mon cœur déchire et me fait mal. Car d'un autre côté, le Zoo a lancé Mille couleurs jusqu'à Doogie pour le prévenir et lui dire : va dans la Rnature. Mais Doogie n'a pas écouté Mille couleurs, il ne sait pas où se trouve la Rnature.

Le chien gémit, lui, il est heureux.

Je lève la tête et sous les mille nuages vole le Mille couleurs au-dessus de nous, qui nous a rejoints. Il a pâli, il a terni. Comme les nuages, il est tacheté de gris.

Dans le silence, on dirait qu'il crie : Par ici, Doogie ! Le Royaume est par ici !

Par ici !

Les ailes déployées, coloré et gris, le bec fendant le vent mou, il plonge vers les eaux du grand fleuve Congo, et je le vois de loin, caquetant, qui commence à remonter à contresens du courant, loin là-haut du liquide lourd et vert qui dégouline sur la terre.

Fidèle, je dis au chien, parfois la main de la droite veut faire quelque chose et la main de la gauche autre chose. Parfois, c'est rare, chien, les deux mains, clic et clac, se rejoignent. Tu vois, la Rnature et le Zoo sont comme deux mains, mais elles font un seul poing. Hi hi, hin hin, je ris, c'est exactement la même direction.

Le dilemme est fini, en courant, je descends, je descends, prêt pour le fleuve du fleuve à l'envers, à suivre Mille couleurs et la direction du Zoo, qui est celui de l'ennemi aussi. Je saute en l'air de youpi, heureux monsieur Doogie. Mais l'air est lourd, j'ai mal au ventre, et je retombe vite par terre comme les heures de la montre et les jours du calendrier, c'est la vie.

Congo par-ci, Congo par-là, morale caméra que personne ne voit, je suis là. J'aimerais que le ciel me voie. Je remue les deux bras. Je crie. Pauvre Doogie, je suis là.

Personne n'hélas pour moi.

RADEAU

— Courts souvenirs d'un bonheur dominical,
— Construire un radeau, — Au fil de l'eau,
— Mauvais souvenir : les animaux attaquent le zoo, — La fin de madame Diane

MÉMOIRES

Chaque matin chaque soirée, monsieur sort madame Diane sur la terrasse près du pot de ses plantes, qu'elle arrose. Le sol et les murs couverts de lierre sont roses lorsque c'est quand le soleil se lève, quand le soleil tombe. Madame Diane pose les deux mains fripées sur la couverture qui couvre les genoux de ses cuisses.

En dessous, Doogie, il n'y a rien.

Sur sa chaise à roulettes, elle ne mange jamais. Monsieur Gardner, Michael et Janet sont extrêmement inquiets. Le soir et le matin, roulant sur les roulettes, madame Diane reste derrière les balustres de la balustrade, elle regarde et elle attend. Elle regarde vers le fleuve du fleuve Congo, derrière la forêt au pied de la colline, là où les ouvriers ont réparé le Charles Bigleux.

Elle ne parle plus à Doogie, quand je passe à côté, pssch, elle me chasse comme un chat de la main, en montrant les dents. Puis avec son éventail, elle veut me taper. Doogie ne comprend jamais pourquoi.

Doogie, explique Janet, tu devrais passer par l'entrée de l'escalier de la cuisine, tu sais. Doogie a grandi, c'est un grand monkey aujourd'hui, il est adolescent. Je porte un tee-shirt Sauvons la planète, un short de bermuda avec des palmiers comme Michael, mais taille XXL, Doogie, les vêtements moulants, ça ne te va vraiment pas, il te faut du grand.

Monsieur Gardner, sa moustache a blanchi, on ne le voit plus vraiment. Il chasse souvent, il regrette Payne, il parle au téléphone sans dire beaucoup à McVey, le Zoo a commencé à se vider. Des étudiants, il y a Michael qui est resté. C'est pour Janet. Pour toi je t'aime, Jane, il a dit.

Grrr.

Le Jardinier, la cuisinière évitaient Doogie. Je suis un peu seul ces jours-ci, mais Janet est avec moi. Quand l'univers grandit, plus personne n'aime Doogie et que le cœur de Doogie rétrécit, Janet est toujours là. Là pour toi, elle rigole, la bouche comme un cœur de bonheur.

Alors je reste heureux.

Quel drôle de Zoo, les enfants des stations spatiales pour les grandes vacances de leur vie ne débarquent plus découvrir la vieille Terre depuis fort longtemps, par fusée sur les pistes d'atterrissage poussiéreuses du Congo, pour visiter notre Zoo. Les étudiants de la science de l'Université de l'Étho-Écologie ne sont pas nombreux, non : sous la direction de Michael, il y a Li Yang, Sindhu ou Naoki. Même les ouvriers, je les croise moins. Le crépuscule du soleil tombe lentement sur le Royaume de Zoo. Il fait bon, les bêtes dorment. Le lion King est dans le hangar solitaire et puni. Les otaries ont mangé, elles cherchent le ballon d'antan, et la joie aussi. Je crois que les phoques gentils tout gris sont endormis, je me promène dans les allées blanches désertes de gravier. Je suis de l'autre côté des cages, les amis. Le nounours blanc s'approche, comme il est beau, il trempe la patte dans la piscine de son bassin, puis il s'allonge, le pelage propre et l'air très muscle. Gentil magnifique nounours je fais. Tu vis en paix.

C'est l'été.

Doogie a chipé du pop-corn à l'entrée, l'entrée est fermée. Seul le balayeur me salue c'est hello, je déambule en claquettes dans l'allée qui serpente comme le boa le long des vitres du vivarium. C'est le matin, je n'ai pas de devoirs.

Soudain, la caméra morale a dû m'apercevoir, je crois.

Doogie, et j'entends Janet qui siffle, au loin, sur le promontoire, près de la sortie de service, à côté des sources chaudes, entre les hangars, au pied de la colline.

Aïe Doogie, cache le pop-corn, c'est interdit, lave tes mains, je me dis, au petit robinet de l'allée et sois gentil. La caméra te voit.

Janet est en débardeur rose bonbon, les cheveux attachés, lunettes de soleil en minishort, assise sur le capot du quatre fois quatre combien ça fait ? qui sous le soleil luit et reluit, le cercle doré gravé de la croix brille à mes yeux, quoi ?

Michael a tout nettoyé au jet, elle sourit. Michael merci, Michael est là, lui aussi. Il tient à la main un panier d'osier et bien sûr blond sans poil qu'il est, le voilà torse nu.

Hello Doogie, petit ape ! Il me tend la main et je fais un pas de l'arrière, le dos collé aux grilles d'acier.

Doogie, sois gentil !

Je renifle un mauvais coup. Allez, monkey, Michael sourit, on fait la paix, tu montes à l'arrière, on va pique-niquer !

Bonnes mémoires que c'étaient, pique-nique, malgré Michael. Je me souviens de tout, vous savez. La position du soleil, la configuration de la voiture qui roule dans les ornières sous les palmiers. Et la musique, Doogie, tu aimes ça ! C'est de la vieille musique, Doogie, les The Beach Boys ! Doogie n'entend rien, Janet chante, elle a posé les doigts de pied en éventail sur le bas du pare-brise, et la main sur la portière, la tête en arrière. Elle rit.

Michael au volant aussi. Allez, Doogie !

Je ne sais pas rire comme eux, mais je fais bien semblant.

Yipee, chante Janet, et elle crie : John Bee ! Moi, je trouve que ce n'est pas très humain, pas très Janet.

Décoince un peu ! me dit Janet en se retournant et elle pose une casquette sur mon crâne déjà décoiffé.

Il faut rire dans la vie, prendre du bon temps. Aujourd'hui c'est Paradis ! On n'en fout pas un gramme, elle s'exclame.

Doogie baisse les yeux, c'est un gros mot.

Allez, Doogie, aujourd'hui, les gros mots c'est permis.

Doogie ne comprend plus.

Mais... la caméra de la morale ?

Oooh... au diable la caméra ! grimace Janet en montant le son, on s'amuse, un peu de fun, clac ! on éteint la morale de la caméra, elle ne voit plus rien.

Doogie est paniqué. Car moi, je suis fidèle à l'humain, je sais que la caméra de la morale jamais elle ne s'éteint.

Et le soleil montait, la voiture sautait sur des bosses. Yeah, faisait Michael en tirant la langue, la main sur Doogie, ça s'appelle l'accélérateur et le frein.

Putain, c'est bon ça, il fait carrément super beau ! clame Michael. Et le quatre fois quatre freine sur un long banc de sable qui mène à la crique du trou d'eau. C'est une petite rivière bleue du fleuve Congo bordée de rochers et Janet dit que sur terre c'est le Paradis, elle prend les serviettes, Michael le panier, occupe-toi du sac avec les crèmes et tout le toutim, Doogie.

Doogie réfléchit. Ce n'est pas ici-bas qu'est Paradis.

Janet se déshabille de dos. Doogie, retourne-toi. Et ensuite Michael est en slip, il fait chaud. Doogie sait qu'il ne peut pas étaler de crème solaire sur ses poils noirs, mais donne-moi le bout de ton nez. Hi hi, on dirait un clown. C'est pas drôle du tout marrant.

Les humains nagent, pas Doogie. Je ne suis pas un poisson.

Allez, viens tremper tes pieds ! Les rochers gris sont glissants, brisants et l'eau transparente laisse voir les jambes pourtant belles déformées de Janet qui rigole et même comme une sirène dessine des ronds autour d'elle pour lui faire la fête.

Michael s'est allongé sur le plus haut rocher, il bronze du dos, il est musclé. Hé, monkey, il me dit. Je me force, je lui souris.

Alors c'est ça, je pense, Paradis pour Janet, dommage qu'il y ait Michael : je compte. Pas de souci, seuls, le soleil, les rochers et l'eau, des serviettes et on rit. Donc c'est Paradis.

Doogie sait que seuls les bras et le câlin de Janet

sont Paradis. Mais Janet ne peut pas se prendre dans les bras, se faire câlin. Elle n'est pas, pense Doogie, son propre Paradis.

Hé ho, crie Janet, Michael, par là ! Elle bat des pieds. Viens, elle lui tend les mains.

Ah oui, les bras de Michael sont certainement son Paradis.

Ah, pense Doogie, est-ce que c'est chacun son Paradis ?

Michael s'est redressé, il bombe le torse et il est fou, il tend les bras, il saute de tout en haut dans les profondeurs de l'eau verte comme le bijou sur Janet à son cou. Est-ce que c'est fini pour lui ? Non, il ressort, Janet est hilare, éclaboussée. Elle lui tient la main, il remue le crâne et se frotte les yeux puis avec un grand geste, yeah ! il dit.

Doogie, je ferme les yeux. Je veux le Paradis. Je fais deux pas sur le gros rocher gris. Je garde mes claquettes au cas où et le tee-shirt Sauvons la planète aussi. Ouf. Je ferme mes yeux et je me pince le nez. Quand il faut y aller.

Bien sûr Doogie ne sait pas nager, mais il y a le Paradis, et puis Doogie veut Doogie va. Je ne sais comment faire, je marche, je marche et finalement je coupe l'air dans mes poumons, oh oh, j'ouvre un œil, je crois bien que Doogie marche dans le vide.

J'entends Janet et Michael qui hurlent : Doogie ! Mais qu'est-ce que tu...

Et...

Plouf de plouf, j'ai dit bonjour l'eau, au revoir l'air, mais je ne pouvais pas parler, on m'a assommé et même si je n'avais pas sommeil je crois que je me suis endormi.

Au bord de l'eau il n'y a qu'une solution, c'est construire un radeau.

J'ai retroussé les manches de la vieille miteuse sale chemise de monsieur Gardner et j'ai remonté l'élastique de mon slip qui pendait. Grâce à la puissance du pistolet, j'ai tapé sur des troncs d'arbres pour avoir la science de leur résistance et solidité.

Trempé, enrhumé mais lavé comme un civilisé au bord du fleuve Congo sous un ciel gris-noir tourmenté, Doogie a reniflé trois fois, humant l'air frais, il s'est penché les pieds dans la gadoue vers le chien qui pataugeait, et il a expliqué.

Construire un radeau, Fidèle le chien, c'est mettre la forêt sur l'eau, tu sais. J'ai réfléchi. Michael avait la science des radeaux. Un jour, j'ai raconté au dog si fidèle, nous sommes partis pour avoir un peu d'amusement sur le fleuve avec Michael et Janet. Oui, tu ne connais pas Janet, dog que tu es. Mais tu connais Michael avec ton nez tu l'as senti mort. Doogie voulait énerver Michael quand il était vivant, Doogie a fait l'idiot, Doogie est tombé dans l'eau.

Il se souvient.

Finalement, en fin d'après le midi, Michael avait construit un ça s'appelle un radeau, il faut du bois. Pas le bois des bananiers, dans l'eau, il se dissout comme le sucre dans le café, fais attention au prends garde. Mais je ramasse les larges feuilles ligneuses des bananiers et quelques fruits en guise de provisions.

Puis je cherche trois ou cinq troncs d'arbres palétuviers dans la petite mangrove du fleuve. Le palétuvier, Doogie, est l'arbre qui marche sur échasses, un grand arbre gris aux mille racines comme des pieds sur terre. Suite à une crue, dix ou plus d'arbres gris sont tombés, cassés. Doogie traîne sur la plage de boue les plus petits et les plus mous. Tu vois, Fidèle le chien, je choisis cinq troncs et je les colle l'un contre l'un contre l'autre. L'avant du radeau comme disait Michael est plus étroit que l'arrière. Il faut poser les troncs ensemble comme cinq asperges et le bout de l'asperge est plus épais qu'à la pointe. C'est un radeau d'asperges.

Puis j'ai ramassé des beaux somptueux bambous. Toute une journée du soleil lourd, j'ai croisé des longs bambous droits sur les troncs comme des asperges vertes. À la suite de quoi, à l'aide de lianes que le chien Fidèle tirait le long des arbres dans sa gueule, j'ai fait nœud par nœud le saucisson des bambous et des troncs. Dessus dessous, je passe, je repasse et je noue. Mille magies a la science des nœuds, hélas il ne les connaît pas, Doogie. Je n'ai que la science des chaussures et des lacets, et celle illustrée de mon encyclopédie. Espérons que ça suffit.

Le demain de la nuit de l'ancien aujourd'hui, le ciel est couvert comme sur la soupe aux légumes le couvercle. Les nuages accumulés, vifs et rapides, ont monté sur les sommets du ciel et ils font strate après strate, c'est des stratos, Doogie. Je ne sais pourquoi, je me méfie. La Nature change.

Je contemple le radeau et fier de fier de moi mais aussi fier de toi qui m'as appris, au moment de le laisser glisser dans l'eau qui court, le chien effrayé assis dessus et moi qui m'accroche à son cul, je décide d'appeler le radeau le : Michael mi-Doogie.

Et je ferme les yeux, adieu la forêt bonjour l'eau.

Afin de ne pas avoir de grand mal dans le petit cul, Doogie a couvert les troncs de palétuviers de feuilles des bananananiers. Et à l'aide d'une perche en très long bambou, dans le courant qui court très vite, j'essaie de m'orienter. Hé monkey, c'est la vie ! Bye-bye ta terre du sol !

Déjà le chien aussi fidèle qu'il soit dog n'aboie plus rien. Terrifié qu'il est, sous ce sale ciel jamais nettoyé, emporté par le flot lent et lourd du Congo, il faut parfois ramer, parfois laisser filer.

Que mon ventre parfois me fait mal. Doogie ne parvient plus à faire caca. Assis sur le radeau sur sa feuille de bananananier, il descend la large rivière qui débouche sur le fleuve Congo un jour. Et ensuite il faudra remonter les eaux comme une montre qui a abandonné l'heure.

J'ai une crampe au-dessus de l'estomac mais je pagaie du bambou. Finalement, je crois que je vomis, étourdi, sans lâcher le bâton. Beurk, ma gorge est sèche et j'ai soif. Hounh houh.

Mais lorsque je lève la tête, il fait presque beau, le ciel a vomi ses nuages, la rivière descend dans la direction de l'affluence du Congo. Je respire c'est pire. En tapant doucement du pied, je teste la solidité. Vogue le radeau, même le chien se redresse.

Il vient lécher le vomi de Doogie, c'est dégoûtant.

Argh, le chien. Et il lèche Doogie maintenant, stop ça !

Le courant file, loin sur le bord de boue des

quelques crocodiles, des rochers ou des hippopos. Les eaux verdâtres laissent passer le Doogie du radeau.

Toute la journée, rien à signaler.

C'est en passant le coude d'une grande courbe, dominée par les flancs épais et poilus des monts et de la forêt brune, que Doogie, sous le cri des oiseaux, le bruit du silence des arbres et le ciel redevenu bleu, calme et bleu qu'il le sent.

Là-haut, là-bas, quelque part, Doogie sent l'Ennemi, l'Animal.

Et je cherche le pistolet au bout de mon doigt.

MÉMOIRES

Grouille-toi, Doogie !

C'était l'affolement. Elle m'a poussé dans l'escalier et je me suis réveillé.

Toute la maison du foyer avait été fermée, les lumières éteintes et plongée dans l'obscurité, seules les lampes des poches des étudiants, Charles, Norbert et Naoki, éclairaient le grand salon. Les grands sièges de monsieur Gardner en cuir avaient disparu. J'ai tourné la tête dans le couloir et j'ai compris que les fauteuils bloquaient l'accès de l'entrée, de la terrasse et des cuisines. J'ai tremblé.

Janet tenait un large bâton dans les mains et elle portait un blouson à fourrure. Elle discutait avec Michael et c'est là que j'ai aperçu le pistolet puissant de Michael, qui comptait les balles.

Puis il y eut les cris. Monsieur Gardner avait voulu sortir, par les cuisines et le Jardinier, deux ouvriers, le cuisinier l'avaient retenu. Il hurlait : Je veux aller le tuer moi-même ! Moi-même.

Et dehors on a entendu le son de l'enfer. Mille milliers de cris et les cailloux ont tambouriné contre les murs, les volets fermés, le toit. Plus personne n'a parlé et Michael a amené madame Diane au milieu du salon, entre la bibliothèque de verre et la cheminée. Elle pleurait, elle pleurait.

Elle n'a dit que la phrase : Virez-moi ce singe de là ! Nous sommes des hommes ! Foutez-le dehors avec les siens ! Alors Janet m'a doucement pris par la main et elle m'a accompagné dans le bureau, derrière le salon, Sindhu et l'infirmière qui dessinait des croix sur son front en gémissant m'ont accompagné. Puis Michael est venu.

Il m'a tapé sur le crâne : N'aie pas de souci, monkey, du courage c'est ce qu'il nous faut. Et comme je doutais, il a dégluti : On ne sait pas tout, tous les deux, mon garçon, mais il faut être fidèle à l'humain, quoi que ce soit, pas vrai.

Alors le mur a tremblé. Derrière, dans le noir de la nuit, on entendit le rugissement, le ahanement et les cris de cris que jamais je ne connaissais.

C'est une révolte, je crois, a dit Michael. Les animaux.

Je n'avais pas une idée de ce qui se passait. Des cailloux, de la ferraille, ils cassaient tout et ils nous ont encerclés.

Janet est revenue du salon, elle a glissé la tête dans l'embrasure de la grande porte : c'est l'Animal, elle a murmuré. Michael a acquiescé.

Un hurlement découpe en deux le silence de la nuit, oh Doogie se bouche les oreilles, le cul posé sur l'épais tapis au pied du bureau.

Puis Michael se concentre, il fronce les sourcils comme un héros humain, Doogie l'imite, et il glisse le bout de son pistolet dans la fente des grands stores vénitiens.

Pan !

Il tire une fois.

Pan, pan !

Il tire deux fois. Il recharge son arme à pistole et dans le salon j'entends monsieur Gardner et son fusil carabine qui attaquent l'Animal et tous les autres. Craac... On entend la porte qui craque.

Bloque l'escalier, hurle Michael à Li Yang et Naoki qui courent vers les marches du hall, ils passent par le premier.

Oh, Doogie a peur et Janet vient le ramasser. Pas d'inquiétude, Doogie, on va gagner. L'humain gagne toujours à la fin, et elle fait un câlin.

Mais elle porte elle aussi un pistole-toi plus petit avec des balles dans une boîte d'allumettes à la main et lorsque Li Yang crie au secours en haut des escaliers, elle renverse avec Michael et Naoki une commode dans le passage du hall pour bloquer la descente de l'escalier. Mais monsieur Gardner se faufile le premier, alors que Li Yang hurle, et Michael essaie de rattraper monsieur Evans. C'est un chaos.

Dans le salon, les lampes des poches tombent en panne une par une, on n'entend plus que le bruit et la pluie de projectiles contre les façades de la maison, la lumière d'une lune par les stores vénitiens. Les fenêtres refermées, les doubles volets qui claquent, craquent.

Au premier, un deux et trois coups de fusil, monsieur Gardner redescend en sang, alors madame Diane hoquette, elle étouffe et il dit : Je l'ai raté.

La Rnimal.

Michael crie, l'infirmière et le médecin de brousse grimpent à l'étage. Je crois que Li Yang a fui à travers le Paradis. Puis la lumière revient, le bruit n'est plus là, finalement le soleil se lève et tout le monde pleure au-dessus des étudiants allongés sur la table de la cuisine. Doogie monte à l'étage et il retrouve sa chambre en champ de la bataille : peluches éventrées, jouets cassés, livres déchirés, le lit en pin est tué, il y a du caca, du sang et du pipi, mais personne. Doogie observe par la fenêtre au verre brisé des absences de pas qu'il reconnaît, et dehors il voit des cages ouvertes, au pied de la colline, des animaux morts, des animaux fous, des animaux qui errent et d'autres enfuis, ils sont traîtres à l'humain. Plus rien n'est propre, tout est chaos, grilles, allées, garages, bâtiments, kiosques et plantes en pots. La porte du vivarium vitré a été défoncée de par un grand tronc d'arbre arraché.

Puis Doogie descend avec précaution les escaliers, tristement, je rentre dans le salon désert, je rouvre la grande fenêtre et à la lumière de la journée, les livres par terre, la commode et les tables renversées, les cartouches par terre et le tapis qui a glissé, je vois madame Diane, sur son fauteuil à roulettes, la tête baissée, le chignon au sommet, les bras gris et crispés. J'ose m'approcher et demander en gémissant :

Est-ce que c'est OK ?

Je la touche, elle tombe sur le côté dans une flaque de rouge. Aaaounh ! Doogie hurle. Lorsque Janet arrive en courant, en chemise bleue en jean, et elle ouvre grands les yeux, elle tombe à genoux.

Doogie, elle pleure. Et alors elle dit le mot et Doogie a compris.

DE LA JUNGLE

Tombe la pluie tombe la pluie tombe la pluie.

Que pénible la pluie est. Doogie grelotte sous le ciel gris comme une bouche ouverte de géant au-dessus de lui. J'ai pris le chien qui a peur sur mon ventre et j'ai tenté de fermer la chemise mais les boutons ont craqué, les boutons gravés d'une croix. D'une grande main, je guide comme je peux le radeau sur l'eau qui descend, rapidement, toujours plus rapidement, l'eau augmente l'eau augmente le courant. Je crois qu'un orage maudit Doogie et Doogie maudit le mauvais temps.

Des flancs de la rivière monte la peau frisée des forêts vert sombre, et plus un bruit ne sort de la maison des arbres, tandis que les bords des bras de la rivière s'écartent et que, perdu au milieu de l'eau de la rivière du fleuve Congo, Doogie emporté sent soudain le flot qui marche pour lui.

Découragé, je ne gouverne plus rien. Gouvernail, tu es la rivière et moi et le chien nous filons dans la grande bouche de l'inconnu alors qu'au-dessus le ciel est un cul nu qui s'assombrit du caca qui tombe sur toi.

EAU

— Orage et pluie, — La cascade bouche ouverte, — Souvenirs : le deuil de monsieur Gardner, le zoo périclite et la tristesse gagne les esprits

DE LA JUNGLE

Ce n'est pas l'orage, c'est tourne et tornade, tourne sans direction le radeau perdu sur et sous la liquidité. Pauvre malheureux Doogie, le ciel a fait pipi et la rivière t'avale, t'avale. Sous la pluie sous le vent, je ne vois rien, tout est gris. La tornade du vent emporte le radeau d'asperges de troncs qui craquent et rebondissent maintenant sur les lames des vagues de la rivière.

Aaooouh ! crie le chien, et je voudrais crier avec lui. Mais seul le silence sied au maître. Et je le rassure : Sois fidèle à moi le chien et tout ira bien. Je crois que je le console, il se serre entre mes bras et sa moustache si sale, il la pose en fermant les yeux sur mes genoux.

Malade que je suis d'avoir mangé des fruits, je ne fais ni caca ni pipi et mon ventre est comme la pierre. Ma tête tourne avec le vent, sale et pauvre et seul comme une feuille sous le souffle du dieu des humains entre ses dents.

Oh ! Tout s'accélère, l'eau devenue blanche, au-dessus de moi, je crois voir l'œil du ciel qui me fixe et dans un souffle cinglant qui me dit :

Je te vois, Doogie, c'est moi.

Une dernière fois, je regarde ma montre-toi et les vagues déjà m'ont giflé, elle ne marche plus, trotte, trotte, c'est fini.

Je hurle et je crie : Janet ! Janet ! Pourquoi m'as-tu abandonné ?

Ma montre ne démontre plus rien.

Alors je lève la tête et je vois que l'eau verte et bleue devient plus vite blanche que blanche, puis elle n'est plus que vite, devant nous il n'y a plus de rivière, plus rien.

Devant nous ? Vide.

Cascade chute des chutes de l'eau, Doogie dit au revoir au radeau. Cogne une pierre et crac. Au revoir. Cogne deux rochers et les lianes ont claqué, tu es accroché à un ou deux troncs de travers, coincés parmi deux dents grises au-dessus du grand vide de la chute des cascadements de l'eau blanche. L'air même m'éclabousse et gronde le tonnerre de mille pluies au-dessus de ta tête. Tourneboule sur ton dos, chute sous ton cou, et l'eau coule partout sur ton torse englouti, lève la tête, Doogie, sois fidèle jusqu'au bout. Sois fidèle jusqu'au bout. Sois fidèle au dernier bout de bois et accroche-toi.

À mille fois Doogie de haut sous moi, le précipice se précipite qui a faim de moi, pauvre de moi, fatigué, malade et mouillé pour me manger. Mais Doogie ne lâchera pas la dernière dent de la Nature, dans sa bouche, avant de tomber dans son estomac.

Ma grande main sur le nœud du bois du palétuvier bloqué entre les deux rochers, j'essaie d'attraper de l'autre le rocher pour remonter vers la rive. La rive est tout près, Doogie.

Je lève un œil et l'œil dans le ciel s'est fermé, un nuage craque et c'est le torrent qui s'abat au-dessus de moi. Une pression comme si le bras d'un monstre m'entraîne vers le haut, le vent me tabasse et la pluie griffe et saigne le Doogie. Un tourbillon claque au-dessus de la rivière et Doogie garde les yeux fermés dans les gouttes d'eau, les feuilles sèches, les graviers.

Doogie sent soudain une branche qui tamponne son pied et Doogie se demande si sa jambe n'est pas arrachée. L'eau est devenue rouge autour de moi.

La Nature, Doogie, veut ta mort.

La Nature, Doogie, ne sera pas ton Paradis, mais seulement la fin de ta vie.

Non, je peux, Janet, aide-moi, et je lance mon bras pour saisir le rocher à la gauche de ma droite, monter grimper sur la rive sous l'orage, avant de tomber dans la Nature de la Chute, oh sale Nature, dans ton estomac blanc, mouillé de tourbillonnant.

J'ouvre un œil.

Alors je vois passer comme un bout de bois, affolé, l'œil fixe et la gueule ouverte, de peur, de peur, de peur, oh Doogie, tu es son maître et tu l'as abandonné. Chien ! Chien ! Chien !

Il aboie ! Il meurt. Dans la bouche de la mort des chutes d'eau blanche en silence dans le bruit trop énorme, assourdissant, il bascule.

Et comme Doogie ne peut abandonner celui qui est fidèle à lui, je gémis : Haaaoounh ! Chien ! Je lâche le tronc d'arbre et impuissant, noyau de cerise dans l'océan trop grand du fleuve, je bascule à mon tour, la jambe en sang.

Doogie, je crois que lâché dans la bouche blanche, pauvre morceau de viande, petit paquet dans ton cerveau de mémoires, tu es devenu ce qu'on oublie.

Et j'ai perdu la science de mes sensations et de mon esprit, englouti.

MÉMOIRES

Plic de ploc, clic après clac. Ce n'est pas la pluie qui tombe, car le ciel n'a pas envie de pipi. Au fond de la cour derrière la maison sur la colline, les tuyaux des égouts du Zoo sont brisés. Est-ce que c'est l'orage, est-ce que c'est la vieillesse, est-ce que c'est les bêtes qui régulièrement l'agressent ? De tas en temps désormais les bêtes animaux attaquent la maison du Zoo, Doogie est effrayé, Janet est préoccupée tu sais. Elle est très occupée.

Le Zoo est protégé, on pose des barbelés, une sentinelle et la nuit tu ne sors jamais.

Alors glande Doogie glande, tu ne fais rien. Doogie, elle dit, tu es adolescent, tu fais ta crise. Doogie boude, un jour sur le deuxième, il n'y a pas cours, il n'y a rien du tout. Le ciel pèse sur la tête, il fait mauvais c'est bientôt l'orage, Janet doit s'occuper du Zoo, avec Michael, Naoki et Sindhu. Il n'y a plus personne d'employé, excepté la cuisinière ou le Jardinier. Les sales herbes poussent, tout est désert. Que se passe-t-il ?

Doogie est bien habillé, quelle belle chemise tu as et les chaussures sur mesure, même si elles te font mal aux plantes des pieds, Doogie, quand tu marches droit sans froisser le pantalon à pli, combien fidèle à l'humain tu es aujourd'hui. Mais pourquoi à quoi bon. Doogie est seul dans la solitude. Assis sur la dernière marche de l'escalier de service, je ramasse un deux trois cinq et dix cailloux afin de faire danser des ricochets sur la mare sale et marron, dans la boue. Plic par ploc, le tuyau cassé crache dix gouttes et l'eau coule coule. Il fait silence sinon, à cent fois Doogie de là c'est la forêt qui commence et Doogie a peur du début des arbres, il regarde. Plic à ploc, et recommence.

Combien l'air est lourd, et les poubelles ont l'haleine du prout. Doogie les gros mots vont te tomber sur le pied, aïe ! Ne dis pas la vulgarité.

OK, OK, mais Doogie est fatigué d'il n'a rien fait.

J'observe les cieux qui ne sont plus très ciel. Il faut rentrer.

Doogie ! j'entends encore, et je sais que mon nom veut que je vienne. Adieu ric le hochet, au revoir plic, à bientôt ploc. Oh, crotte, Doogie, je suis taché. Je traîne des pieds pour rentrer la chemise sous le pantalon, hin hin, Doogie est plus malin, Doogie sait mentir, il te cache la tache et toi tu crois qu'il y a la propreté.

Autour de la maison, Doogie longe les cages des oiseaux, pas un ne piaille, c'est silence désert, puis il remonte devant les appartements des serpents, rien ne serpente, des vitres de verre cassées, de la poussière et des branches piétinées. Sur les serrures, il y a le verrou. Tout rouille, mais Doogie tu es le dernier qui reste.

Janet a la casquette, une salopette, elle renifle et de la terre plein les mains. Hou hou, Janet est sale comme une tache, Doogie propre. Mais même quand elle n'est pas jolie, Janet est belle.

Derrière la fenêtre, je vois monsieur Gardner, il dépasse du rideau, combien étrange il est, il guette. Il reste.

Doogie, Janet dit, viens là monkey. Je ne sais plus si elle est heureuse de voir le bout de mon nez. Elle me parle, elle lave ses mains au robinet, sous la terrasse, elle n'a plus le regard, elle n'a plus le câlin.

Il faut qu'on aille mettre à l'abri le fourrage, Doogie. Michael m'attend à l'écurie. Je n'ai pas le temps. Tu as fait tes devoirs ? Demain, il faut tu dois reprendre les expériences.

Je baisse la tête. Hou. Doogie n'a rien fait, il veut crier.

Doogie ! Elle ne veut pas de regarde-moi. On n'a plus le temps de jouer ! Doogie, tu es grand maintenant. Il faut m'aider.

Hi hou... Doogie est fâché, je lui tire la langue et je fais le singe pour l'énerver.

Mais Janet tombe ses fesses sur l'escalier, la casquette tombe aussi et elle pleure entre ses mains. Comme les larmes font de la souffrance au petit monkey que je suis : Janet, ne pleure pas, je suis ici. Et comme dans un hoquet, comme si elle est une petite fille, Janet regarde-moi, tes grands yeux : Doogie n'a plus besoin de Janet, aujourd'hui, mais j'ai besoin de toi. Plus rien ne va Doogie, regarde autour de toi.

Je regarde à la droite de ma gauche et Doogie tourne autour de lui à quatre pattes au pied de l'escalier de la terrasse, puis je regarde au fond du ciel, et plic, et ploc.

Il pleut. Des tuyaux des cieux sont cassés, eux aussi.

Doogie, elle murmure, les joues noires, je ne serai pas toujours là, bientôt il faudra... Et comme elle pleure, Doogie se précipite dans ses bras.

Parfois Janet est très petite, mais jamais Doogie ne se sent plus grand qu'elle. C'est que les tuyaux de ses yeux se cassent, lorsque la tristesse rôde. Et je renifle à l'abri de la pluie, car la tristesse pour toujours est bientôt là.

PARADIS

— Ouvrir les yeux, — Blessure, — La visite inattendue d'une femelle, — Dans la clairière d'une forêt cernée par les eaux du fleuve, — Les bonobos

DE LA JUNGLE

Où sont tes yeux, tu ne les vois plus. Tu lèves ton cul, tu te sens mieux. Et ah ! Doogie retombe, il ne peut pas marcher, il peut seulement ramper.

Si tu rentres l'air par ton nez, il fait froid on dirait, si tu sors l'air de ta gueule, tu as chaud, tu es sous le soleil, et Doogie voit des ronds d'orange et comme des papillons qui clignotent sur l'écran des paupières, tu as les yeux ouverts. Si Doogie fronce le sourcil si tu te calmes, tu vois où tu es.

C'est une clairière au sein du soleil, autour de la clairière comme des rideaux des arbres gris montent jusqu'au vert et tout en haut c'est l'aveugle, Doogie ferme les yeux.

Est-ce que c'est Paradis ?

Doogie hume, Doogie sent, tout est menthe ici-bas et l'herbe fraîche sent l'eau du cristal.

Doogie ouvre les yeux, sa tête est vissée par terre dans l'humus comme un gâteau mou, il tourne la nuque et tend le bras, tu fais ah aah. C'est un papillon blanc bleu et myrtille qui a traversé tes deux yeux. Derrière, sous le soleil qui repeint en blanc la clairière, c'est silence du bruit. Un deux tu entends le cri des feuilles qui font la sieste et de temps en temps un bird s'envole en froissant les branches de la verdure, puis c'est silence qui dure.

Le plus Doogie penche sa tête à la gauche, le moins il voit des arbres, comme si le grand rideau gris vert gris doux de la vierge forêt était troué. On ne voit dans le trou que les rayons de la lumière, un grand aveuglement blanc et du bleu. C'est le ciel, Doogie. Qu'est-ce que comment te trouves-tu dans une clairière suspendue sur le ciel ?

Est-ce que c'est Paradis ?

Le nez dans la menthe des herbes du frais du pré, Doogie ôte de son chemin une chenille recroquevillée telle une coquille d'escargot comme un bijou orange et noir en chocolat, puis tu tapes de la grande main sur la jambe, aïe, ta jambe est une machine qui ne marche plus, elle est raide dure et elle traîne.

Quand Doogie tu portes la grande main sur ton crâne, tu enlèves une belle feuille de palme, qui a posé ça sur ta tête ? en dessous c'est du sang.

Un deux tu jettes un œil dans le sang comme de la boue sur le doigt noir, tu sais que c'est blessure. Tu respires, ouvre la porte à l'air chasse-le par la fenêtre. Ensuite Doogie dans le centre de la belle clairière et du silence vert c'est blanc, tu rampes en soufflant, la feuille de palme sur le crâne, vers le trou du rideau, là où blanc puis bleu le ciel c'est l'horizon. Un deux trois cinq dix, tu ne sais plus. Doogie où est la terre, où est l'image, tu ne la vois plus, protège tes yeux. Tu es au bord de la terre, allongé, comme sur une assiette, un plateau, haut très haut, où le vent souffle il fait frais, en bas sous tes yeux la terre molle puis la terre dure d'une falaise descend jusqu'à l'eau d'un fleuve, blanc dans la brume. Tu flottes dans le ciel silencieux, plus haut que haut, et tu tournes sur le dos où tu ne vois qu'aveugle seul le soleil est au-dessus de toi.

Doogie, c'est Paradis.

Un, deux, est-ce que tu te souviens ? De quoi ? De rien. Tu portes une chemise, un slip XXL et comme grandes sont tes mains. De qui ? Doogie, est-ce que tu te souviens ? Non, tu n'es pas humain.

Si le Paradis est ici, tu n'y es pas. Ce n'est pas pour toi. Respire la menthe, vois le blanc, entends le vent du presque rien. Tu n'as pas les mémoires du presque rien. Tu n'as pas les mémoires d'où tu viens où tu vas, comment tu es arrivé là, mais de Jungle en Jungle, c'est vers la sale forêt où rien n'est bien que tu appartiens. Tu gémis de la tête, tu gémis de la jambe en rampant. Tu veux lever ton cul, tu veux tenir la tête de tu ne sais pas qui tu es, houh, c'est trop tard, tout tourne et tu tombes.

Doogie a juste le temps de la voir. Elle vient des arbres vers toi et elle s'arrête quand tu stop.

Doogie rouvre les yeux. Il voit le bleu du blanc du ciel, mais d'abord il sent.

Il y a auprès de Doogie quelqu'un de sexe femelle qui s'est assis, pendant que les oiseaux font les piailleurs par-dessus la clairière du Paradis. Doogie a un nom dans la tête mais lequel il ne sait pas. Sur sa tête la main elle a posé et avec l'autre main de Doogie elle tient le poignet. Il fait doux et Doogie n'est pas effrayé. Elle pousse de petits cris perchés haut dans l'air, qui pénètrent l'oreille, en jappant doucement : Shee-shee !

Il regarde qui est shee.

Shee est comme lui, mais plus élégante. C'est une petite aux lèvres rouges qui tremblent, la peau noire et les oreilles menues. Larges narines et visage plat, elle a les cheveux fins et la raie au milieu bien coiffée, mais ce n'est pas une chimpanzé. Doogie reprend sa main et la voit dans les yeux. Elle est comme c'est un miroir de Doogie : une belle en poils mais quand elle ouvre la bouche, la main tendue en pliant dépliant quatre doigts, puis calmement, elle est Doogie femme mais comme une cousine.

Doogie se tourne dans l'herbe sur le côté, blessé, il gémit. Il tend le pied et pour ne pas l'effrayer, comme elle court vers les arbres en jetant le regard derrière elle, Reviens, Doogie offre la main et grimace. Très prudemment, shee revient, avec un petit cri agité mais gentil, elle fait la moue. Doogie a mal, il a besoin d'elle, il retrousse ses babines en fermant à demi l'œil, le soleil le blesse et le sang lui coule de la tête.

Elle-shee va et vient tout autour de lui, les joues creuses, les lèvres gonflées et la mâchoire bouge. Grande et droite, les cuisses musclées, nue comme le Paradis, il voit ses seins et les tétons épais, elle sourit, timide et à quatre pattes s'approche de Doogie une palme à la main.

Sous le silence, loin au pied des arbres de la clairière où les piailleurs sifflent et le vent souffle, elle-shee se penche et pose délicate la palme sur le crâne qui saigne de Doogie, la jambe qui traîne et qui veut ramper vers l'ombre.

Les lèvres retroussées, Doogie l'implore. Qui est shee ?

Comme si chut, elle pose le dehors de sa main sur la bouche de ses lèvres et caresse le haut de sa tête puis la nuque.

Quand lorsque doucement le bras sous son dos elle l'aide à boiter jusqu'à l'ombre des forêts de Paradis, Doogie suit son odeur d'herbe, de sueur et de terre, mais il sent qu'elle sent bon. Elle-shee c'est plus qu'une chimpanzé comme Doogie, pense-t-il, c'est une bonobob, les meilleurs, les plus beaux, doux et bons d'entre nous. Bonobob elle est, elle te caresse, puis la tête retourne et c'est encore terminé.

Doogie la voit nue, craintive contre un tronc, les fesses roses dans la bruyère et le regard qui bouge. Doogie est adossé à un grand arbre devant elle, shee disparaît.

Tout est calme de calme c'est dans l'ombre. Et Doogie dort.

Doogie, qu'est-ce qui est Paradis ? Est-ce que c'est la fin, est-ce que c'est le toujours à jamais ? Est-ce que c'est le bien, est-ce que c'est le rien ?

Doogie se repose, il est assis sur le sol d'un arbre et des touffes épaisses d'herbe poussent par terre là où quand d'en haut la lumière caresse à travers le feuillage le plancher de la forêt.

Doogie respire et même si sa jambe est malade, sa tête se porte mieux. Il renifle et, en lâchant la liane, un vieux singe sans bruit s'approche de lui. Doogie a les mémoires vagues de parler, mais il bafouille de la main du mal au poignet. Alors Doogie fait la moue, le regard dans le vide et il grimace rapidement. C'est un vieux bonobob, Doogie l'appelle Bob. Comme étroites ses épaules, mince son cou, crâne petit et rond, il n'est pas comme Doogie, des rides sur le front et du nez aux babines, il frémit du nez. Doogie laisse aller. Le bob du Paradis s'assoit avec précaution contre un tronc cassé à un et deux pas de pied du Doogie. Il regarde, il regarde, que curieux tu es, Bob le Paradis, Doogie sourit. Parfois Doogie sent en lui de l'agression, la colère et la peur, seul et abandonné, le crâne vide du cerveau, il voudrait faire rouler les rochers comme un vrai chimpanzé, hérisser du poil, déraciner les petits arbrisseaux et se tenir droit, la fourrure comme des aiguilles.

Mais à Paradis, tout est bien plus doux. Douce vie, Doogie fatigué tend la main et le vieux Bob svelte en frétillant du nez se détend. Il halète bouche ouverte puis il donne à Doogie un fruit mûr gros comme une figue, une poignée de pousses et quelques chenilles, comme Doogie a faim, il grogne, et le vieux Bob se colle contre lui, la main dans ta gueule, Doogie, il le nourrit, il est gentil. Doogie pleurerait bien, mais il ne sait plus comment. Ensuite il contemple le Doogie longtemps et Doogie veut montrer qu'il n'est pas juste un monkey, il essaie avec le bras il veut donner le mot qui fait qu'il n'est pas lui mais. Ce geste c'est juste impossible.

Baisse doucement la lumière fin de la journée à Paradis, en bordure de clairière dans la forêt aérée rouge et verte, un bob est droit debout et les bras plus longs que le chimpanzé que tu es, il marche doucement, en me regardant, il grimace viens. Ou ne viens pas, mais en traînant la patte tu vas. Tu clignes l'œil et quand la forêt devient profonde, luisante et verte et haute et bientôt sombre, Doogie entend tout autour du tour lui le bruit.

Un et deux et trois, cinq et qu'est-ce que le nombre du mot, le mot du nombre ? Doogie oublie, c'est beaucoup beaucoup de froissements de pieds et de silhouettes marron, discrètes, puis des petits cris, hooo, ho, hoa, haut perchés, qui se croisent, qui traversent des lianes, des troncs, des branches et rallient les hauteurs, montent, cassent et croisent et tissent des branchages, ils font leur nid pour la nuit.

Le Paradis appartient aux bonobobs, oh les bobos, Doogie vous regarde et le vieux monte, alors une femelle c'est elle c'est shee pousse ton dos et elle aide à peine Doogie à monter. Personne ne parle et tout le monde hoo, hoa, puis haa-ha, Doogie en grognant, la jambe qui paralyse grimpe et au fond du lit d'un petit nid juste pour la nuit se blottit, elle le regarde et, les pieds levés, elle te caresse, un doigt dans la bouche, il fait frais, grand et long son pied se plie, se déplie, elle lui montre entre ses cuisses, hésite et referme ses jambes. Il entend les appels longue distance, hululements, cris bruyants. Puis la soirée comme la journée vient et passent les passent les heures où sont-elles ? Au milieu des bobos, Doogie s'endort et se soigne, il n'est pas le besoin d'aucun mot pour dire ce qu'il ressent, il le sent.

BONOBOB

— Arme et vêtements, — Le cycle des jours et des nuits, — La tentation du Paradis, — Sexualité, — L'affection d'une femelle, — Elle et lui, — Violences, réconciliations, frottements, — Sans souvenir, — Retour du chien fidèle, — Un passage vers la sortie du Paradis, — Amour de la nuit, — Souvenirs obscènes, — L'adieu sans retour

DE LA JUNGLE

Jour soir jour nuit matin nuit matin soir, tout passe et le mal de Doogie aussi. Au Paradis, il fait bon il fait bien. Quand Doogie se réveille, elle-shee est partie, il porte des feuilles de palme qui protègent ton crâne, il grimpe d'abord maladroitement sur le tronc rugueux. Doogie aime l'écorce, l'odeur, les craquelures et la liane poilue. Doogie en chemise n'aime plus trop les chemises mais les pieds nus sur l'arbre ami. Sous dessous lui, en bas, il y a les bobs qui vaquent. Ils font que font-ils dans la matinée ? La lumière perce le plafond des feuilles et des bobettes marchent en berçant un enfant bobo du bras gauche, en attrapant des fruits, des pétales de la main de la droite. Un bonobob court vers la clairière, les longs bras repliés, le dos penché, la tête tranquille. Et les autres le long du grand tronc tombé dans la forêt font des bisous. Des baise-moi le bisou ? Doogie tourne les yeux. C'est il ne faut pas voir ça.

Et maintenant Doogie en grimaçant a atteint le haut du haut. Solidement contre l'ami du tronc, Doogie guette et observe tout autour de lui, une tache énorme de vert ficelée par le bleu gris et marron de l'eau des rivières. C'est un grand plateau dans le bassin des fils et des frères de fleuve qui coule par en bas. Les doogies ne nagent pas et Doogie est coincé au milieu de ce Paradis verdi. Mais il n'est pas inquiet. Il n'a rien à faire, il fléchit le genou et porte à la bouche un petit fruit en crachant les pépins.

Doogie essaie de c'est quoi penser, c'est loin. Il a tout n'est qu'oublie. Qui es-tu ? Doogie frotte un œil en découvrant les dents, il a chaud dans sa c'est une chemise. Le bassin du plateau de Paradis au pied du sommet du grand arbre baigne dans le blanc, tout est lent. Les bras croisés, la gueule en avant, Doogie est immobile, il bouge, il attend. Il sent dans le poil le désir de l'épouillage.

Mais Doogie entend dans son crâne, l'expression faciale d'une grande agressivité, de la peur, lèvres pincées, visage tendu et les sourcils froncés. Il secoue sa gueule et sous ses pieds, tout petits tout petits il voit les bobs oh les bobbies qui grignotent, un petit joue et encore une elle-shee fait des bisous. Grogne.

Doogie dévale en s'écorchant le dos l'arbre oh le Paradis, il attrape sans penser la liane qui pend, il croit tomber, mais il ne faut pas penser, il tient le poing, il replie la bonne jambe, il jongle et un et deux et quoi, il est sur ses pieds c'est par terre, les mains au sol, il hume.

Il croise un bob, deux bobos s'écartent et trois bonobobs continuent, le long du grand tronc cassé. Il s'enfonce dans la forêt, en entendant l'écho des cris, aoah ! oh ! ah ! ah ! Il fait chaud humide moins que la nuit mais plus que là-haut, le ciel ouvert s'est protégé de beaux nuages, brumes et orages mais tout est doux. Écarte le ramage, renifle la branche, un bob te frôle, tu es parmi eux, près du terrain marécageux où les arbres sont bas, le sol mou et boueux, en descendant vers le petit cours d'eau qui coule jusqu'à la falaise, Doogie entend tomber d'en haut la pluie et des mille de mille de ce sont des chenilles des fientes de chenilles lui tombent des arbres en crisse-crissant, il tend la main, attrape, mange et croustille puis continue.

Derrière le talus, Doogie découvre un tas : il y a deux morceaux de vêtements couverts de vers de terre, en sang, et un objet noir, froid, il tu le connais, il c'est un pistolet. Mmh, Doogie remue l'arme de la puissance, il ne comprend pas. Puis il fait un sac et le pistolet dedans, il ne pense jamais, déplace le sac derrière le rocher couvert de mousse, caché.

Depuis le petit tas, il y a des pas dans le sol sans les pieds, une traînée, jusqu'à la petite rivière en glou-glou, Doogie, tes pas tes pieds.

Mmmh. Il reste droit, les mains dans la boue, la bouche fermée, les yeux clignent. À côté, d'autres pas d'autres pieds, longs, plus fins, il lève les yeux, elle c'est shee chuinte et le regarde cachée derrière l'arbre gris, humide et le regard par en dessous, en mâchonnant une pousse herbeuse. Il voit le téton de son sein, elle s'est penchée, derrière l'arbre derrière le buisson, Doogie la regarde elle le voit, tend la main, hmm, ah ah, baisse la tête, de minces poils sur le visage, lui tourne le cul, rose, et si fine, rapide, en glissant, effrayée, pas effrayée, elle s'en va s'enfonce dans les hautes herbes.

Doogie reste, Doogie assis, sans bouger, le doigt au nez, il c'est lui.

Mange nid dort mange épouille et bisou. Il y a caillou feuille arbre et les bonobos, Doogie tourne le dos en chemise en lambeaux contre le tronc allongé à terre, il mange une pousse, il bouge le pouce et mâche. Une femelle de l'autre côté du tronc doux marron mange un gros fruit et ha ha, un petit grimpe sur son dos, les jambes tendues sur ses épaules il tente d'ouvrir sa gueule de garde-manger. Hoa hoa, un mâle court le long du tronc et Doogie tourne la tête son sexe droit comme une plume blanche et en érection, le torse bombé. Frotch, les feuilles et le vent. Doogie ramasse un fruit. Autour de lui, il connaît un deux trois bobs, mais il ne sait pas mettre de nom sur leur front. Il sent qui est lui c'est qui. Parfois, une deux cinq femelles d'ailleurs du long de la rivière plus loin dans la forêt sont ici, elles n'étaient pas là avant, elles vont elles viennent. Lorsque le crépuscule est tombé, chacun se retrouve monte aux nids.

Parfois, une femelle. L'ici n'est plus là. Doogie ne sait pas, il sent.

En remontant le long du grand tronc, accoudoir pour ce bob chaise pour l'autre bobby, lit pour une autre bonobobette, Doogie sent deux femelles qui frottent leurs mains, un petit saute du dos d'une bobinette et le regarde. Puis les bobettes se touchent le c'est un sexe. Oh Doogie ferme les yeux, il sent au-dedans de sa propre Nature sale la colère, il y a partout le bisou et baise-moi, mais Doogie ne sait pas, il ne veut pas.

Qui es-tu toi au-dedans de Doogie ?

Lorsque Doogie penche la tête bientôt c'est le crépuscule et tendre est l'air tendre la lumière, il voit qu'il n'est pas comme eux, Doogie tu as un slip, ils te regardent, ils reniflent.

Et sous le slip blanc marron sale, Doogie, ce sexe est droit c'est comme une main au milieu de toi qui vient de ta Nature vers quoi elle n'a pas de doigt, vers qui elle est tendue, ça fait ça fait mal.

Ho ! Honte ! Doogie, mais qu'est-ce que c'est ? La tête en feu, tu as les deux mains sur la main de ton sexe, comme dure et droite elle est, qu'est-ce que tu veux ? Honteux, Doogie, mais tu as le mot et tu ne sais plus ce qu'il y a dedans. Boîte à chocolat vide du mot, vide, qu'est-ce qui se trouve à l'intérieur de ta ça s'appelle la honte ?

Doogie court vers la rivière et il sent qu'il y a qu'il veut mais il ne sait pas quoi.

Avant la soirée là où la rivière arrive à varier les reflets du grand vert et doucement plouf plouf s'assombrit, Doogie s'assoit sur le rocher.

Devant lui, sur le tapis des herbes jaunes, c'est partouze, Doogie d'où vient le mot, qu'est-ce qu'il y a dedans ? Où l'as-tu entendu ?

Bob et Bob les deux mâles accroupis se frottent par-derrière la croupe, et Bob le plus âgé en criant le prend le c'est un pénis du jeune, puis le jeune est sur le bas du dos dans l'herbe du soir et Old Bob le vieux s'active sur lui, frotte et frotte. La petite c'est Bobette passe sur son dos, elle aime, Bobinette presse sa vulve contre les grosses lèvres roses de sa c'est sa mère, elle est occupée en reniflant gentiment à frotter la bouche rose de son sexe sur celui de l'autre femelle.

Doogie regarde, Doogie voyeur que tu es, vois.

Mouvement, bouge le mouvement les femelles se lèvent c'est fini vers la forêt, un mâle descend de la femelle, une autre femelle un pied dans l'eau fait du cul viens. Il saute et saute, le sexe plume c'est dans la bouche rose du sexe de la femelle qu'il la pénètre, Doogie voit. Il est câlin, regarde-moi. Un bisou sur la main. Doogie, tout le monde aime tout le monde s'aime.

Doogie Paradis tu le sens c'est le sexe.

Quand Doogie tu déplaces l'œil le long de la rivière, coule l'eau tombe le soir, il fait bon tu as de quoi as-tu envie.

Tu la vois allongée le dos dans le galet à demi dans l'eau de la plage d'eau claire, les jambes musclées écartées. Tu connais les jambes, Doogie, regarde dedans, une belle si belle main de c'est une femme qui joue avec l'eau pure, les doigts noirs, elle pose deux doigts sur la rose de la bouche de c'est son sexe comme la moitié d'une orange pleine de sang. Puis Doogie voit hors de l'eau la pointe d'un de ses seins marron lisse et le panache de ses poils petits lisses, elle-shee crie lève la tête, les yeux d'une femme c'est une femelle. Elle porte dans la bouche une fleur blanche, les oreilles fines et les yeux à demi ouverts, coquette, elle chasse le papillon avec l'autre main. Avec la gauche les doigts sur la tige de sa bouche de ses jambes, elle se masturbe, Doogie d'où vient ce mot, comme c'est bon, elle aime l'eau et l'eau coule. Elle t'appelle c'est viens sans rien dire, tu le sens.

Tu es comme l'eau, Doogie, elle est shee comme la fleur, comme la bouche.

Ta main cache le slip cache la main qui se tend, sa

bouche s'ouvre, elle est rose tu la sens rose, elle ne dit rien.

Et tu t'enfuis, c'est voici la nuit, te voilà nu.

Quand le soleil est tombé est-ce qu'il se relèvera ? Le matin répond oui et Doogie descend de son trop pauvre nid mal fait. À présent il est soigné et lorsque la maladie va mal le malade va bien, Doogie sent que sa tête est nette. Mais la patte de sa jambe traîne et Doogie boite, il boitera toujours. Clopin clopine Doogie traverse la petite clairière, il longe le tronc d'arbre par terre allongé, quel tronc ? Comme tous les troncs, le tronc, un bob, et des bobbies, des bisous.

Claire, la forêt peu épaisse et les arbres comme des choux verts, le ciel est ouvert, là-haut c'est l'aveugle, Doogie ramasse à ses pieds les chenilles qui chient sur les branches et tombent tombent. Il mange, il boite, il s'assoit.

La grande main sur au-dessus des yeux, la main grise, ridée, épaisse, il regarde assis sous l'ombre des petits arbres entre la rivière et la forêt la plaine des herbes jaunes et deux bobettes qui font la gymnastique, s'étirent la jambe, elles font ha ! Une sourit, l'autre la touche et caresse. Un petit bébé c'est celui de quelle bobette, Doogie ne cherche à comprendre rien, un des bobs le rattrape et sur ses pieds, allongé, il le porte comme s'il vole, fait l'oiseau, et petit Bob fait la moue les lèvres vers l'avant et sa couronne de poils au vent.

Elle-shee est droite à côté de toi, elle sourit. Fleur c'est dans ta bouche, accroupie, elle sort de l'ombre et silence puis tend le bras de la main, presque jusqu'au contact, Doogie qui boite levé a fait un pas de côté.

Quand il la regarde dans les yeux, il ne sait plus si elle c'est shee, il veut la reconnaître, il veut parler, elle ne veut elle ne sait pas, il essaie, il l'appelle Doogette, il faut que ce soit toi, pas une autre, je ne veux pas je ne dois pas te confondre avec une autre.

Elle-shee ou une autre, à quoi bon ? Elle veut le contact. Elle a entre les dents les fleurs et quand elle se relève nue, cambrée, la bouche de son sexe gonflé sous ta gueule, elle marche délicatement elle descend vers les galets. Doogie fascine. Elle se tourne et Doogie sent son slip. Elle est ouverte, elle est douce et propre, elle aime l'eau, elle aime tellement l'eau, elle t'attire. Tu regardes ses yeux et tu ne sais rien, qu'est-ce que tu sens ?

Va te baigner.

Doogie, elle lui prend la main. Elle regarde en même temps de l'autre côté, de l'eau aux genoux. Doogie se dit : Les autres bonobobs n'aiment pas l'eau, c'est elle c'est shee, je la dois reconnaître.

Peut-être que c'est une autre.

Elle-shee peu de poils et le visage plat, fine et les cuisses tendues, elle patauge, elle fabrique une éponge, une sorte d'éponge avec des feuilles tombées dans l'eau, Doogie prend l'éponge, dans la lumière verte, il façonne une boule, il s'approche d'elle pour la nettoyer.

Alors soudain elle se retourne, la tête par-dessus son dos long, droit et beau, et la bouche qui sent grande ouverte au-dessus de celle de Doogie étonné qui donne ses dents, elle glisse sa langue et longtemps langue vers sa langue elle bouge doucement, chaude c'est moite. C'est moi c'est toi, il tremble.

Puis Doogie a peur, il boite, il saute et hors de l'eau le voilà. Mais derrière lui maintenant elle le suit et devant eux un champ de fleurs, ouvertes de vertes.

Nuit après nuit, Doogie dort avec elle dans le même nid c'est un lit.

Quand la lumière est partie chez plus là mais que la lune reste à travers les branches branchages, Doogie entend le barrissement de l'éléphant par-delà la rivière, dans les bains boueux, et il ne s'endort pas. Non, Doogie voit Doogie veille.

Doogie, qu'est-ce que tu regardes ?

C'est une c'est elle : comme de près est étrange le mystère de qui est comme toi mais ce n'est pas toi. Doogie regarde le petit nez plat et le demi-cercle des creux des narines de la Doogette. Car Doogette dort, elle ne sait rien, elle sent le sommeil, blottie contre toi, Doogie, pourquoi tu ne dors pas ?

Sur le menton bas, elle a des poils noirs, des poils blancs, c'est élégant et le cuir de sa peau autour de ses yeux est ridé comme l'eau qui coule des eaux.

Soudain elle ouvre les deux yeux et ce sont deux lunes noires dans les reflets orange. Elle te voit qu'est-ce qu'elle voit, découvre les dents, si blanches, est-ce que de près elle est belle ? Mais Doogie ne quitte pas avec les yeux la Doogette, elle bâille, elle se recroqueville, elle a besoin de chaleur, la température tombe par terre, sur la grosse branche, à côté des oiseaux de cui-cui, bientôt il fait frais, tu dois la protéger.

Il voit la ligne si très fine de sa lèvre elle est rouge et il a envie. Quand il voit ses fesses et la bouche rose numéro deux dans les doigts du noir, Doogie ferme les yeux.

Doogie n'a plus entre les dents de pâquerette, est-ce qu'elle rêve de l'eau qui cascade coule qu'elle aime tant ? Une main sur la bouche de ses jambes en dormant, elle rêve quoi, Doogie ?

Au moment quand Doogie croit qu'il comprend qu'il sait ce qu'elle est, qu'est-ce que c'est à l'intérieur de toi, il perd le mot, il perd comprendre et quand ensuite il regagne le mot, il regarde, dedans il y a rien.

Doogie, quand tu le sens tu ne sais, quand tu le sais tu ne sens jamais.

Doogette se blottit, c'est bête, tu te sens Doogie.

Sur la butte verte, un beau jour, une grande femelle bobette le matin croise son petit bobby qui descend sur le tapis de feuilles séchées.

Doogie saute du nid, une jambe qui boite une jambe qui marche et lâche la liane en l'air, retombe sur ses deux pattes. Le vieux Bob le vieux mâle montre les dents et sourit à Doogie en ramassant son fruit, est-ce que Doogie pense tu hérisses les poils, tu as la colère en moi, tu défies, tu es un chimpanzé, mais il passe son chemin. L'Old Bob domine les bonobobs, pas le Doogie qui est chimpie, ici c'est Paradis.

Bobby le jeune de la grande Bobette traîne sa branchette et pousse des hurlements. Alors, hoaa, il se précipite vers Old Bob, Doogie regarde en montant la butte verte. Old Bob est surpris, il gifle le petit Bobby, pour se défendre.

Et descend en grognant Big Bob, le dominant des

dominants qui fait des bisous avec les bobettes, il vient de la rivière, il est grand, brun, il ignore Doogie.

Old Bob stresse et le Big Bob le calme, une main à l'épaule, puis il se frotte, il le monte, lui fait des bisous et dos à dos croupe à croupe il le calme tranquille, le petit Bobby traîne vers la butte, avec la branche, pas de souci.

De l'œil Doogie qui mâche son fruit et un et deux cherche Doogette, toujours main dans la main avec la grande Bobette, elle surveille le petit Bobby, quand Doogette va à la rivière car elle aime tant et tant l'eau.

Puis le jeune Bobby revient et chasse, il bastonne en l'air le vieux Bob au poil blanc. Doogie fronce le sourcil. Old Bob répond, il se redresse, ils courent vite entre les buissons, les arbres vers l'épaisse de la forêt. Bobby charge encore et quand le vieux Bob ramasse une branche, les dents vers l'avant, la mère la grande Bobette débarque un petit sur le ventre. Elle aide son bobby et Bob le vieux s'enfuit, un grand cri, deux et tant et tant de cris se répondent, Doogie sursaute, est-ce que toutes les femelles sortent du bois, de la rivière et du talus ? en longeant le tronc d'arbre, alliées avec Bobette, elles chassent le vieux Bob le blanc. Une et deux et dix fois Bobby attaque, jusqu'à la clairière. Bobette tape ensuite le vieux et il finit par se taire et grimper haut dans l'arbre.

Dès que Bobby traîne sa branche dans le coin, le vieux Bob monte à l'arbre, s'il charge le vieux s'enfuit et enfin il lui donne sa croupe en gémissant. Quand le Big Bob redescend avec deux femelles il ignore maintenant le vieux, il renifle, il frotte son cul avec Bobby et après Bobby baise les femelles.

La grande Bobette domine à la fin de la journée. Doogie cherche sa Doogette, il la confond, les doogettes vont, les doogettes viennent.

Il va à quatre pattes au sommet de la butte verte où le soleil tombe. La grande Bobette chevauche sa doogette, un petit sur le dos, c'est son amie, elle n'aime pas Doogie et règne maintenant son Bobby au Paradis.

Doogette ? Doogie veut dire. Elle baise et baise-la. Puis Doogette glapit de plaisir, la bouche de son sexe se frictionne de côté au sexe de la grande Bobette qui s'y frotte. Ses lèvres sont gonflées comme un ballon et Doogette étendue sur le dos, les bras derrière sa tête à l'abandon, la Bobette sur son ventre la porte et gémit. Frotte ton sexe.

Doogette sourit, voit Doogie, elle ramasse une fleur, porte à sa bouche et sort de sous la Bobette qui part avec son petit.

Plus de mémoires du tout, elle te prend la main, monte au nid. En grimpant, ils croisent Bobby, lèvres pincées, visage tendu, dans la pénombre il grogne et dans la nuit glisse doucement le Paradis.

Bonjour le matin, combien de fois, Doogie ne sait pas.

Bobby est le roi, ici, c'est la grande Bobette qui domine. Doogette épouille Bobette contre le grand tronc allongé, puis elle se lève et traverse la prairie de la savane des herbes jaunes, le ciel ouvert se couvre, il fait vert.

Doogette, est-ce que c'est la même Doogette est-ce que c'est une autre ? plie les cuisses et Doogie voit sous ses poils la couverture rose de ses muscles, ses gros mollets droits qui zigzaguent vers les galets vers la rivière du plateau. Elle transporte sa nourriture des pousses et des feuilles de gingembre roux comme elle. Shee te voit Doogie et tourne la tête, les petites oreilles hautes, la face plate, elle fait la moue et baisse les yeux. Tu vois son sein sans les poils et d'un geste elle touche ses fesses, elle se trempe, se rafraîchit. Doogette a ramassé une moitié de poivron rouge et puise de l'eau dedans.

Doogie, qu'est-ce que l'amour ? tu sautes, toi le boiteux, et tu marches dans la rivière froide, comme le bain est bon, ton sexe, Doogie, tu baisses ton slip et le soleil de l'aveugle est haut.

Tu le sens les yeux clos ouvre ta bouche, elle met sa langue et, hounh, Doogette masse entre tes jambes, redresse ton dos et écarte les cuisses. Tu la vois, elle découvre les dents, le soleil, tu veux aller dedans.

Un cri et elle s'est détournée, en clapotant, lâche le poivron rouge, longue et fine, Doogette sort de l'eau et s'essuie les fesses avec des copeaux à l'ombre. Doogie lui court après, elle le repousse et se place à quatre pattes. Elle refuse de le regarder. Oh Doogie s'énerve de sa colère, il arrache la racine de la bruyère, hérisse son poil, il se précipite.

Mais Bobby déboule de la forêt, deux bobettes et la grande mère du Paradis aussi. Bobby traîne sa branche et Doogie grogne, il se détourne, Bobby le frôle, touche son cul, lâche mon cul.

Alors sa mère la grande Bobette grise s'allonge et lui offre le trou de son sexe, mais où est Doogette ? Comment pourquoi ? Il voulait elle-shee est partie. La grande mère veut calmer le Doogie, viens faire le bisou, baise-moi, comme honte est ton sexe rose, Doogie tremble et fuit.

Un autre bob qui passe s'accroupit, elle glapit, il la rentre bâille, frotte et donne le coup de reins hin hin. Un trou c'est tout.

Le vide de la tête de Doogie le heurte.

Doogie monté dans l'arbre, au-dessous les bobs et les bobettes aboient, hou, ha ha, hoa, quel est ce Paradis ? Où est le trou qui le comble ?

Il y a, quelque part, des mémoires. Doogie, oh Doogie, souviens-t'en je t'en prie. Qui est quoi qui es-tu ? Comble ton trou, Doogie, la honte de c'est un sexe n'est pas pour ceux qui aboient, elle est pour toi.

Doogie hésite, il respire la lèvre mordue, les oreilles en haut de crâne, il les cache dans ses bras, blotti sur une branche qui remue, qui es-tu ?

Baise-les baise-moi, tout en bas, ils aboient.

Au-delà de dehors loin des bois, ouah ouah aboie.

Ferme-la fermez vos gueules fermez vos trous.

Aboie comme des chiens !

Comme des chiens !

Chien.

Et alors Doogie se souvient : trou de moi tu me combles, je descends les branches en boitant en courant, je sais ce car j'ai la solution.

Traverse clairière traverse forêt maintenant je sais, descend du talus et boite sur les galets, je te reconnais. Il aboie, il aboie, il est là. Au bord de la rivière et du matin, il grogne, il fait peur aux bonobobs qui fuient, gesticulent. Qu'ils sont bêtes, ils n'ont pas la science des dogs ! Bobby qui domine traîne sa branche loin du chien, il pousse des cris comme s'il aboie lui aussi, et la grande Bobette grimpe à l'arbre gris : le chien rampe et sort de l'eau de la rivière, oh une patte cassée, il chasse les bobbies du Paradis.

Et oh je sais qui tu es : tu es Doogie ! Je passe la main à la taille de Doogette qui tremble au pied de l'arbre gris, les lèvres retroussées, dents découvertes en souriant. Elle a l'effroi. Quelle nervosité ? Doogie se redresse, la caresse et rassure. Ce n'est que c'est mon dog anglais du terrier !

Doogie a retrouvé les mots du je c'est moi. Doogette ouvre les yeux ronds, elle ne comprend rien. Elle se blottit contre moi, loin de Bob et Bobby. Je prends sa main et je l'accompagne n'aie pas d'effroi, je tends sa main vers le c'est mon chien.

Pas de crainte, il est ma fidélité ! Et je regarde les bobbies, le Paradis. Je moi je suis le maître. Oh le chien, que je sais de joie d'être je et tu es toi ! Il me regarde, l'expression bonasse sous ses sourcils, l'œil voilé et jaune et dans l'œil je vois l'absolue fidélité, chien Fidèle, je dis, je suis fier de toi. Tu es blessé et tu as cherché, tu as retrouvé ton maître. Doogie sait qu'il est Doogie quand il a son chien. Il bombe le torse en boitant, le poil droit en hululant longuement. Haooounh ! Vive le chien de vive moi ! Les bobs baissent la tête et s'éparpillent, seule la Doogette reste sous mon bras, cligne des yeux et se roule contre moi.

Alors je caresse la tête du bon chien à moustaches, maigre et la patte cassée, qui tire la langue, heureux qu'il est de son bon maître et comme le langage est à moi, je demande :

Par où es-tu passé, le chien ? Où est l'entrée de la sortie du Paradis que tu as trouvée ?

D'abord Doogie marche en maître à la droite de sa gauche la Doogette à la gauche de sa droite le chien, il longe et remonte le cours de l'eau en faisant la moue du contentement. Bientôt la petite forêt autour de la petite rivière est effacée et elle coule au milieu d'une grande plaine verte. Doogette serre son petit corps contre Doogie, elle le retient et elle claque des dents. Doogie la regarde : elle-shee n'a plus de fleur dans la bouche, est-ce que c'est elle ? Rien de plus qu'une femelle de singe, des poils et de l'odeur, un corps bizarre qui n'est pas fidèle à l'humain.

L'humain. Doogie regarde ses mains. Il caresse le fidèle chien et lui donne à manger un fruit et un oiseau mort. Le chien fait son repas en remuant la queue, la tête touffue couleur des feuilles mortes qui frétille. Ouah ouah.

Loin devant la brume Doogie réfléchit, il garde Doogie entre ses mains, debout la tête vers l'horizon, en slip. Doogie, d'où viens-tu ? D'où viens-tu, le chien ? Le Paradis est un grand plateau bordé par l'eau de l'eau et les monkeys n'ont pas vraiment la science du nager.

Soudain, ils avancent vers la plaine verte et jaune du plateau qui monte et la rivière qui descend, le bord des galets devient un muret, un mur et une falaise. Au bout du bout, Doogie renifle les chutes de la cascade de l'eau. Et il se souvient.

Doogie est tombé de l'eau qui tombe. La rivière a bercé et pris par la main le Doogie, j'étais je fus blessé, échoué sur le bord. C'est elle c'est shee qui m'a trouvé.

Mais quand je me tourne, Doogette s'enfuit. Elle a

peur. Nous sortons du territoire. Doogette, reviens, je dis. Elle ne comprend pas. Elle court comme une sale singe qu'elle est, à quatre pattes. Doogie, ne dis pas de mal, elle t'a sauvé. Hmm.

Je grimpe le plateau qui monte et je jette l'œil en dessous l'eau qui flot qui descend, court à l'envers. Le Paradis est une prison, on n'en sort pas de là, et je m'assois en soufflant, mal que j'ai à la jambe. Le ciel se couvre de la nappe des nuages. Toi aussi, le chien, je te caresse, tu as mal à la patte. J'ai pris des feuilles de palme, je t'ai construit le pansement de ton sang. Hou hou, tu lèches la tête de Doogie, abruti. Je te soigne.

Et Doogie pense : la Doogette a aussi soigné le Doogie comme elle pouvait, comment a-t-elle fait ? Petite monkey qu'elle est, où est ta reconnaissance, Doogie ? Je pense d'elle la mélancolie et je vois dans la brume le chien qui court qui boite, il aboie, il veut me montrer. Ouah ouah quoi ?

Alors ça alors.

Sous la brume sur la rivière en bas de moi de la falaise qui monte, il y a c'est un pont qui traverse l'eau, un pont de bois, un pont debout.

C'est l'humain. Trace de toi, l'humain, tu as mis le doigt dans la Nature. Je demande au chien : Toi, tu es passé par ici pour retrouver ton maître ? Puis tu as escaladé la falaise des pierres et des lianes jusqu'au plateau du Paradis bordé par les eaux de la Jungle.

Et dans le brouillard il aboie une deux trois fois, content, la patte arrière enveloppée dans des palmes autour de l'attelle d'une branche. Il a tu as le poil sale, ondulé, le museau long et large, je vois mal tes yeux mais je te récompense d'amour c'est la fidélité, et longuement je te caresse le museau et sous le ventre, mon chien. Tu l'as mérité. Car c'est voici la porte de sortie du Paradis.

Mais Doogie, qui te fera la caresse ?

Assis dans la bouche de la brume des hauteurs fraîche, j'hésite au départ du solitaire et je pense à Doogette la fleur et celle shee qui se blottit contre toi là-bas tu as un nid. Je ferme les yeux.

D'abord Doogie récupère ton arme au Paradis. Et dis au revoir à la Doogette. Dis-lui, elle ne comprendra pas.

Oh Doogie, je pense et la tête tourne, tu as l'amour du bonheur dans la forêt et la fidélité dans la civilisation, pourquoi faut-il choisir de partir et adieu le Paradis ?

Puis je regarde le chien fidèle sous ma caresse et je comprends. Doogie, je sais, tu es le chien de l'humain et hors de ça tu n'es rien.

Avant l'après après-midi, Doogie boiteux se tient droit et les bras trop courts du chimpanzé il s'appuie sur un bâton qui a mille nœuds du bois. À son côté, le chien Fidèle lèche une flaque d'eau de soif et les ombres grandissent comme les enfants du soleil. Il fait bon. Doogie sait qu'il sait qu'il n'appartient pas au Paradis. Le Paradis est pour vous les monkeys des bonobobs et le Paradis, je vous le dis, c'st peu de chose. Est-ce que c'est moins bien est-ce que c'est mieux que la vraie vie ? Chacun fait ce que chacun fait, Doogie, regarde-les regarde-toi.

Je tiens comme le berger le chien contre moi au sommet du grand talus vert, d'un côté la forêt de la clairière de l'autre la rivière des galets puis le plateau monte. Doogie voit Bobby traîner la branche de sa victoire, il domine, il agresse Bob à qui manque une main et le vieux Bob se réfugie dans un arbre, Doogie peut leur donner des noms, à quoi bon ? Civilisation, Paradis, crac et crac, qu'est-ce que c'est ? Doogie n'a pas la réponse et eux ils n'ont pas la question.

Violence à la gauche, câlin à la droite. C'est Paradis, tout n'est pas blanc dans le noir, Doogie.

Maintenant Bobby se réconcilie Bob à qui manque une main, il frotte son scrotum contre sa croupe, l'air bête, l'air heureux, ils font des baise-moi homosexuels, Doogie. Est-ce que la Nature te dégoûte, singe ? et je regarde mes propres mains noires sous la chemise brune du Zoo en lambeaux. Que reste de l'humain ?

Il reste moi. Je m'appuie sur le bâton pour la dernière nuit et je grimace, je siffle mon dog le chien, viens. À mes pieds, Paradis s'endort. Doogie, va chercher le nid où tu n'appartiens à rien. Une femelle glapit de plaisir, est-ce que c'est shee ? Je ne veux pas le savoir, le cri vient de l'eau. L'adulte masse le sexe de l'adolescent, dos droit jambes écartées contre mon arbre. Son pénis fait le droit et le vieux Bob passe, que la femelle rejette, il la prend en main avec va et vient.

Sous la première des premières branches, la grande Bobette et une nouvelle venue de la forêt après la plaine se touchent, elle découvre les dents de plaisir quand l'autre ralentit quand Doogie à travers les larges feuilles vertes la voit.

Cris perçants, culs percés. Câlins, bisous, Doogie seul conduit son chien au petit lit qu'il lui a fait pour la nuit c'est noie, plonge entre deux grosses racines, dors bien.

Et puis Doogie grimpe dans l'obscurité l'arbre de

son nid avec le pied de sa bonne jambe, pauvre monkey. Je regarde la lune et je demande : toi l'humain, pourquoi m'as-tu sorti de la Jungle du Paradis des bêtes ? Pourquoi m'as-tu mis seul dans le langage sur le seuil de la porte de l'humain, mais pas dedans ?

À la porte, Doogie, impossible que tu entres, impossible que tu sortes.

Tu es tout seul, oh Doogie, tu n'es pas unique !

Je tends la grande main, elle-shee est là, et blottie contre moi. Quand les poils d'une peau contre les pauvres poils de ma pauvre peau, je ne suis plus un cerveau, j'ai envie de pleure et aime-moi. Est-ce que c'est la même Doogette ? J'essaie de toucher sa tête, ce n'est pas un visage à tâtons, je cherche la fleur entre ses dents, elle n'y est pas, je ne suis pas sûr que c'est toi, je ne te reconnais pas.

Oh Doogie, tu ne reconnais pas la bête avec qui tu couches, comme bas tu es bête tombé ! Je te déteste. Mais toi l'humain dont je suis le fidèle, sens-tu la solitude qui est la mienne et la Nature qui tord le ventre de mon slip ? Je suis seul et j'ai besoin de la Nature en moi dans le slip de mon sexe.

En tremblant dans l'obscur du noir je demande le câlin en glissant le long du nid des branchages sur la grosse branche qui crique craque. Elle a ouvert sa bouche elle a ouvert ses cuisses. C'est comme d'habitude pour elle, odeur, bisou et baise-moi, mais moi non, dis-moi que c'est différent.

Une lampe de la poche de la lune à travers les feuilles tombe sur elle, je la vois et je sens que ce n'est pas différent : mets-la-moi baise c'est du bisou, elle grimace du nez et ouvre la grosse orange gonflée de c'est son sexe, c'est vas-y.

Doogie, je transpire, j'ai oh comme j'ai envie mais Doogie c'est un singe ça c'est une bête. Elle accroche les grands bras noirs à mon cou et suspend légère ses cuisses sur mon flanc et vas-y rentre. Oh je la vois la bouche ouverte et l'expression faciale, un coup de reins elle tourne détourne la tête, cherche une brindille dans la terre au coude du tronc de l'arbre.

Puis elle me regarde, dans sa bouche, elle a glissé une fleur rouge, et je crois sentir l'eau qui coule. Je déteste la déteste et quelle colère il y a en moi, le poil hérissé, méchanceté je veux lui faire mal avec mon sexe, sors-le de ton slip. J'arrache la fleur de sa bouche, je tambourine ma poitrine et dessous moi elle se recroqueville.

Je lui fais la violence.

Un deux trois, respire, elle est toute petite, comme une brindille de poils, qu'est-ce qu'elle comprend ? Elle me supplie, elle veut la pause, elle tend la rose de sa main dans le noir, elle veut se blottir, elle veut réconcilier, le sexe, la paix et Paradis.

Doogie c'est un animal, qu'est-ce que tu fais ? C'est une voix de femme, où est la civilisation ? Je regarde au-dessus de moi dans le ciel au-dessus du ramage, la lune, je crois qu'elle me voit.

Je vais entrer dans elle, elle me blottit, mais j'entends.

Je te vois.

J'ai vu des yeux dans le noir. Doogie panique, au-dessus, à côté, je cherche et je repousse la Doogette qui a peur.

Alors en dessous de nous sous les branches je vois les deux yeux brillants noirs et ils me regardent.

C'est ton chien, Doogie, réveillé, il t'a vu.

Je ne peux pas, je dis, je tremble et je quitte le nid.

Il t'a vu faire ça.

MÉMOIRES

Je n'arrive pas à dormir, il fait trop c'est chaud et même les draps transpirent.

Doogie, je suis assis dans mon lit de pin blanc et je donne mon œil à la lune à travers les stores de ma chambre.

C'est un soir de nuit, par l'escalier sous ma grande grande porte en chêne, la chaleur sent le whisky, c'est monsieur Gardner qui a bu il boit, il dit n'importe quoi.

La sueur colle les poils de Doogie, oh trop de poils c'est quelle est cette malédiction, Doogie, quand Janet rit : Tu as un pull-over toute l'année. Hin hin combien c'est malin. J'ai les vêtements du pyjama de la civilisation sur le dos, mais j'ai déjà les poils des bêtes sur la peau. Merci Nature, merci pour tout. Haouh pfou... Crac.

J'entends du bruit. Crac. Qu'est-ce que c'est que ce termite dans sous le plancher ? Je me baisse la petite oreille du crâne contre le matelas. Re-crac et cric. Hm. Doogie n'aime pas ça. Je descends du lit avec l'eau qui fait pipi d'entre mes poils, et je colle l'oreille sous le tapis blanc cassé sur le parquet : Craac. Doogie a pris sa lampe de la poche d'aventurier, remonte l'élastique du pyjama avec le rond doré et la croix, je suis descendu dans l'escalier. Janet, je voulais chuchoter mais dans l'obscurité, la grande main muette du singe, on ne la voit pas, même à voix basse. La porte de chez Janet ouverte, la lumière éteinte, Doogie a eu peur.

Je redescends vers le salon, il y a de la poussière, personne ne fait plus le ménage, chez nous.

J'entends le bruit qui fait chut.

Quoi ? Le bruit qui dit : Chut ! On va réveiller Doogie !

Mmh : drôle de bruit qui parle sur le canapé. J'éteins ma lampe et j'entrouvre la porte rouge du grand salon télévision réception.

La lampe est couverte par un tee-shirt blanc et la lumière fait chut, je suis tamisée. Sous la lampe du tee-shirt de Janet, il y a le soutien de sa gorge. Et j'ai vu Janet n'a qu'une culotte, elle est presque nue, Doogie, sur le canapé en cuir noir, sous Michael en slip noir.

Doogie n'a pas bougé.

Et elle pleure, le bras de la droite sur la poitrine, elle cherche un mouchoir dans le kleenex. Michael la serre doucement dans les ce sont ses bras à lui.

Je ne peux pas, elle dit.

Mais pourquoi, Jane ? Michael chuchote.

C'est...

Elle se retourne violemment et je la vois, les cheveux roux défaits, elle me voit. Dans l'obscurité, la porte entrouverte, elle a aperçu mes deux yeux noirs luisants qui ont vu ce que c'est que ça.

Elle tremble et quitte le canapé-lit.

Il fait matin, il fait chaud, il faut y aller.

Doogie après le petit déjeuner des fruits et des fientes de chenille a brossé le poil du chien. Il s'est appuyé sur le bâton aux mille nœuds du bois et en boitant il est descendu vers la plaine des herbes jaunes et la rivière de rives et de vers.

Derrière moi, il n'a pas regardé. Ce sont des singes, Doogie. Et dans le ventre, je ne veux pas de nostalgie des bonobobs du Paradis. Doogie a retrouvé ses mémoires perdues dans la Jungle et sa fidélité il la tient ferme dans sa main.

J'irai au Royaume de la Rnature, je tuerai la Rnimal, et de retour au Zoo je quémanderai le câlin de Janet, elle dira quel bon singe tu fais. Et là sera ton Paradis, Doogie. J'éponge le front de moi à l'aide d'une éponge de feuilles froissées trempées dans l'eau claire. Je regarde l'éponge et je pense à la Doogette.

Puis je crache, je ferme sur mon torse la chemise brune jusqu'au slip XXL sale qui me couvre comme la civilisation, je grogne et j'éloigne Bob et les bobbies qui traînent à quatre pattes inquiets. Je passe derrière le rocher, suis-moi le chien, où je sors de la terre boueuse le baluchon du pistolet de Michael. Je le soupèse et regarde les bobs en ricanant. J'ai la puissance. Bobby fait l'imbécile avec sa branche et la grande Bobette sa mère la femelle court en glapissant, des pousses dans la main.

Animaux.

Je nettoie l'arme de l'humain, les pieds solides dans la boue de l'eau qui coule et glougloute les galets gris. Le chien aboie.

Derrière moi, allongée les yeux ouverts sur les galets de galettes dans l'eau, elle-shee regarde en mordant sa lèvre inférieure, elle ne dit rien les jambes écartées, en agitant l'eau au-dessus de la bouche de son entrecuisse.

Ferme ça, je grommelle.

Est-ce qu'elle sait ? Qu'est-ce qu'elle sent ? Je ne sais plus, je ne sais pas si je l'ai su. C'est une autre animal, chacun son animal, personne n'est l'autre.

Elle ne bouge rien et triste, je crois, elle suit de ses yeux le chimpanzé boiteux et habillé qui s'éloigne d'elle. Si je la regarde, je crois qu'elle m'aime et moi aussi, mais je me dis : oublie. Elle oubliera plus vite que toi.

Je soupire, le chien est devant moi. Au début de la prairie, je ramasse une fleur blanche, je demande à moi-même, j'hésite, je reviens sur mon pas et je lui donne du bout des doigts. Est-ce qu'elle est jolie belle ? C'est une singe allongée, elle aime tant l'eau, elle mord la fleur et gémit, est-ce qu'elle me tend la main ? Elle sourit, je crois qu'elle pleure, je ne vois pas une larme. Je n'en sais rien. Je voudrais qu'elle me dise ou qu'elle m'embrasse. Singe solitaire, j'ai aimé avec toi de ta compagnie le blottis-moi, elle fait dans l'air du vide un bisou. Et ha ha comme si elle chantonne, elle bat des mains dans l'eau, heureuse, Doogette ouvre la bouche et se chatouille. Je vois son sexe ouvert, je t'en prie, ferme ça.

Où sont tes yeux, Doogie, je ferme, je tourne le dos et je vais va-t'en en tremblant. Le chien m'attend.

Derrière me derrière moi, qu'est-ce que j'entends. Un long cri de douleur et de plainte, dans le clapotis de l'eau, qui coule.

Je monte le talus et le cœur me descend.

Quand la brume n'est plus très brume, l'orage devient rage.

Doogie sent l'orage en marchant dans les herbes sèches et dans les herbes vertes, il traîne sa jambe de boite, un deux, bâton, trois cinq, respire et jette l'œil haut dans le ciel. Lorsqu'au sommet du talus du plateau sur la falaise qui s'effrite dans l'eau de la rivière, à ses pieds, je vois j'aperçois le pont de l'humain, qui mène de l'autre côté, direction la sortie. Je bois un peu de l'eau dans le poivron rempli près des galets et j'en donne au dog, maître et aventurier que je suis. La grosse chaleur du silence pèse sur les épaules de la Nature du plateau. Derrière mon cul, j'aperçois les vertes forêts d'arbres et les clairières de Paradis c'était hier. Je vois encore en fronçant le sourcil les bobs et les bobettes qui vaquent, mangent, jouent et baise-moi. Je souris de la grimace d'un tant mieux pour eux, tant pis pour toi.

Regarde mieux, je crois que je vois elle dans la clairière où j'étais allongé comme la mort. Est-ce qu'elle est seule ? Est-ce que c'est elle ? Je ne vois pas très précisément de loin dans la chaleur. C'est une doogette comme les autres, allongée et qui tire les bras vers l'arrière.

Est-ce qu'elle-shee te regrette ?

Un bob a sauté d'un arbre assez tronc et il est venu sur elle. Il lui fait la pénétration, Doogie voit les baise-moi je te baise, il aime elle aime ça.

Oh, pauvre Doogie, déjà, elle ne se souvient pas. Toi, je pense, tant qu'on ne t'enlèvera pas la cervelle du crâne d'elle tu te souviendras.

Comme injuste est le souviens-toi.

Puis la baise-moi est finie, une bobette passe et c'est recommence. Roule la roue où il n'y a pas de temps des minutes des heures qui tombent pour toujours. Je regarde autour de la Doogette la clairière autour de la clairière la forêt, autour de la forêt sur le plateau la rivière et la Jungle et la terre et le ciel les étoiles, les humains des stations orbitales.

Petite bonobob elle ne sait pas. Paradis, tu existes et comme tu es petit.

Le baluchon à l'épaule de mon dos en m'appuyant sur le bâton en pente douce puis à pic en grimpant je descends avec le chien jusqu'au pont dans le brouillard. Et pardonne-moi, quand je la revois c'est dans les mémoires où je suis resté comme un singe avec elle pour toute la vie.

Poids sur le pont, je mets pied après pied sur les planches qui grincent.

Du doigt je frotte le sable et la poussière sur la rampe et je frissonne lorsque je reconnais l'eau blanche sous Doogie. Du pied je nettoie une planche sale et je vois le rond doré gravé de la croix.

Doogie, je pense, le Zoo avait un pont dans la Jungle et je ne le savais pas. Entre civilisation et Nature il y a eu quelque chose jadis qui te fait froid dans le dos, pauvre singe au cerveau dans le petit crâne, tu sens que ça t'échappe.

Dans le ciel gris comme du marbre avec des lézards, une ombre oiseau plane et tu poses la main sur le dos du chien haletant qui cahin-caha va à ton côté.

C'est, je murmure, Mille couleurs.

Il caquette : En avant, en avant ! Et je suis de tous

mes yeux le Mille couleurs qui dit dans l'air : Trouver la Rnature !

Trouver la Rnimal.

Oui. Je murmure pour moi-même avec la grande main. Et en fronçant le repli de peau dessus mes yeux j'ai remarqué que Mille couleurs n'était plus qu'une couleur : il était gris c'est gris.

J'ai cherché dans mes mémoires, en traversant le pont, et j'ai oublié. Mon sexe m'appelait sous mon grand slip. J'ai touché la main tendue de ma sexualité et j'ai soupiré : non.

Comme j'avais mal au ventre de ma fidélité, mais j'ai entamé ma très longue randonnée, le pistolet sur l'épaule, pour en finir avec la Rnimal de la mort tueur du Michael et revenir au Zoo.

En dedans, la vengeance de la haine gonflait Doogie comme un ballon, l'estomac cassé en deux par le sexe qui veut, la fidélité qui ne veut pas. Et au chien je disais : Un Mille couleurs d'une seule couleur, qu'est-ce que tu crois de ça ?

Joyeux, il aboie.

Mmh, je pense. Je pense que je crois qu'il y a des mystères de Nature et civilisation qu'on cache à ta sagacité. Hin hin haouh, Doogie va vous étonner, il découvrira tous les secrets, il tuera tous les tueurs et Janet, oh Janet dira : Doogie, quel incroyable monkey.

Alors j'aurai droit à son câlin.

Et en donnant un coup de poing sur la main de mon sexe pour rentre chez toi, j'ai dit, je remonte mon slip en marchant. Vous allez ce que vous allez voir, pas vrai le chien ?

Ouah.

PONGO

— Souvenirs : robe rouge, banqueroute du zoo et visite d'un administrateur, — La montre et le vieil orang-outan, — Le plan

MÉMOIRES

Quand on reçoit un administrateur, Doogie, on met tu enfiles une très belle robe et on est extrêmement jolie comme une princesse. Pourquoi l'administrateur de la robe ? je demande.

Doogie ne fais pas l'idiot, c'est la science des séductions. Janet dans sa chambre devant le miroir a posé sur elle-même la robe rouge qui fait les seins et comme si la main invisible lui tient la taille. Doogie est assis en chemise pas une tache tes souliers sont vernis sur le lit, il regarde Janet ajuste ses boucles d'oreilles, un collier, trois bracelets. Elle te voit dans le miroir, bouche ouverte, pauvre monkey, dans mon dos, dis-moi, est-ce que je suis jolie ?

Oh Doogie ne dira pas le mensonge, mais Doogie n'est pas très beau, est-ce qu'il a le droit de dire la jolie Janet, je crois que si je la regarde, je la salis.

Doogie, regarde-moi, est-ce que je suis belle ?

Et à la lumière du soir, le cœur de Doogie fait mal

à sa poitrine. Car je sens la sueur, le poil et les pauvres cheveux de mon crâne. Houh, Janet veut que Doogie le dise, Doogie le dit, mais Doogie est encore plus petit quand Janet est grande. Oh Doogie aime la joliesse de Janet mais plus éloignée la beauté de Janet moins proche de toi ton amie. Doogie lève les yeux, à côté de la beauté rouge, de la gorge et des cheveux roux en cascade, boucles des oreilles comme des larmes de cristal, Doogie n'est qu'une bête noire de boules de poils en chemise. Qui dira Doogie tu es joli ? Personne jamais.

Mais Janet, je dis pour lui faire plaisir, tu es si belle ce soir comme. Et je ne trouve pas le comme de sa beauté.

Oh Doogie, elle ramasse la trousse de sa beauté des secrets du maquillage et tend les frous-frous rouges c'est carmin du ne pas froisser quand tu t'assois. Janet est heureuse, elle n'est pas contente tous les jours, vous savez, il faut que Doogie montre aussi combien de sa beauté du jour de fête il est content.

Je montre les dents mais pas trop en souriant comme fait l'humain mais en moi j'ai l'angoisse.

Doogie, quand tu vois une princesse comme moi, est-ce que ce n'est pas le Paradis ? Le Paradis, demande Doogie, qu'est-ce que c'est qui ? Et je retiens la respiration des poumons car trop beau est son parfum.

Elle éclate son rire en deux. Oh Doogie, je ne t'ai pas appris ?

Non, Doogie remue la tête. Il faut descendre, crie Michael dans l'escalier. Janet tient mon menton entre deux doigts et je donne à l'œil chaque perle de son cou pour ne pas regarde les seins. Elle dit : Tu sais, il y a des hommes tout là-haut, dans les étoiles...

Ils sont partis d'ici, ils ont laissé la Nature tout autour de nous. Ils vivent, elle reprend sa respiration. Ils vivent toujours comme des princes et des princesses, ils sont très riches, dans des stations orbitales. De la main de sa bague, elle montre la fleur rouge de sa robe et : Ils sont habillés comme aujourd'hui tous les jours, ils sont toujours contents. Et son regard clignote : Moi, regarde mes mains, je suis condamnée à rester avec papa ici, qu'est-ce que je sais ? Je fais le jardin et je m'abîme les mains. Il n'y a jamais de fête jamais rien de gai, c'est un trou.

Janet regarde l'étoile des étoiles par la fenêtre. Le Paradis, pour moi, c'est là-bas. J'aimerais tant rencontrer des gens, parler, voir des artistes, des chanteurs, des stars.

Et puis elle rit et pose son index sur mon sale nez. Que belle star tu es, Janet. J'espère bien. Mais pour ceux de là-haut, je suis sûre que le Paradis c'est ici, sur Terre. Ils ont des serres, des végétaux, mais ils rêvent de la Nature, de la forêt, des rivières et de la mer, n'est-ce pas Doogie ? Pour eux, là-haut, le Paradis c'est ici. Et je dis oui.

Tiens-toi droit et attention du pli de ton pantalon. Elle se lève et pschitt un peu de parfum sur l'odeur de son cou, puis elle attrape un gilet, brrr, il fait froid dans la véranda. Tu sais, l'administrateur qui vient ce soir arrive des étoiles, il paraît que là bas il connaît des stars, il vient parler avec papa et moi. Un administrateur, c'est l'argent, Doogie. Elle claque des doigts et ses yeux aux longs cils comme des ongles se ferment. Et de l'argent, pas vrai, on n'en a plus. Pas d'argent, plus de Paradis, hein, elle soupire, et le gilet sur les épaules, elle éteint la lumière, bientôt tout ça est fini peut-être, petit monkey.

Dans le noir Janet en rouge et grande se penche vers Doogie, avant de descendre l'escalier, elle me serre fort et je crois que je vais tomber. Elle chuchote : Mais nous on sait bien que le Paradis c'est quand on est ensemble, tous les deux, pas vrai, et elle dit : Mon petit frère singe.

Donne-moi la main et remonte ta ceinture, il nous faut faire bonne impression.

DE LA JUNGLE

Un jour Doogie et son chien parvint à la source de la rivière.

En la compagnie du plus fidèle des fidèles Doogie a monté les monts et marché les marches du filet d'eau blanche qui cascade qui coule entre les rochers entre les arbres. Les jours des minutes il n'a pas comptés.

Je fais houh pour avoir du courage, la chemise ouverte et quand je ne suis pas las d'être fatigué, à la nuit, je lave mon slip XXL et je laisse le dog faire le guet quand je fais mon somme. Lorsqu'il y a trop de chaud, en plein après-midi, et que le glouglou de l'eau ne fraîchit pas le chemin à découvert, je m'assois à l'ombre des mille arbres verts et je laisse le dog faire son propre sommeil, je veille sur lui en ramassant les fruits du repas. Ainsi comme l'eau vient on va.

Après les cascades, l'eau évaporée, en grimpant les roches et les terres molles Doogie est parvenu en pleine forêt à un endroit de petit bruit qui frémit où l'eau de la rivière est comme le bébé qui sort du ventre du sol. Voilà, ici, c'est rivière fini. Il fait bon,

Doogie se force à parler à lui-même pour ne pas perdre ce qui reste du langage dans mes mains. Je fais le tour du lieu des rochers gris, des arbres abattus par la tempête et des pipis d'eau qui du sommet du mont dégoulinent en chantant leur chanson. Est-ce que c'est le cul du sac ? Reste ici, le chien, je vais voir au sommet du très grand rocher blanc gris.

Doogie, grogne et boite de la jambe qui traîne.

Lorsque je découvre celui qui me regarde d'en haut, accroupi à la tête du rocher. C'est haut, il y a quelqu'un ici, il me voit.

Et je reconnais Pongo.

Pongo Pong ! je crie, est-ce que tu ne me reconnais pas ? Pongo Pong est un singe roux qui a fait la classe supérieure du Zoo, très habile de ses mains, Pongo est un technicien, il a toujours eu la science des outils que Doogie casse. Longs les poils roux de Pongo, un goitre et une gueule vers l'avant, il a un gros bide, le Pongo.

Comment ça qu'est-ce que tu fais ici ? Vous êtes tous sortis du Zoo ? Mais Pongo le vieux sage au gros bidon tout roux a l'œil dans le vide. Pff, je me dis, comme tous les autres, il a régressé. C'est un bête animal et la Nature sort du Zoo. Comme Lion King ou Jack, c'est terminé pour eux. Je ramasse une ou deux bananes pour lui faire cadeau et je veux repartir, mais vers où, je fronce le sourcil. Je cherche la Rnimal du Royaume de la Rnature et Mille couleurs tout gris depuis des jours ne donne plus le chemin à Doogie.

Je renifle : Pongo Pong le sage, je questionne, toi qui poses ton cul sur le cul du sac des sources, saurais-tu dans quelle direction aller ? Tu connais la Rnature. À l'étonnement maximum de Doogie, Pong l'orang dégoûtant orange du poil s'est levé, il a avancé, un bras, deux bras et de sous son poil de pelage, il a sorti un quelque chose sur quoi il a serré le poing. Il m'a tapé sur le dos, vieux copain.

En rugissant, vieux solitaire comme il est, il a désigné à Doogie derrière lui la vallée qui faisait le serpent, vert et jaune et vert. Oui, j'ai dit, et il a hou-hou, j'ai vu un lac qui miroitait le ciel loin au loin.

Hou, il a fait.

Là-bas ?

Il n'a rien dit, il était intolérant à ma présence, le vieux sage, il grognait et il a ouvert son poing en se détachant de moi.

Sur le point de partir, j'ai regardé.

Quoi ? ont fait mes yeux : dedans son poing, comme réparée, sale mais qui laissait tomber les heures, il y avait le cadran de ma montre, prête pour mon poignet, récupérée.

Il me l'a donnée, je l'ai prise et Pongo le vieux Pong des sources s'en est retourné.

MÉMOIRES

Doogie regarde sa montre, l'Administrateur est parti, Papa Gardner l'accompagne déjà sur la piste d'atterrissage du Charles Bigleux pour les étoiles, il fait encore nuit.

Il fait frais, Doogie profite n'est pas au lit, tout seul dans la grande véranda, car c'est jour de fête. Mais la fête n'a même pas mange le dessert et Doogie a dû faire l'idiot de la civilisation devant monsieur l'Administrateur, qui n'a pas serré sa main de politesse, quand il m'a regardé j'ai vu qu'il a pensé derrière son costume : bête. Et Doogie a été bête. Est-ce que Janet n'est pas contente, adieu la robe rouge du jour de fête, les cheveux défaits, elle s'est enfermée avec Michael dans le bureau et Doogie attend les résultats en tremblotant. À travers le verre de la verrière, je regarde les étoiles des stars du Paradis de Janet.

Elle est sortie en pull c'est over, finie la robe rouge, Michael est monté en se raclant la gorge, il n'avait pas l'air d'accord d'accord. Oh, Doogie n'aime pas ça.

Janet s'assied à côté de toi sous la véranda, personne n'a nettoyé la grande table de la nappe que Doogie a déchirée de colère.

Doogie, monkey, Janet a dit. Cela commence bien. Elle a pris la grande main de moi et je ne pouvais plus parler. J'ai écouté, autour de moi, j'étais en sueur sous la chemise les moustiques ont tourné.

J'ai un, nous avons un Plan, Doogie, écoute-moi attentivement. Tu veux sauver le Zoo, je n'ai rien dit, tu veux que Janet soit heureuse, de la tête j'ai fait signe du oui.

Il nous faut des fonds, de l'argent. Ils ont coupé toutes nos ressources et Papa Daddy est en danger. Tout sera fini tu sais, les gens de là-haut, oui, ceux du Paradis, c'est l'argent, ils ne comprennent pas... Ils ne comprennent pas ce que tu es, l'importance de ce que nous avons fait, tu sais, toi, les expériences. C'est toi. Il faut qu'ils voient et il faut qu'ils paient.

Je n'ai rien de rien dit.

Quand Janet reprend sa respiration, rousse et belle comme elle est, c'est que ce qu'elle va dire à Doogie ne va pas le rendre heureux.

Voilà, voilà le Plan. Il faut. Tu vas aller dans les étoiles. Tu vas partir là-haut. Tu vas faire une tournée, tu vas montrer quel miracle tu es, monsieur Doogie, un authentique singe éduqué, fidèle à l'humain.

Tu prendras le Charles Bigleux et tu voleras vers le ciel, c'est son Paradis, tu sais, j'ai toujours rêvé d'aller rencontrer les stars... Tu rendras Janet fière et on nous donnera l'argent. Alors on sera ensemble.

Ça y est, Doogie s'en est douté. Les larmes de Janet ont pleuré, Doogie a voulu retirer sa main pour parler mais elle la serrait.

C'est le Plan, Doogie. Et elle a souri sous minuit comme si je ne voyais pas la piscine des taches de sa rousseur : oh j'aimerais tellement venir avec toi, Doogie.

Et j'ai compris ce que le Plan était.

Plus de Janet pour Doogie.

MILLE COULEURS

— Le perroquet donne la voie, il est devenu gris, — Un cri pour attirer les bêtes sauvages

DE LA JUNGLE

Au revoir le Pongo, Doogie descend vers la vallée du lac avec le chien lorsque Mille couleurs le gris du ciel les rejoint.

Salut, grogne Doogie. Drôle de Mille couleurs qui n'a plus qu'une couleur, il est tout gris.

La Rnimal ! La Rnature ! dit Doogie, toujours tu vas répéter les mêmes mots. Ferme ta gueule de l'ouvrir. Je regarde le lac qui approche et je sens partout monter quelque chose qui vient à ma Nature. Je ne sais mais sens. OK, je ferme l'œil.

Alors je pose le baluchon en boitant, à l'ombre en prenant la garde aux serpents qui rôdent, je me pose à quatre pattes, chemise ouverte, et j'hume du reniflage, singe je suis, singe je serai.

Le chien m'attend assis et Mille couleurs qui n'est que gris a fermé sa gueule sur une branche. Compagnons, je dis avec la grande main, en découvrant les dents, et je le sens, je l'entends, c'est le moment. J'ai voici mon plan.

Hi hou hi, je ris avec mon dépit, ils ne comprennent que rien mais moi j'ai compris. Je serre d'un cran la montre à la fidélité de mon poignet, Janet une dernière fois je pense à toi, je respire et je me souviens le Paradis qu'était pour moi le bonheur et la véranda.

Puis je prends le courage entre les deux poings, j'écoute les feuilles autour de moi, je tambourine une deux fois ma poitrine et je libère le bruit, je crie, je libère salement le monkey que je suis.

Monkey !

Pauvre monkey, moi aussi j'ai le Plan et le peu de l'humain qu'il y a dedans moi alors s'autodétruit.

Au creux du fond de la Jungle pauvre, épaisse et nulle, Doogie fait le singe en arrachant sa chemise, il s'entraîne. Doogie voit qu'il inquiète ses fidèles compagnons, le Mille couleurs tout gris et le chien plus que Fidèle. Ils te donnent bizarrement leurs yeux comme si tu faisais le monkey qui n'est pas.

Calme et tranquillité, compagnons, je grogne. C'est le Plan. Hou hou. Vous est-ce que vous entendez ? Alors tout autour de nous, le chien dog terrier lève une oreille et entend des froutch, des crissements bientôt, des cris. Ce sont les animaux.

Houh hou, je fais, n'ayez pas d'effroi. Le Maître est là, maître et dominateur que je suis. Je suis le Plan.

Comme peur et peu de sécurité au-dedans de moi-même j'ai. Est-ce que Janet quand elle rassurait le Doogie avait en elle-même aussi peu de paix qui rassure ? Je respire et je jette la chemise. Singe. De la chemise, je noue un gros baluchon pour le pistolet de Michael de l'humain. Ce n'est pas trop lourd, et je me baisse, à genoux, je câline le chien, je mets dans sa gueule le baluchon. Les cris sont toujours plus cris dans la forêt pourrie.

Chien, je sais ta fidélité. Je te confie le trésor de l'humain entre les mains de tes dents. Ne le lâche jamais, ne le donne à personne. Reste loin. Vague. Va avec le Mille couleurs gris. Tu as compris, Mille couleurs gris.

Car le Mille couleurs gris a la clé du chemin qui mène où nous allons tous.

Compris.

Et, regarde-moi chien, regarde mes yeux, n'écoute pas le bruit des ennemis, le jour où je sifflerai, loin peut-être loin d'ici, tu m'auras suivi, loin. Le jour où je siffle, tu viens. Je souris.

Et tu m'apportes ça. J'essaie de tirer entre ses dents le petit tas avec l'arme. Il grogne, il ne lâche pas, c'est bien. C'est bien le chien. Tu m'apporteras la puissance de l'humain quand j'en aurai besoin.

Les cris comme le cimetière de moi-même marquent des croix tout autour de nous. On tient le siège et je me lève. Il fait brume, il fait glauque.

Maintenant, pscht, allez-vous-en. Laissez le Maître régler ses affaires. C'est au revoir. Envole toi Mille couleurs.

Et en caquetant il vole vers le ciel.

Chien, va-t'en.

Mais le chien dog fait un pas et il reste. Le baluchon avec l'arme dans la gueule, il regarde moi, il ne veut pas abandonne-moi. Je gémis et j'ouvre les dents, va-t'en.

Un pas et il reste là, les yeux vers moi. Hmm hou, je saute à pieds joints, je déracine un arbuste, chien casse-toi, méchant, je suis méchant, je laisse sortir toute la colère de la Nature de moi. Et roulent les rochers, je vais te taper tuer. Houh !

Deux pas, il a peur, il regarde moi. Il faut qu'il parte à quatre pattes.

Hiaaaaaaaaaaaaaaah, et je frappe poitrine et j'halète, j'hurle. J'avance, il s'en va.

Ha houh. Seul que je suis, je casse du bois et j'attends plein de haine les ennemis les animaux les mauvais.

Mauvais comme moi-même, sale saleté de monkey.

Prêt à tabasser, j'attends de voir la gueule de leurs cris.

CHIMPS

— Des chimpanzés sauvages, — Une lutte violente, — Perte définitive de la montre et du temps, — Souvenirs d'un départ vers les étoiles, — Dernières images de Janet, — Esclave des singes « renaturés », — Arrivée…

DE LA JUNGLE

Quelle sale gueule qu'ils ont ! Doogie tu perds ton langage.

Un deux et trois et qu'est-ce que j'en sais de chimpanzés sortent des fourrés à quatre pattes, en grande très grande colère. C'est du ih ih ih ih et du hou hou et ah ih hin hin, tape ton torse et montre la saleté de ta gueule. Lui il lève la tête et montre ses dents dedans, je pète tes dents, je fais à sa gueule en me levant. Pas la peur de toi, j'ai pas. Lui, il frôle, il rôde, il tourne, qu'est-ce que tu veux ? Pas la peur ! Il agresse, la moue et le nez frémit. L'autre, il traîne une branche, il la lâche, il la ramasse.

Sur moi-même je fais le tour et je les regarde. Un connard deux connards trois singes. Des chimpanzés grands et forts comme moi, je suis grand plus qu'eux, je suis fort plus que les faibles.

Relâche la Nature, Doogie, c'est la gueule des connards qu'elle a. Hi hi hin, qui c'est lui ? Il s'avance, il renifle, tu pues de toi-même. Il recule, l'autre se lève, il jauge, il tend le bras, il rétracte, comme un connard de con que tu es.

Hin, vas-y viens, Doogie dans ta gueule.

Mais c'est par le derrière du côté que le premier a attaqué, paf, et han, j'ai mal. J'ai pas mal je te fais pas mal. Doogie tabasse le vide. Et hou, castagne ta gueule qui commence.

C'est hou hou je cours, je tape un l'autre tape moi. Hou, mords-le, connard. Et tabasse ta castagne.

Hin hin, le sang. Doogie saigne et il boite. Il y a un qui saute et craque, il mord ta jambe. Il y a l'autre qui connard, il tourne et tourne le poing, dans le dans ton ventre. Houmpf, où est le souffle ?

Je grogne, aveugle, mal à l'œil, lui il a agrippé par-derrière et mis Doogie les deux doigts dedans. Je remue les bras, là, j'attrape, là, j'attrape le premier que j'attrape je défonce je prends les couilles de ta queue j'éclate. J'éclate. Hi hi hi, le connard rampe à terre, il court vers les arbres, un bout de ses couilles je l'ai dans la bouche, crache le sang c'est le tien c'est le mien. Viens te battre. Je boitille mais je bats. Il y a un et il y a un et il y a encore un. Doogie en slip ferme et ouvre le poing dans la face du con, et tabasse, accroche, décroche, doigt dans le nez doigt dans la bouche, oh crac, et casse ta bouche, défonce les dentitions du connard. L'autre par-derrière tourne la couille du Doogie à travers le slip mais le slip protège Doogie comme l'humain et coup de pied, je te tabasse ta merde je déchire ton cul, viens viens.

Un chimpanzé de connard comme moi court, et recule, l'autre attaque montre les dents, dans ta gueule, et il recule, et il recule.

Alors Doogie en sang, une et deux et dents en

moins, le slip rouge et la jambe boite, l'épaule déboîte, je me lève sur le rocher, je tabasse mon propre torse, j'impressionne et je domine, je hi et je hou. Je hou hou. Est-ce que c'est victoire ? À quatre pattes comme des crapauds reculent les enculés.

Mais je sens. Quand je tourne moi, derrière un singe plus grand et plus grand, c'est un gorilla noir et argent, un monstre, il serre mon bras, il craque, aïe, hin hin, craque le bras de Doogie, contre le rocher, et j'ai le temps de voir la montre des heures qui se casse mille et mille morceaux à mon poignet, fini le cadran. Je n'ai plus de fidélité au poignet.

Puis je lève l'œil.

Et paf dans ta gueule, une dent qui rentre dans la lèvre de Doogie, pour toi c'est fini, défoncé que je suis.

Qui c'est connard ? C'est moi la défaite.

Fin de la fête c'est fait.

MÉMOIRES

L'au revoir est noir, bye-bye, Janet sombre a lâché la main de Doogie au milieu de la piste d'atterrissage grise, c'est le matin. La dernière des fois que j'ai vu Janet, elle avait la queue du cheval dans les cheveux rousse comme elle est toujours, en chemise si blanche dont les épaules étaient gonflées, souffle le vent. Elle avait une jupe que jamais elle n'a, plissée, bleue et bleue et bleue. Et elle a fait adieu, c'est au revoir Doogie, tu n'as rien oublié ? Comme Doogie était petit au pied des escaliers de fer du grand Charles Bigleux l'avion de l'espace qui fumait. Et soudain

Doogie a eu la panique : Janet, j'ai pensé, où est-elle ?

Derrière toi, elle fait bye.

J'ai couru en lâchant la main de Michael, il n'a même pas fait un bisou à Janet, lui. Est-ce qu'il est fâché ? J'ai couru et comme un pauvre singe de rien dans ses bras, je n'ai pas voulu me séparer. Doogie, tu es grand maintenant. Non, non, non. Je voulais juste la caresse à tout jamais et rester le singe de Janet qui n'est rien mais avec elle. Et en montrant les dents salement je me sens agrippé à la jupe, à la chemise.

Doogie, a supplié Janet en reculant.

Doogie ! Cela suffit.

Je ne voulais pas, Janet, tu sais que je ne voulais pas. Et je demandais avec mon petit bras en haletant. Garde-moi, ne m'explique pas, mais garde-moi.

Oh monkey, elle a chuchoté dit. Tu ne comprendras pas. Et Janet a pleuré, Doogie aussi. Elle a pris mon poignet et elle a répété : Doogie, la montre qu'on vient de te donner, c'est ma montre, tu sais, regarde-la, tu comprends, c'est une montre qui veille et qui protège, tu ne t'en sépares jamais, jamais. Ne la casse pas.

Doogie, je suis fière de toi, regarde-la comme si elle te voit, c'est un peu moi, les heures tombent du cadran comme je t'ai appris et je penserai à toi, petit singe, je serai là. Quand tu es triste, regarde ta montre et compte les heures, je.

Ne perds jamais ta montre, compte le temps qui reste, sois fidèle à l'humain et pense à moi.

Janet. Michael a arrêté la bouche de Janet. Il m'a vu et dans ses yeux. Oh, Doogie... Janet. Et j'ai entendu. Pauvre Doogie, pauvre monkey, puis je n'ai rien entendu. Est-ce que j'ai lâché Janet? Doogie, est-ce que tu as lâché Janet?

Je crois que dans mon dos une seringue était en pleine piqûre.

Et comme les heures du cadran de ses bras à tout jamais je suis tombé, parti.

DE LA JUNGLE

Hi hi, hou et bouge.

On me marche je ne sais pas où, j'ai beaucoup d'effroi, une seule solitude et un et deux et combien de chimpanzés qui me marchent comme des bœufs, ils me poussent, ils me passent. Je traîne, boite et supplie : Laissez-moi, je me sens mal, je veux boire et le repos. Ils me font hou ho ho, on ne parle pas avec le bestiau.

Je veux stop, ma jambe ne répond plus quand je dis marche et je suis défiguré, la souffrance qui heurte toute la face de mon sang. Stop de stop, et quand je tombe, il tape, je me relève, c'est le gorilla. Il est noir, il souffle, il est calme et quand il ouvre les dents en me regardant, je marche, je vais à gauche du dessus de la droite du dessous de la Jungle sans fleuve ni clairière et de temps en temps souvent des oiseaux branches et branches. Tête bleue, longue queue, dos chocolat, ventre blanc, oreilles brunes, couronnes d'or : mille oiseaux sur les branches et sous les feuilles. Pas un chemin, froisse et jamais le silence, cris de singe, quand je gémis, on tabasse ta gueule : je traîne moi-même jusqu'à la fin.

Doogie, je gémis, prisonnier que tu es.

Et il me semble que même les oiseaux rient, et bouge, le gorilla grogne en s'accrochant aux lianes, les chimps font comme les fourmis autour de moi et piquent et mordent et prends dans ta gueule.

Tombe, saigne et relève et marche, jusqu'à tombe, Doogie.

Long le chemin, petits les pieds, longue la douleur de la souffrance.

Je ne sentais plus le moi-même. Pauvre Doogie pauvre qui ? Comme esclave de la Nature tu traînes les pattes en slip dans une forêt étrangère de plus en plus hostile, sombre et morte c'est laid.

Comme méchants sont les autres chimpanzés, ils ne donnent pas de tu manges, ils vont et viennent, comme le chaos et ils me traînent. Doogie... Je ne sens plus rien de quoi. La forêt marron s'est dégradée et des grands trous la transpercent, des grands arbres planent encore en l'air, au sol la vierge a été comme déforestée, des petits palmiers chauds et mous, des herbes qui coupent les pieds et la saleté.

C'est la forêt que l'humain a abandonnée.

Humain... Je lance l'œil qui me reste dans le ciel de mes étoiles, et alors pour la première fois je sens que rien n'a d'œil sur moi. Et Doogie comme tu es seul, marche et marche et marche. Un monkey tc mord, un monkey saute et halète, l'autre tambourine sur un tronc, nous avançons.

Il semble ici que l'humain a déserté et la Nature est revenue. Le sol descend, la vallée monte et descend, je comprends.

Ici, je dis à moi-même, est le Royaume de la Rnature.

Ils grimacent, les chimps qui marchent et courent autour du seul Doogie, et un des chimps a deux doigts en moins et un moignon, c'est moi qui ai mordu la main du connard. Je le regarde de défi et je lève les babines en boitant, comme un esclave, je montre les dents. Hi hin. Il rentre dedans moi, bastonne le dos, casse l'épaule contre le rocher sous les troncs et il tabasse. Je fais le hoquet, le gorilla solitaire, balance une main, deux mains, je vole vers le sol et lève la tête, un des yeux de moi dans le sang, relève-toi.

Mmh. Marche le gorilla et Doogie se traîne derrière lui.

Du seul œil que j'ai ouvert, en gémissant, je vois la Rnature tout autour, des arbustes qui poussent sans ordre ni débat ni fin dans des clairières grandes et anciennes comme des salles à manger d'humains.

J'hume en reniflant le sang de moi le sang de toi. Hmm. Je connais ça : qu'est-ce qu'où c'est ?

MÉMOIRES

Et le gros Charles Bigleux, le vaisseau spatial des étoiles en forme de la tortue des mers, s'est élevé en voguant sur la fumée blanche et blanche le nuage, tout l'air serre fort les bras, les jambes et le crâne du Doogie. J'ouvre half un œil endormi : où je suis ?

Prisonnier est le bon Doogie attaché aux mains, aux pieds, sur un fauteuil violet, à travers le hublot rond et mal lavé, endormi en dormant, je sais que la Terre s'en va de sous mes pieds mais c'est mes pieds qui s'en iront et la Terre sera toujours là quand moi je ne serai pas.

Et la Terre fait le ballon, petite balle, progressivement, où est Janet dans la balle petite comme la main de Doogie ? Tu deviens un géant mais maintenant, seul sans elle, tu es néant.

C'est ainsi que je suis devenu pour les étoiles monsieur Doogie qui vous savez et Janet jamais elle n'a plus été pour lui autre chose que des mémoires.

J'ai déposé les deux yeux sur ma montre, comme pauvre j'ai été, et j'ai hésité, et je lui ai parlé, j'ai raconté mon vol de voyage et ce que dans mon cœur il y avait.

Doogie, Janet, atomes, molécules, éloignés loin, rapprochés quand j'y pensais, mais ce n'est que du passé.

DE LA JUNGLE

La faim n'a pas de fin, Doogie, et la bouche n'a pas de bout.

Tu dors tu bouffes, mais lorsque les chimpanzés stoppent le chemin, d'autres chimpanzés nus descendent des maigres arbres de la forêt qui a repoussé de la Rnature et marchent ils marchent. Doogie jamais ne s'arrête, Doogie se nourrit quand il arrache des mauvaises baies d'une main, des feuilles ou une chenille, l'autre bras de la grande main est bloqué, cassé et la jambe traîne. Doogie ne sent pas la moitié du visage de la gauche de sa gueule et sous les pious niais des oiseaux par mille, comme un nuage, il avance vers où c'est la fin ?

Combien de jours combien de nuits, le Doogie prisonnier a accompagné les frères chimpanzés qui me battaient, qui parfois ils riaient comme des bêtes et le gorilla disparaissait, le gorilla revenait, dans la Jungle sans ici ni là-bas la troupe des animaux s'en allait sans direction, Doogie. Mais si je veux partir, je n'ai pas la force, ils tapent le moi, je ne suis qu'un monkey comme eux, et je sautille en m'appuyant contre les troncs, il ne reste qu'une minuscule voix dans mon oreille à moitié mordue qui dit :

La Rnimal, Doogie, juste n'oublie pas ça de cela, retiens-le. Et quand tu le verras, tue, puis c'est tout.

La voix parle, Doogie se tait.

Pourquoi la parlote ? Juste sois singe et c'est stop les mots.

De temps à autre le mot revient un par un.

Combien Doogie a traversé de montres sans compter de jours sans dire de je sans penser. Sais pas, sens pas grand-chose.

Colonne de chimpanzés monte et grimpe, descend, va, court et mange, dort la nuit dans les nids. Bagarre, alliances et castagne la tête de Doogie. Doogie suit. Des bandes. Un, trois, dix, cinq, stop. Le compte fini, singe continue. Il fait nuit, il fait nu. Forêt de la Rnature sale, cailloux, lacs, savane d'à ma gauche, Jungle d'à ma droite, c'est droite c'est gauche bâtard mélange pose ton pied.

Et le mot je l'ai retrouvé. Je regardais, je regardais pas.

Je touche du pied le rocher, je marche dessus, je vois le c'est un rond c'est une croix.

Je lève l'œil, l'autre ferme.

Et je dis : non.

ZOO

— Désespoir et mort du passé, — La belle maison de jadis est aujourd'hui en ruine, — Les animaux renaturés encerclent le singe fidèle à l'humanité, — Il se dépouille de la dernière de ses pudeurs, — Souvenirs des étoiles et du retour à la Terre

DE LA JUNGLE

Doogie se traîne entre trois chimpanzés et les arbres sont tombés. Il reste un chemin d'herbes mauvaises, la chaleur, des graviers et je vois ce que je vois ça. C'est du fer c'est une grille de rouille, et des briques c'est les briques d'un mur de muret.

Je vois le fer c'est le fer des barreaux et la main de l'humain, morte. Je vois les ruines et sur les sous les ruines, une colline.

La colline jaune et grise, au sommet, je vois un tas noir de murs détruits, des cendres et le ciel puis c'est rien.

Je stop mon arrêt. À ma main d'un côté, la main de mon autre côté, c'est il y a dix et mille et cent même chimpanzés, grognent et crient, ce sont des animaux, j'aperçois l'éléphant et partout dans le milieu, les singes, les singes.

Et mes pieds, je vois dessous les pieds gris cassés par le sang une grande feuille d'acier, dessus il y a c'est un mot qui me revient, sous le rond doré gravé de la croix c'est écrit Zoo tu es parvenu, Doogie.

Zoo, ma destination.

Aujourd'hui, c'est chaos. Poussent me traînent un gorilla, des macacas, chimpanzés, babouins, en colère, mal élevés, ni civilisation ni Nature, ils grognent et c'est la castagne casse ta gueule. Ils règnent sur la ruine, hélas. C'est mort à l'ancienne civilisation, ici, c'est retour de Nature te revoilà.

C'est ça la Rnature. Et je vois du seul œil que j'ai la ruine du voyage de moi, la fin de l'effort de tout et le pire que la mort. Je pense : Janet ! et je ne la vois pas. Tu es morte ou tu m'as abandonné. Et je vois ruine là où finissent les mémoires de c'était ton enfance, ton adolescence, pauvre petit singe de moi.

Crient les cris ! Destruction et nourriture au sol, Doogie on ramasse ce qu'on mange, iiirk ! iiirk ! Tout mélangé, et Doogie marche au milieu de la Rnature quel royaume de la mort de tout et de l'humain c'était.

Aaaaaaah ! Saute l'animal ! Victoire sur l'humain ! Et mort le Zoo.

Doogie regarde la maison qui fut sur la colline, il fait l'effort du souviens, à peine rien ne vient.

Il voit une petite fille en chemise blanche, des grands escaliers, il voit des cages, des enfants, il voit du langage de mots sur un tableau, une chambre, un lit en pin, il voit la porte de l'odeur de la cuisine, de la fumée et des ruines noires et puis néant. Un babouin devant lui, deux, trois, qui provoquent, grimacent, des crottes, et une vieille panthère qui erre entre les pierres écrabouillées.

Il essaie, il ne voit rien. Rien.

Il voit la Nature revenue qui n'y arrive pas. Des

animaux qui ont faim, tournent en rond sur les ruines du béton, et des cris, du mouvement.

Doogie sent l'agression et ceux qui s'agglutinent autour de lui. Il cligne l'œil et ça le bouscule.

Houh !

Tu es fini, Doogie, voilà ta seule compagnie, le rêve de ta maison, c'est ici.

MÉMOIRES

Charles Bigleux la fusée a dit au revoir à planète la Terre dans le noir c'est noir, et la Terre n'a rien dit. Lorsque quand se réveille le Doogie, il est parti : tremble et vroum le moteur, je suis attaché sur un fauteuil, il fait chaleur comme dans un cercueil. Je tourne tête et dans l'œil d'un hublot de verre bleu, je vois le ciel sous mes pieds c'est comme la nuit, c'est par là c'est par ici. C'est partout.

Doogie retrouve alors les mémoires de Janet est restée, Doogie s'en est allé. Et seul que je suis seul je fus. La calme cabine de Doogie couverte de la moquette orange c'est bleu fait mal à mes yeux.

Quelqu'un a dit oui à l'ampoule c'est lumière, et il me parle debout près du fauteuil rouge et bouge, c'est Michael.

Comme s'envole la nuit du ciel, c'est pschitt et c'est scientifique : ô étoiles, maintenant il est temps de fusée.

Doogie, Michael me dit, il faut que tu sois très fort, il va y avoir il y aura du temps qui passe qui ne revient pas avant que nous sommes de retour à la maison.

Comment tu parles, cosmonaute ? je grogne. Il se penche, en combinaison de militaire de l'espace sans casque, et je grommelle. Moi aussi, il répète, j'ai mal au cœur de laisser Jane loin derrière nous, tu sais, je l'aime.

Je quoi ? Houh, je fais, pitié, qui a laissé Doogie prisonnier de l'andouille qu'est Michael ? Je voudrais le sommeil et qu'il laisse le singe dans sa paix dans sa peine.

Il allume une lumière numéro deux, Doogie ferme les yeux. Il faut à tout prix qu'on ait une discussion un jour, tous les deux, il rit.

Oh, discute de ta gueule, je groumpf.

Michael racle le dedans de sa gorge en mâchant une gomme : Mais tu ne comprends pas, tu ne comprends pas tout. J'aimerais pouvoir parler avec toi, monkey.

Il a l'air triste mais Doogie est révolté par ce débile : combien de calendriers de lui je serai donc prisonnier ?

Houh houh, je m'excite comme un singe de l'espace que je suis, j'ai mal aux oreilles, je ne suis pas un monkey ! Je comprends ta gueule.

Mais, Doogie, il faut conserver les sangles tant que nous sommes en phase d'accélération. Je te libérerai bientôt libre.

Et il éteint une interrompt la lumière.

Puis il reste là, le front contre le hublot du ciel orbital. Va-t'en de mon orbite, je dis à moi-même, les sangles qui serrent mes mains. Doogie veut je veux Janet !

Il murmure : Je ne dois pas te dire ça, mais tout est une expérience, c'est la vie. Je ne sais pas ce que tu comprends, mais... Il ne faut pas que tu te fasses des idées, je veux dire, si tu te fais des idées. Je ne sais pas quoi faire, vraiment, j'ai promis à Jane... Mais j'ai peur pour toi. Je crois qu'on ne peut pas te faire ça. Je crois que tu en as plus dans le cœur qu'on croit. C'est... Enfin...

Faire quoi ? Rends-moi Janet et ferme-la.

Et il éteint la dernière des lumières, il fait noir et le moteur parle plus fort que lui.

... Délab... Expérience... Réhab, il dit. Et : ... coupable, tu sais, j'entends.

À qui de qui tu parles, je renifle, et comme la nausée du hublot, des étoiles, du métal des machines, accélère, le bruit me berce jusqu'au vomi.

... Pauvre singe, il dit. Et : ... mémoires, mais c'est faux. Et le Charles Bigleux rugit comme le tigre en fer, dans l'espace vide et vaste.

Alors un dernier mot : Doogie... Tu ne seras jamais... Et ensuite, il dit : Elle...

... Elle...

Puis c'est la mécanique des moteurs de la fusée qui tient son discours.

DE LA JUNGLE

Oh vieux Zoo mort, où sont tes animaux passés ? Libres, et Doogie libéré des mémoires de son passé, je ne suis plus rien.

Mais je sens ma Nature.

Les hurle et les frotte font cercle au bas du creux de vieille la colline, là où Doogie descendait quand il était ce qu'il a oublié. Le cercle de tous a fait l'arène où Doogie seul se tient, debout. Grognent les singes noirs, quel est leur nom ? marchent et rugissent les félins, volent et se posent les oiseaux piailleurs, et roulent et coulent les serpents, je comprends.

Un et deux perroquets qui perchent sur le vieux mur du hangar cassé brûlé caquettent.

Humain !

Et le cercle de l'arène se ferme. Doogie voit un autre moi-même de chimpanzé qui fait le regard de je vais te tabasser et c'est un lynx derrière moi qui montre combien sont ses dents.

Hu-Main !

Doogie a compris, je crois. Je descends à quatre pattes et je souris, craintivement, animal que je suis.

Alors péniblement les perroquets veulent s'envoler et j'entends :

A-Ni-Mal !

Et le cercle de l'arène s'agrandit, toujours le bruit, toujours les cris. Qui sont les animaux dont je suis ? je me dis. Mais les singes les plus noirs sentent quand je pense et ils montrent sous les lèvres la haine qui est la leur de l'humain.

Hu-Main !

Je soumets le Doogie en écrasant moi au centre de l'arène, comme une grenouille à poil, et je souris, et je pense :

Ne pense plus, tu es fini.

Et le cercle de l'arène se détend. Ce ne sont pas des animaux qui rampent et qui gigotent en cassant pierres, murs et décombres dans le cercle noir au pied des jambes de la colline. Ce sont des animaux qui furent Zoo et qui veulent retourner Nature. C'est ça la Rnature, je pense. Mais ils ne savent pas comment, ils n'y arrivent pas.

Est-ce qu'ils ont senti la pensée dans le trop petit

crâne ? Le cercle de l'arène s'est refermé : cougar, jaguar, chouette, éléphant, tapir et les singes noirs comme la fausse Nature qu'ils sont. Oh babouins ! Oh félins !

Puis je regarde leur regard d'un œil seul et je vois mon ventre. Au cul de mon corps, il y avait le grand slip blanc sale qui protège ma fidélité.

Slip.

Et le cercle, c'était point.

Hu-Main !

Il est temps d'être tout nu, je crois bien.

MÉMOIRES

4, 3, 2, 1... *Charles Beagle*, mise à feu !

Et a décollé le grand Charles Bigleux, dans les haut-parleurs, la voix, Doogie ne l'entend plus. Bouche tes bouche-toi les oreilles ! Au revoir l'ultime des dernières stations orbitales. Assis dans le siège, je peux voir à travers le hublot bleu les grandes maisons de l'espace où habitent les riches hommes que mille et que mille fois j'ai rencontrés.

Un calendrier, deux calendriers j'ai passé. Je suis grand comme la civilisation à présent, monsieur Doogie. Seule elle me manque. Lumières et murs noirs, les stations rondes, les satellites et la capitale de la Lune s'en vont : oh Tokyo ! oh New York ! oh Paris ! Les villes vivent dans des cubes, les habitants sont plus que civilisés, Doogie, ce ne sont que fête-toi, fête-moi, la nourriture vient de planète la Terre, ici, monsieur Doogie, nous n'avons rien à faire. C'est une civilisation hors-sol, nous vivons comme des dieux !

La femme mille perles cent bijoux rit et tord le cou, elle regarde le Doogie à travers de son champagne le verre. À votre santé ! Doogie... Combien de femmes combien de fois ? Monsieur Doogie, vous voulez venir dans ma chambre ? Les ladies aiment le monkey.

Doogie a fait des conférences, vous voulez un verre d'eau, attention au micro. Madame, monsieur, mesdemoiselles, cher très cher respect, je racontais. Combien de fois cent fois, j'ai prononcé des discours devant les humains assis qui m'applaudissaient. Les monsieurs voient le singe et serrent ma main, ils regardent mon muscle, ils proposent le cigare. Voilà l'humain. Les madames voient le singe, et elles regardent mon muscle, elles proposent j'ai mal à la tête, vous me raccompagnez dans ma cabine, mon mari est occupé. Il faut être fidèle à l'humain. Mais Doogie est poli aussi, Doogie s'incline comme le gentleman et je termine le soir seul sur mon lit, j'essaie d'enlever les chaussettes, je n'aime pas le champagne des bulles et je regarde le cadran de ma montre.

Janet, je manque de toi.

Puis Michael compte l'argent donné par les mécènes, Sindhu et Naoki préparent le Charles Bigleux êtes-vous prets ? c'est reparti. Autre station, autre monsieur, autre madame, toujours monsieur Doogie, je suis éduqué mais monkey. Cirque et cirque, tourne et va.

Je regarde non sans une mélancolie par la grande fenêtre ronde scintillante l'univers noir, c'est le dernier voyage commence le retour, compte les heures, 4, 3, 2, 1 et au Zoo tu seras rentré.

Comme Doogie a peur de te retrouver, comme Doogie tremble, levé du siège de velours violet, pour se déshabiller, en pyjama, chemise et pantalon les boutons dorés de la croix. Elle m'a, elle m'attend. Lorsque je rentrerai, après le sommeil, tu atterriras, avec l'argent ramassé dans le coffre fermé, je descendrai du navire par la passerelle d'acier, je tomberai tout de suite dans ses bras et elle me dira : Oh ! Doogie, quel bon monkey tu es, tu m'as tellement manqué.

Et alors je pleure.

Il fait jour des étoiles dans la cabine du vieux Charles Bigleux. Comme j'ai peur mon effroi bat mon cœur et vibre le plancher, les parois, le vieux Charles Bigleux remue comme une cocotte-minute.

Dis, quelle heure tombe maintenant du calendrier ?

Doogie tu as fréquenté la très haute société, en smoking de cérémonie s'il vous plaît, quel est cet effroi ? Tu as rencontré ladies, gentlemen, cigares, champagne et salon d'honneur. Doogie tu as dansé des claquettes sur la scène, parce que les vieux civilisés aimaient ça. Doogie tu as fait la cuisine devant des vieilles ladies, parce qu'elles aimaient ça. Doogie tu as fait le clown des enfants les dents peintes par le chocolat et les enfants tiraient sur ton poil. Et tu n'as dit rien. Parce que Doogie, chaque soir, tu as pensé à ta Janet. Et maintenant, la peur est tienne. Il lui a parlé au téléphone mais Doogie n'a pas vu Janet, jamais, depuis deux calendriers : Doogie, il n'y a pas la télévision entre le ciel et la Terre, elle a dit.

Ce soir la peur sonne ton heure, tu ne peux pas dormir. Comme la mer les reflets sur le plafond font des rêves, mais pas toi. Chaud que tu as, Doogie enlève le pantalon du pyjama, dans la presque obscurité la caméra de la morale ne verra pas.

Assis sur le lit vibre, le cœur te heurte. Doogie relève lui-même et marche ton petit pas en rond, j'ouvre la porte de métal de la cabine, enjambe le bas du bord, ne te cogne pas et dans le couloir du grand Charles Bigleux, personne, les néons crachent du clignotis, c'est verdâtre.

Oups. Vibre et tu glisses, comme turbulent est le vieux grand vaisseau en forme de tortue.

Doogie contourne le petit cabinet peint en blanc de la pharmacie et la porte ouverte du réservoir d'eau vieux blanc d'émail. Comme fatigué est le Bigleux, c'est poussiéreux.

Au fond de le couloir, le double vécé, la porte qui claque et vrombit le moteur, qui clic-clac, qui tic-tac comme le un réveil, drôle de mystérieux bruit. Au-dessus de moi, le liquide plic et ploc. Quel c'est quel compartiment ? Silence du bruit. Cliquent et claquent les heures, bientôt nous arriverons.

Je monte l'escalier de fer et grince, je suis sur le pont intérieur, navigue et j'ai envie de gerbe, remue, remue.

Clic-clac, je n'entends plus le son du moteur d'en bas, je sors de la carapace et bonjour les salles de pilotage, Doogie marche sur la pointe des pieds, la quéquette à l'air, hé hé, je suis un vrai chimpanzé.

Sindhu ! j'ai entendu.

Merde. Michael.

Qu'est-ce que tu fais ici ? On va arriver, garçon, il faut s'habiller. Il me jette l'œil dans la gueule et les néons me font ça cligne des paupières. Va mettre le costume. D'ici deux ou trois heures, on atterrit.

Michael a l'air d'un stress. Il y a des choses que je dois vérifier.

Quoi ?

J'ai peur qu'il arrive quelque chose, Doogie.

Doogie n'entend pas, Doogie n'entend rien. Doogie pense : Janet j'arrive ! Et Doogie est heureux comme un béat.

Va t'habiller j'ai dit, mets ta chemise, le pantalon et... Michael se mord la lèvre. Grands dieux, va enfiler ton slip. Il ricane. Je n'ai jamais compris pourquoi tu mettais des grands slips XXL, ape que tu es. Il secoue la tête.

Hé hé, Doogie saute de la chaise et marche vers le couloir de sa chambre. Je ne suis qu'un Doogie, je ne suis qu'un monkey. Pauvre Doogie, pauvre monkey. Tout petit, tout petit, tout est très grand.

Imbécile, je voudrais lui dire. Le moins de poils, le plus de vêtements.

Me voilà slip de la civilisation.

1, 2, 3, 4... Charles Bigleux. Préparation manœuvres.

Vérifications.

Doogie alors a commencé à s'habiller bien, et le plus beau slip blanc que j'avais, dans ma cabine, pour longtemps, pour très longtemps, je l'ai enfilé.

Mais je n'avais pas encore le savoir du très longtemps qu'il me restait à tenir, sinon jamais je n'aurais eu le courage d'être Doogie jusqu'ici.

DE LA JUNGLE

La Rnature c'est drôle de chaos. Tout est le Zoo est tout en morceaux. Les animaux se méfient du slip blanc. Nu Doogie juste est poil, le slip est parti à jamais, la peau de la blessure est restée. Doogie boite naturiste, le slip par terre, Doogie ferme un œil ne s'ouvre jamais, j'ai ça me heurte de mal.

Près de la mare d'en bas dans la boue, Doogie survit un animal dans les animaux. Il accroupit, l'eau aussi. Quand l'air pleut, l'animal mouille et c'est la boue. Y a du gris, il fait froid, il fait bruit. Le bas de la colline est tombé, des buffles, des phoques, des souris. Les singes d'il y a pas un arbre ont rôdé, nuit du jour, jour de nuit : ici, il y a personne que des bêtes, à la source d'il faut boire. Quand c'est il faut manger, ils se mordent entre eux. Doogie grignote des baies, des fruits mais là tout n'est qu'après l'incendie : brûle crame noir terre sèche où furent les arbres de la Nature. Tous ces animaux veulent renaturer, proie, chasse, mange, dort et baise entre nous. Du haut de la colline les ruines ont écroulé le passé et la mare est noyée : sans son slip Doogie jette ton œil au spectacle des chats miaulent mais combien leur poil est pelé, sale et des trous de tiques, des chevaux galopent puis stoppent, mais combien la robe est moche et la bête sans maître, sans pâturage, sans foin, des serpents rampent, des souris les gerboises courent, mais chacun n'est qu'acteur. Comme rampe mal le serpent qui a vécu sa vie dans le verre de la cage, Doogie ! Le petit serpent d'écailles très vivarium, il n'a pas connu sa liberté, aujourd'hui qu'est-ce qu'il en fait ? Le koala, pauvre Doogie, il meurt de froid, il a peur du bois. C'est misère.

Doogie sale observe, observe-toi. Dessous les nuages, sur les restes des maisons d'esclaves des animaux, dérivent, pauvres psychopathes que vous êtes. Lève ton museau blessé, Doogie regarde là-haut sur les tas de tôle ondulée c'était le toit du dortoir des chimpanzés : le nounours brun avance, recule et donne la patte. C'est fou qu'il est, je renifle : pauvre nounours sans le maître humain du Zoo qui t'apprenait le spectacle.

Pauvre l'acteur qui continue, les spectateurs n'y sont plus.

Doogie le matin voit et va, parfois nu il veut lave-moi, mais la mare est de merde et comment s'appelait le shampooing ? La Nature n'est pas une salle de bains. Lorsque, à l'instant où Doogie lave sa patte morte, il entend que grognent les sales bêtes d'autour de toi : l'humain était salle de bains, l'animal n'est que sale.

Mais Doogie gratte Doogie debout au bas de la butte, sans shampooing de la civilisation sans l'épouillage de la Nature, qu'est-ce que je peux faire avec ma peau ? Doogie fais dodo. À la sombre, Doogie rassemble des feuilles sèches en boule et plonge dans la mare son éponge, frotte le bras frotte le dos nettoie-toi. Il fait dans la nuit froide un bruit autour de lui, et la seule oreille du crâne de singe que je suis entend :

Hu-Main.

Ombre dans le noir, c'est un et c'est beaucoup de grognent et griffent, Doogie, propre que tu es, ils veulent tuer tous te lyncher.

GORILLA

— Meurtre d'un chat, — Le chien est toujours de retour, — Pris en otage par un gorille au dos d'argent, — Il faut tuer pour vivre

DE LA JUNGLE

Lorsque maigre le matin est petit, Doogie, le soleil te tape mais tabasse deux fois tes deux ennemis, trois fois tes trois ennemis, mille fois mille ennemis. Respire, Doogie, les connards d'animaux veulent ta peau, donne-leur ta gueule avec.

Traîne un tuyau d'arrosage, entre les dalles détruites, trône le grand singe roi des connards : par le silence, il te regarde. Très grand gorilla dos d'argent, nez humide, qui te toise qui t'es toi ? Rmmh. Doogie traîne un pied, Doogie nettoie son nez, Doogie au millieu des singes, tigres et des hyènes. Grand le gorilla attrape une dalle brisée, il marche sur les poings, tourne et retourne, reviens à ta Nature, singe que tu fus ! Qui es-tu ? Doogie avait jadis le souvenir des beaux animaux du Zoo, il connaissait le visage et le nom, il savait qui, il savait quoi, grâce aux mots. Mais dans les tiroirs de ce qui fut ta mémoire, du gorilla, Doogie tu ne sais ni qui ni quoi.

Il fait l'agresse, tu te redresses, il m'adresse, Doogie se baisse : ne le provoque pas.

À la fin du silence, sous les tuyaux miaule un chat au poil du caca d'oie, un peu miel un peu rose et pelé. Le chat sans maître cherche son lait, Doogie naguère savait nourrir les petits chats.

Cache-toi, je dis au chat qui erre. Car ils en ont après toi, vieux serviteur libre de l'humain, tu finiras entre les pattes de leurs mains.

Car le gorilla qui a dos d'argent n'est pas plus idiot que bête, il a reniflé l'idée qui hors de mon cerveau traînait. Le chat a le collier au cou de l'ancienne fidélité, que gorilla du dos d'argent attrape violemment, pauvre miaou que la gorge ne laisse même pas sortir.

De la droite tient le chat dans sa main en avançant, vaste gorilla le dos de cendre, de la gauche tire et lève la pierre carrée lourde, et puis gauche et puis droite, debout soudain levé comme le soleil, au bord de mare, odeur de merde, tape et crève le chat, le gorilla souffle, il je te tue, désormais chat n'est qu'un cadavre, tu n'es plus.

Alors donne ton œil vers moi, il rugit, droit devant ma gueule, il domine, le gorilla, écrase-toi, je m'écrase. Il me regarde, mais le langage n'est pas à lui.

De la rouille et les grilles tordues enfoncées dans les bords de mare monte le cri le chœur qui dit :

Tue ! Tue ! Tue !

Trois et trois Mille couleurs perroquets répètent le langage que le gorilla n'a pas, et ils parlent.

Rnimal !

Rnature !

Comme désaccordé est le chœur des perroquets, Doogie n'est plus que peur, obscur et le pire approche.

Je regarde trois et trois les perroquets, ils portent parole, mais par eux qui parle ?

Sur le flanc des côtes de la colline, Doogie es-tu seul contre tous les animaux du vieux Zoo ? Le Doogie que je suis traîne la patte d'il monte entre les cadavres des planches, les tuiles, les trous et l'eau qui coule. Tu recules, qui avance ? Le gorilla marche et je suis coincé dans l'escalier cassé qui à la maison menait : il n'y a qu'impasse et pas de marches.

Doogie sous le soleil du matin, ferme ton seul œil et soumets ta gueule d'esclave au grand gorilla qui domine. Le Doogie s'écrase dans la boue tel le crapaud, les poils à plat, le sourire du faible. Cric-crac, tuiles et briques et pierres qui roulent, le dos d'argent veut plus que l'esclavage de ta gueule, Doogie, il relève le torse et gro-o-ogne, comme nombre du nombre sont les sales petits singes méchants à queue qui font sa cour, autour de lui. C'est la Rnature, Doogie, jusqu'où attend-on que tu perdes toi-même et descendes jusqu'en bas : qu'il ne reste rien de ton quelqu'un.

Qu'est-ce qu'il vous faut ? Et Doogie implore seul et froid, crade et boue. Où descend l'humiliation quand elle est au plus profond ?

Alors j'entends derrière les caisses les planches le vase brisé le ouah-ouah, c'était lui qui disait c'est moi. Oh ouah, oh ouah !

Et je sus que le Fidèle parti était là, revenu.

Oh ! Sauve-toi sauve-moi.

Le regard du Fidèle réclame la voix du maître, il me regarde parle-moi. Doogie, je me dis, le Fidèle que tu as, il a retrouvé toi, c'est un c'est un chien, il a la bonté du ouah-ouah, il a le courage du défends-toi. Comme la boue a sali la couleur moutarde de son poil de terrier, mais il est pur, et casse-toi la patte qui traîne il la traîne. Grrr, dit son ouah : debout trois pattes, le chien saute sur la brique, descend les dalles des dalles, brisées en mille morceaux, dresse la queue au flanc de la colline des vieux escaliers.

Oh là là le chien, je dis avec la grande main, tu es venu parce que ton maître avait le besoin, et tu es revenu de loin. J'ai caressé entre la truffe et l'œil qui clignote et la langue du chien a léché la main qui faisait mon pauvre langage. Quand maître je suis, pauvre je ne suis. Si un sale singe a trop de proximité avec moi, le chien Fidèle aboie sa grogne et protège le moi. Je me monte les ruines des marches et tel le bon soldat, le chien accompagne, le chien trotte et jamais il ne demande : où va le maître ? Où est le maître est le chemin.

Parce qu'il faisait le matin, la chaleur du moite a quitté le tiède, bonjour sueur. Doogie dresse la tête et redresse-toi, au sommet du cadavre d'escalier grimpe le souvenir des balustrades, ici tout n'est que lézarde, le soleil fait l'aveugle.

Stop le chien, je dis, et la main de mon langage arrête le son à la porte des yeux. Qu'est-ce que je vois ? Des trois, des mille, ils sont animaux comme des singes, et le jaguar, la hyène, celle qui panthère, celui qui tapir : ils trônent la Rnature d'en haut et Doogie a entraîné son chien dans l'impasse d'il n'y a pas de sortir par ici.

Et grogne le chien, je peux renifler la peur qu'il

n'a pas, car il n'est que pour moi. Brave le chien, je murmure en posant le pied de la patte contre la sculpture qui n'est qu'un morceau d'un creux poteau, jadis l'électricité coulait d'en haut comme coule l'eau. Le maître n'a pas d'effroi, mais dessous le moi, comme noir et violent au dos d'argent rage le grand gorilla. Il fait le défi et du tambour de sa poitrine, il tape et tape, et le chœur des mille et Mille couleurs crie : Tue !

Qu'est-ce que c'est quoi ? interroge ma gueule.

Tue ! Et alors entre les deux bras attrape et serre le gorilla le chien qui était à moi comme pauvre et faible le soldat, que peut malade et maigre le chien, quand le gorilla tient le cou, écrase le ventre et montre au maître l'impuissance du Fidèle. Parce que celui qui te protège, Doogie, il t'affaiblit pour combien tu lui dois.

Je crois que j'ai cru que l'animal du gorilla a souri, les yeux noirs de jaune, et à moi, Doogie, il a tendu le chien qui s'étrangle, pauvre ouah-ouah, affolé.

Tue ! a le chœur des oiseaux crie.

Moi, j'ai pensé, et lorsque je me lève, boite et respire, je dis : Il était mon fidèle comme je suis celui de l'humain, saloperies de singes esclaves de rien. Rendez-moi mon chien !

Je me tiens droit comme l'humain, et je cherche la puissance de l'arme à la main.

Où c'est singe ? C'est partout.

Doogie droit comme l'humain menace avec son arme les troupes de braillards au-dessus et autour et derrière lui, partout où jadis la maison fut.

Grogne noir le gorilla, qui remue pauvre le chien

de une et de deux mains. Baahou ! crie la bande des bâtards babouins sur les arêtes du rocher, des murs cassés et des fauteuils la tête en bas. Baa-bouins ! Ça surpeuple les pieds de la maison, comment les bêtes baabooes sont amis du gorilla, du dos d'argent qui kidnappe le mon chien ?

Hé ! hurle le Doogie, et je remue l'arme vers le large : Quelle est votre Nature, les braillards ? Dans la vieille très vieille Nature aucune espèce n'est amie de l'autre, c'est chacun pour survivre. Quelle est cette Nature de complices ?

Rrrnature, ça grogne. Et tentent de vole les piaillards Mille couleurs qui caquettent le chœur des ça ne parle pas.

Parois, corniches, fenêtre cassée, je monte, je marche comme une lenteur, et pointe ton pistolet puissant sur leur gueule, rends-moi le mon chien, il m'est fidèle, il n'y a que dévouement pour lui ! Et comme j'essaie de parler je remue la bouche de ma tête comme celui qui fut l'humain. Hu-Main ! dit et redit le chœur d'oiseaux dans les sommets des grises et des noires sont les ruines.

Hérisse le manteau, gueule l'ouverte, et tourne en cercle, je te tu me tiens les épaules, claque ta mâchoire sur les mille babouins, certains se duellent parmi entre eux-mêmes, puis autour du grand gorilla qui marche de côté face à moi, en montant, ils dessinent ligne et front comme l'armée qu'ils sont.

Sur le seuil de l'ancienne maison, Doogie jette le regard de son œil, c'est tigre. De temps en tas, une femelle criaille, et passent les nuages.

Donnez-moi le chien ! Mais Doogie perd de sa rassure tout est contre lui c'est la Rnature.

Alors pour la toute première fois Doogie voit l'œil du regard du chien, c'était le mien.

Grand long maigre et comme il est gris sale, le beau chien la langue hors de la gueule, dog le chien terrier, l'œil rond comme une larme, il voit le Doogie et il est comme merci. Il dit n'aboie rien et voir le maître à un deux et trois pas de lui est sa seule joie.

Le gorilla alors, maladroit comme la bête est gauche, soulève le bras brûlé d'un fauteuil comme l'os de ce fut ta maison et grogne, il lève jusqu'au soleil le cogne et regarde le Doogie comme s'il disait : Je tue ton chien.

Tue ! grésille le perroquet.

Mais le gorilla, et tourne son le dos d'argent, il ne le tue pas. Il renifle et remue son ça n'est pas un nez, ça. Grouillent et pressent autour de son cul les babouins pas bien, sans tumulte, sur les débris, la jambe des tables, la main des portes, les cheveux de rideaux, le crâne des plafonds de plâtre, boucles d'oreilles des lustres, ils attendent.

Tue ! dit le chœur des perroque-toi. Ils ne volent pas.

Et le gorilla tend vers c'est vers moi le chien, la patte brisée, trois pattes tendues, un seul œil vivant, langue rose et qui respire très mal, hi-han, vers moi il le tend.

Ils veulent que tu sois nimal, sois-le bien et tue ton chien.

Sinon tue c'est toi.

TUE

— Assassin, — Chaos de la nature, — La fausse couleur des animaux repeints, — Derniers souvenirs avant le rien

DE LA JUNGLE

Doogie a tenté d'être souverain comme un maître, je le promets, il a voulu faire marcher le pistolet et déclencher la puissance, mais le pistolet n'obéit pas au singe, le monkey n'est maître de rien. Où commandes-tu ? L'objet ne te connaît pas, les jambes font mal au tiens-toi debout tiens-toi droit et le langage ne peut rien pour toi.

Doogie, maître tu n'es pas, esclave tu n'es rien. Je retombe sur les quatre pattes de ma Nature, je renifle, j'hume la fin. Qu'est-ce que je peux ? Ciel est marron, la merde sur terre, tu n'es qu'un cas. Longtemps j'évite de voir l'œil du chien, parce qu'il voit le maître être merde, et rien n'est moins. Puis Doogie tu es lâche, j'implore le son pardon, qui sait s'il donne, le chien ne sait rien !

Toujours le Fidèle que tu n'as pas mérité t'a regardé, jamais il n'a lâché le maître que tu as chié. Oh chien, j'ai dit du fond de mes poumons qui ne soufflent pas le langage, comme plus maître que le maître tu es ! Et, savez-vous quoi, comme je ramassais le rocher d'une pierre plate, la grande dalle rose du seuil de la maison où je fus je ne suis plus, à moi il a donné la patte. Le gorilla l'a déposé sur le sol c'est des briques, il n'a pas bougé, patte repliée, sous la moustache sa langue a lapé l'air et allongé il m'a regardé empli de confiance et content.

Chien, est-ce que tu es bête, le sage ?

Qu'est-ce que je pouvais ? Heureux comme il était de me retrouver, il a fermé l'œil car je le caressais et juste avant il l'a rouvert, et sans langage tout disait : Je ne suis que foi en toi, et j'aime le maître qui est le mien.

Je sus qu'il savait, car il a baissé la tête pour me faciliter quand levant le gros rocher qui est pierre, et lâchant le bras sur sa tête, j'ai casse et tué son je suis.

Respire le Doogie, il n'y a plus d'air qui vit en lui, à la place de sa gueule qui était face, la pierre, la viande du sang, la mort du cerveau, peinture de la brique et le corps du chien terrier anglais tordu, couleur moutarde, une patte repliée.

Doogie tu l'as assassiné pour rester vivant mais qui vit, ce n'est plus toi ?

Déjà noir le gorilla tourne le dos et descend, cahin-caha. Il sait que tu n'es pas l'humain, bête assassin.

Quelle est cette Nature qui veut de toi qu'on tue pour vivre aussi ?

Ar-Ni-Mal ! crie le chœur des Mille couleurs qui jamais ne volent. Se ruent, glissent sur liquides les excréments les babouins à mauvaise tête de chien et hargne en chaos sautent et se battent les bêtes, comme moi.

En plein milieu d'eux, babines retroussées, je tabasse, chie, cherche mon groupe en pénétrant ce qui fut la maison du foyer, oublie le pauvre chien pauvre rien, tu n'es que néant, rebondissant, comme tout le monde, je rnature.

Souviens reviens-toi, Doogie, redeviens moi, non c'est terminé les souvenirs.

Doogie n'a qu'un œil, Doogie n'a qu'un seul. Il craint, il crie. Une jambe comme la pierre, un œil comme la nuit, Doogie boite, singe aveugle à demi, renaturé comme les tous, il vaque erre et rien à faire, piétine les palmiers en pots, casse les colonnes, les volets, il se trimballe le rez de ses chaussées. Parfois le soleil brûle entre murs et trous, puis c'est sombre l'humide.

Oh Doogie, qu'est-ce que tu as fait? Me souviens pas.

Le maître est le traître, le fidèle finit sans deuil. Renifle une feuille, mastique et de rien je ne me mémoire.

Monkey abruti que je suis, entre babouins, parmi quelques fauves et des piaillards qui piétinent comme des serpes et des paons, tout n'est que bordel. C'est fête c'est n'importe quoi, ici-bas. Sur le divan du velours éventré, le tigre cherche la sieste et le macaca grignote, accroupi. Personne ne sait ce qu'il est, car tous furent esclaves du Zoo, tous ont eu l'éducation des civilisés et rnaturant ils errent sévères. L'eau de la mare des flaques coule sous les pieds au creux de feu le plancher, noir et les tapis font charpie, la vache morne et maigre chie sans nourriture à l'entrée de c'était la cuisine, casseroles, verres, assiettes, animaux en sang miaulent et beuglent, personne ni rien à manger.

Tout foule délire.

C'est fête ce que vous voulez et voilà. Parfois, un singe en joie, Doogie galope, évite le danger, renifle et cherche la bouffe. Il sent l'escalier du premier étage en poussière, comme des lianes les planches, vêtements, peaux et cadavres pendent, Doogie accroche un lynx qui n'est plus que viande, écrabouillé sous commodes et bureaux, Doogie grimpe et voit encore dans la demeure la fête ratée, fête des rats. La hyène, le vautour par le toit, au creux du trou des bibliothèques et livres ont brûlé, c'est charnier. Pue-toi toi-même. Doogie casse un bambou, l'estomac a faim, mâche et croque. À l'étage du premier, la Rnature n'est qu'échec, plaintes lamentées des animaux de faim, désœuvrés, angoisse et pas de sécurité. Des bandes essaient de rapiner, musaraignes, ouistitis, chacals, mais chaque est seul, essaie encore. Les animaux n'y arrivent pas, rien n'orgie, Doogie, et toute bête gît, gémit.

Assis sur la feuille de bananier, seul, béat comme la drogue, sur deux lits défoncés, empilés, je reconnais dos d'argent, dos courbé. Est-ce que je cherche un complice, je veux le tuer.

Il me souvient, vague, dessus la main de moi, la pierre plate est lourde trop lourde. Dedans les deux mains, elle est en l'air et quand les mains ne sont plus là, la pierre aime le sol et le chien n'est plus rien. Doogie sauve sa peau car gorilla tu tues le toi, tu tues le chien, tu veux l'animal dans le rien. Venge-toi venge-moi ! Je cherche un salaud, un babouin, deux connards, je prends le dos de ta gueule, j'écrase le toi, Doogie veut du sang, maintenant.

Grogne et marche en cercle, poil t'hérisse, et trouve une pierre. Mais Doogie, ouvre le seul œil qui est encore tien, approche la main, au milieu de fête défaite, quelle victoire? Quoi? Je remue le centre de ma gueule : saute du lustre un loustic, crient les putes perruches en remuant les ailes, un orang qui dégoûte les attrape, et quand toutes les bêtes affolent et saccagent, Doogie guette, et remarque. Il me reste le peu de science. Car l'argent du gris du dos de gorille part en poussière, comme la peinture rouillée du grillage de c'était le Zoo. Hmm, interroge Doogie : est-ce que la couleur du gorilla n'est pas nature, qu'est-ce que c'est que ça? Couac, crac, tout crie, Doogie se protège et renonce à buter lui, je me tourne et je mène mon enquête, depuis trop longtemps emmerde mon oreille le sale perroquet qui hurle : Tue! Rnature! et : L'Ar-Ni-Mal! Comme il grappille les graines au bord des stores, je chope sa gueule et hin-hin, qui ne fait pas le mal? Je renifle perroque-moi, j'aimerais te manger, croque, je mords comme la bête sa tête et coule le sang, j'essaie d'arracher sa face, je tire, ça piaille et ça ploc, comme du plastique, sale, mou, chaud. Sale mouchard, je jette sa tête. De qui te mouches-tu? Hmmm, quelle est cette couleur sur la main de ma paume?

C'est la peinture. Le perroquet comme Mille couleurs n'est que peint dépeint rouge de bleu, vert de jaune, une peinture d'huile.

Frénétique, Doogie course et bloque au coin de la baignoire le canard, vert fluorescent. C'est quoi ça? Quelle est cette nature d'animaux d'arc-en-ciel? Je lèche méchamment ses plumes et son bec, beurk, c'est peinture! Je crache et piétine le coin-coin.

Il y a là un lama bleu ciel, un renard noir et le tigre

aux rayures rouges, il se frotte comme un malade tout contre une poubelle renversée. Il a des tiques, des poux, la gale ? Hé hé. Non, le tigre gratte de sa peau rose une peinture rougie qui démange le fauve. Regarde mieux, Doogie : le tigre sous la robe rouge de sa peinture a des cicatrices et blessures, la peau nue. Abîmé que tu es, toi tigre, mais quand j'approche l'œil avec attention, le vieux babouin rose et violet est sans poil sur le dos, scarifié tel un sacrifié ! Repeint. Le léopard gris clair, mauve, orange, n'est que marques et crevasses sous la peinture. Repeint. Par le puits du plancher, sous moi, le gris éléphant a la maladie de peau, eczéma repeint violet.

Vieux animaux du vieux Zoo, qu'est-ce qu'il s'est passé ? Blessés, torturés, un quelqu'un vous a redessinés, renaturés.

Fausses, je découvre les couleurs de chacun, qui fête erre et malade, maigre, affamé, atteint, aux étages du vieux foyer de jadis tourne, attend, repeinturluré. Car la Rnature n'est qu'une repeinte.

Ni une ni trois, Doogie hume le secret, suit la piste et démène l'enquête. Hin hin, je soulage moi-même au coin de la porte, je chipe au koala un bambou, je grignote vorace et à trois pattes je traîne ma quatre, depuis le couloir jusqu'à la terrasse. Tout n'est que rien en cette Rnature de sales repeints de la gueule ? Doogie gratte le cul des uns des autres, c'est seulement de la vulgaire peinture. Le plus l'animal vient de là-bas, le plus c'est un repeint. Doogie détective que tu es, la fête abat son plein, le jour fait soleil, où donc est le là-bas c'est qu'on peint ? Et Doogie bouge, mon corps est tout mon tout sale c'est rouge, je saute sur la porte et rentre ici, mon vieux monkey. Ni clé ni guet, je respire l'ancienne odeur sous la merde, du plancher, du tapis, canapé-lit, je reconnais, hé, qu'est-ce que tu sens, c'est un parfum passé, c'est un appât, c'est foncé, c'est papa. Père Gardner ! Le bureau du père, du Gardner, mal gardé, dévasté, j'entrouvre l'œil qui cligne : vaste pièce en rond, un carré, qui sait ? Merde au sol, merde au mur, qui t'a chiée ? Ici et là, où sont chiottes, des pots déposés, glong, Doogie marche dedans, métal de fer et couleur des peintures. Des pots de peintre dans le caca, un trois cinq et cent pinceaux, qu'est-ce que c'est que cet atelier de qui repeint la Nature des animaux ? Doogie, j'ai oublié.

Ici peint un rondin, à demi, vert et bleu, un coq qui gît. Pauvre coq, la peinture sèche sur le plumage de ton ramage, tu t'englues. Doogie se souvient du Mille couleurs qui n'est que gris, un petit peu repeint, qui peinait tant pour s'envoler. Animal ton dessin, animal quel destin ? Il patauge cot cot, marche et gigote.

Doogie renifle le fond du bureau d'ex-monsieur père, monsieur Gardner, et là où l'obscur fait noir Doogie vadrouille, je tâtonne je peux voir la maquette d'une ferme sur la table, écroulée. Veaux vaches les cochons, chantait la voix, où êtes-vous donc passés ? C'est passe le passé. Qui est là ?

La ferme est cassée, quelqu'un a fait caca, tout pue et rien n'est bien repeint. L'endroit sent le renfermé.

Doogie clopine, Doogie gémit, Doogie ouvre le volet grince. Et lorsque le soleil tue mon œil seul, les deux mes oreilles entendent le bruit des foules d'en bas sur la colline, et brouhaha, crie, quoi, bêle, hurle, glapit, ouah !

Qui ?

Et le chœur des faux Mille couleurs qui ne volaient pas car la peinture peine leurs ailes, qui caquettent : La Rni-Mal ! La Rni-Mal !

Quoi ?

Doogie voit, péniblement, l'œil que blesse le soleil au rez du chaussé et au bas de c'est l'escalier, les bêtes attendent le spectacle, la gueule vers le haut.

C'est vers moi qu'elles balancent leurs yeux ? Doogie grommelle sa colère, puis je vois où ils voient, c'est plus haut que ça. Coincé au bord de la fenêtre en vieux bois, Doogie tourne ton cou, Doogie regarde sur le toit.

Mais c'est seulement ciel, un nuage. Bleu, blanc comme le sel.

Ha ouounh ! Doogie contrarie. Respire, Doogie. Tu entends ?

Au-dessus d'ici, c'est un c'est trois c'est cinq pas de pieds, grince la planche, craque le bois : qui c'est quoi ? Toi t'es qui ? Entends le son du bruit qui descend, et sans visage, crac fait crac de l'escalier sans marche il n'y a qu'une rampe, dégringole ce qui n'a pas encore de gueule.

De dos dans la fenêtre, le poil qui t'hérisse entends le cri de la foule et fais face à la porte devant la rampe de l'escalier, tu ne peux voir rien que la rampe qui branle, mais c'est lui.

Rnimal ! crie la peur dans ton dos.

Qu'est-ce qu'il me souvient ? À peine un peu plus que rien.

Le petit singe est assis dans le parc et madame prend le petit d'homme sur le plancher. Le singe passe le grand bras de sa grande main à travers les barreaux et cherche la main de l'humain. Il veut tapoter son ventre et le petit homme saisit un poing de poils du chimpanzé, il perd l'équilibre, roule et sur le dos, pleure.

Le singe aimait manger aimait jouer, il goûtait les mêmes bouillies que l'homme petit, et lorsqu'il tendait la main pour ajouter des fleurs du jardin, des feuilles et l'écorce des plantes, le père, le Jardinier ou la petite fille tapaient sur ses doigts : Ne mange pas de ça ! Est-ce qu'on mange des choses pareilles, nous ? Non.

Il buvait beaucoup d'eau, le petit singe, il était vif et il suivait en rampant les fourmis, sur le plancher, sans arrêter de les regarder. Mais le petit humain restait dans son coin, il était enfermé à son tour dans le parc, sans bouger, bouche ouverte. Le singe adorait s'asseoir dans les cartons d'emballage et elle le prenait dans les bras, déjà, pour jouer au jeu des vêtements, avec les couvertures, les tissus ou les branches feuillues.

Il prenait un objet et il donnait. Mais le petit humain, prostré dans la cage du parc, bavait sans répondre, il essayait. Le singe marchait, et l'humain retombait. Le singe envoyait la balle, l'humain la laissait passer. Bientôt, l'humain disparut de l'environnement du petit singe, malade et silencieux, le petit garçon qui bredouillait partit avec maman et le singe resta dans ses bras, à elle.

Qui est-elle ?

Il me souvient du parfum et de quelque chose sur le doigt de ses mains. Le petit d'homme avançait les lèvres vers la tasse et le singe soulevait le bol et buvait proprement. Il retirait la serviette avant de sortir de la table et l'humain balançait son bavoir sur sa tête. De peur, le chimpanzé court et courait jusqu'à elle. Chut ! Monkey, n'aie pas d'effroi, et c'était fini.

À la nuit, elle ouvrait un livre d'images, parce que déjà elle savait le sens du son des mots et elle expliquait sous la couverture sous la couette les images de la grande histoire au trop petit singe.

Monkey ! regarde ! Et il regardait.

Il a vu comme en miniature l'humain poilu d'il y a longtemps, descendre des arbres, habiter dans des grottes, allumer un feu. Nous étions des singes ! elle disait. Et regarde ce que nous sommes devenus. Doogie l'a vu : une petite fille belle et rousse, à la chemise blanche de la nuit, le parfum du shampooing, la bague du doigt, le chant de la voix et l'air du maître.

Ounh ! Oui, Doogie, nous sommes devenus maîtres.

Et Doogie rêve, il voit les images, ce sont comme c'était.

L'homme a fait les progrès, l'homme a eu l'histoire, et toi, le chimpanzé ?

Elle a ouvert la fin du livre des images, il faisait lampe d'il faisait nuit, le Zoo par la fenêtre n'était pas un bruit, c'est craque le plancher, la chambre sent frais.

Doogie, l'homme a fait du mauvais.

Elle donne le doigt sur c'est la guerre, tue, la Terre va mal, l'esclave, le pauvre, il n'y a plus la morale. Oh ! Regarde, l'homme n'est plus ici.

Pourquoi ?

Parce que, Doogie, l'homme n'est pas toujours fidèle à l'humain. Petit Doogie, ton cerveau est trop petit, les mots ne rentrent dedans qu'à demi. Ah oui ?

Doogie, elle me prend dans les bras, nous avons besoin de toi, tu recommences à la première page, et toujours, promets-moi, fidèle à l'humain tu seras.

Petit Doogie, museau dans la nuit, j'ai dit oui.

Et il est temps de dormir le lit.

Fidèle à l'humain je suis, fidèle j'humain au je le suis, humain à lui, je fidèle, la voix répète au fond de mon cerveau.

Mais il y a l'envie.

Quoi, quelle l'envie ? C'est caca qui m'envie. Doogie dans le lit tourne une fois, tourne deux fois. Houh, le ventre me serre la main. Doogie, avant de dormir est-ce que tu es allé aux toilettes ?

Oui oui, il a menti. Je pff n'ai pas le courage de descendre. Aujourd'hui Doogie sait que la morale t'a puni. Le caca est en toi. Pousse. Non, ne pousse pas.

Doogie marche comme la prudence sur les planches, il c'est noir. Je cherche le cabinet, je trouve la porte. C'est fermé. Où est le water-closet? je gémis, et le caca ne frappe pas à la porte, il passe la serrure de mon cul.

Je serre. Vite. Doogie, où vas-tu ? En face du cabinet au coin de l'escalier, la porte du bureau de monsieur Père est ouverte, je gratte et je demande : Il y a quelqu'un ? Petit Doogie, dans le noir, personne n'entend ta voix c'est ton bras.

Il n'y a pas de lumière, mais la lune à travers le demi-volet fait des lunettes pour voir au singe qui erre. Jamais Doogie n'entre dans le bureau de monsieur Papa, ne va pas là. Mais ce soir c'est caca.

Sois fimain à l'hudèle, je dis à moi. Quoi, qu'est-ce que ça veut dire ? Aïe ! Le ventre est tordu, la fusée du caca ouvre mon trou sur le pyjama, Doogie voit un pot au pied de ses bras, il baisse le pantalon, il s'assoit, et au revoir le caca.

Souffle, Doogie, douce la lune, avec la peur. Le pot est l'ami du caca, longtemps Doogie y a chié ses jeunes années.

Il regarde autour de moi. Craque le plancher. Allô ? À l'intérieur de l'obscurité je peux voir sur la table de bois rouge un plateau et sur le plateau argenté la miniature d'une maquette. Remonte le pantalon et jette un œil. C'est une ferme d'animaux, tout petits comme si les humains d'en haut s'ils nous regardent ils voient le Zoo. Certains animaux sont peints, d'autres non sont nus.

Qui colorie ?

Par terre, je marche sur les pinceaux, pardon pinceaux et quelqu'un a peint par terre, sur les murs, comme les veaux vaches cochons de la petite ferme.

Je retourne moi-même et je vois sa gueule peinte.

Ah ! Ouh ! Je crie moi et je lui dis : Chut ! L'ancien petit d'humain a couvert la face de son beau visage blanc de noir c'est noir, de marron, et la paume de ses mains roses, il est à quatre pieds, le zizi balancé et il regarde toi, les dents ouvertes.

Droogie ! il dit. Et qu'est-ce qu'il fait ?

Doogie pleure, Doogie crie, c'est l'alarme.

Soudain, la lumière vient.

Quoi ?

Monsieur Gardner est là, moustache et robe de sa chambre, une arme de fusil à la main. Qu'est-ce qu'il voit ? Il voit moi, debout, d'effroi, contre le mur, habillé dans le pyjama, les pieds nus, les pinceaux. Oh, sachez que je fidèle beaucoup à l'humain.

Il voit lui, lui c'est qui, à quatre pattes de pied recoloré noir et noir comme le singe, rose des mains, rouge de bouche, grogne et veut parler mais ne dit que grogne.

Animal, je dis je pense, tu mériterais ta gueule dans la merde qui sort du trou.

Donald ! exclame monsieur Papa, ma maquette ! Et il garde le Donald dans ses bras, il regarde tristement la ferme des animaux, il murmure : Je ne finirai jamais de les peindre. Et qui a fait ça ? Il soupçonne moi. Pauvre Doogie, pauvre monkey, est-ce que je ne suis pas une preuve, debout, en pyjama ? Qui est moins animal que moi ?

Alors monsieur Papa regarde Donald le frère nu qui tremble de froid et la peinture colle, il attrape la maladie, il dit. Diane a raison. Il veut chercher une couverture quand il regarde le pot et il crie :

Putain, qui a chié dans le pot de peinture ?

Doogie baisse la tête.

Et quand il relève, Janet est entrée dans le bureau, elle marche et elle explique : C'est lui, il n'a pas voulu aller aux cabinets, papa, il ne veut jamais, il ne veut pas, tu sais bien qu'il ne se retient pas.

Elle prend Doogie dans ses bras et du menton elle désigne Donald. C'est vraiment un animal, des fois.

Pauvre Doogie, elle dit, elle caresse la nuque comme s'il y avait à enlever les poux qu'il n'y a pas.

Monsieur Gardner a le visage rouge, il pose par terre Donald, il claque sa joue, il tremble : Je vais voir Diane, il faut en finir avec ça. Ce petit con se comporte comme une bête ! Comme une bête !

Et il lève la main sur lui, arrête de faire le chien.

Misérable Donald, écrasé sur le tapis, les yeux qui ont des croûtes car la peinture fait des gouttes, il geint. Et les yeux blancs, en se protégeant, il baragouine, il grogne, comme un hoquet, en rampant :

R...

Ni...

Mal...

Soigne ton langage, et le père tape trois fois sur sa tête.

Quand il la relève c'est une gueule.

DONALD

— La gueule de l'Animal, — Dernier combat, — La tête du père, — Victoire, — Le singe n'est plus rien

DE LA JUNGLE

Crac crie la rampe, dégringole et au front de moi c'est lui.

Animal ? je dis, et vole poussière et grincent les planches.

Alors se dissipent les ombres de sa silhouette encore sombre. Quatre pattes et gueule ouverte, il grogne et lumière tu l'éclaires.

Oh mémoires dessous cent souvenirs un seul revient, qui s'en souvient ?

Donald, je dis.

Il ne dit oui, mais chaque animal ici-bas crie : Ar-Ni-Mal ! Et tourne autour de tourne autour de moi le c'était mon frère. J'ouvre ferme l'œil, est-ce que c'est lui ? Il est grand, il est blanc, roux beau comme un Donald. Mais il est peint, repeint, mais il est noir. Qu'as-tu fait du visage de ta gueule, mon frère ? Rien qu'il répond, il n'a pas dit non. Comme du charbon effacé, sa gueule. Trop roses les lèvres, cassé le nez, les dents de travers, oh mais quand je vois sous les poils des cheveux, tes yeux, je sais. Humain que tu es.

Donald ? je demande de la main. Traîne ma patte de boiteux, le chimpanzé pauvre que je suis, honte et misère, seulement singe et seulement sale, je recule le long du couloir et la grande main muette de mon langage, sur la rampe branlante, je la posai.

Tout autour de moi et de lui, les bêtes animaux ont fui. Par les trous des planches, au rez des chaussées et partout sur la colline, ils attendent c'est spectacle, ils ne voient rien.

Donald le fantôme, je pense, Donald où es-tu mort ? Et il n'a pas dit quoi. Le père t'avait enterré. Moi, j'ai le regret des remords de la peine du coupable.

Et veuille me pardonner l'excuse-moi.

Excuse-moi quoi ? je demande à même moi. Donald si blanc si roux, peint comme la bête, il saute lentement autour du Doogie que je suis. Est-ce que le père avait menti, mauvaise morale, oh tu n'étais jamais mort, Donald ? Le père t'a perdu dans la forêt, avec les animaux, il a dit que mort tu étais. Et tu es devenu l'Animal. Pauvre Donald. Monsieur Gardner n'avait pas dit le vrai, pour t'abandonner.

Lève-toi, je dis, c'est fini, et serre-moi la main comme deux humains, frère, de te revoir, heureux comme je suis.

Et montre il me montre les dents. Ce que je sens, c'est la haine de sa bouche.

Donald, je supplie.

Mais quand je parle avec la main, il n'entend rien.

Drôle de tête qu'il a, grime-toi singe-toi, je pense, tu as l'humain sur ta face. Comme régulier le visage qui est à lui, comme fine la bouche et relevé le nez qui trompette, comme larges et hautes les pommettes, et doux le cou. Mais Donald, il fait le laid.

Lorsque frappe la lumière par la fenêtre, avance vers moi, je recule en grimpant sur la rampe du vieil escalier, l'escalier mort. Mon œil est jeté tout en haut, c'est l'étage des chambres de jadis quand naguère, au-dessus de quoi il n'y a plus de toit.

Presque droit Donald se relève et les cheveux des broussailles sur sa tête se hérissent, il montre à moi sa canine.

Frère que tu fus, je tremble en escaladant la rampe d'autrefois, qui remue, au-dessous c'est le vide.

Violent ! Soudain ! Hurle et tend la main, repeinte de rose, hargne et les lèvres sur les gencives, Donald saute, Donald agrippe la rampe et comme je m'en vais, il plante une trois dents du haut de mon front jusqu'à la bouche où coule mon sang. Entaillé, ouvert et défiguré que je suis, la pâte de mon sanguinolent bouche mes narines, étouffe, je tousse le rouge, un coup de ma patte dans le ventre de ses couilles, il s'écroule. Où je fuis ? Je cours, je rampe, maudit chimpanzé, cavalcade et comme la liane je grimpe la rampe de l'escalier sans marches au sommet. La grande main au sol poussière du plancher de l'étage, je peux sentir ses deux bras sur mon dos, c'est baston.

Hurle hulule le je vais te tuer.

Tout mon frère me meurtre.

D'une main, Doogie frotte le sang de son œil. Pardessus moi, la Rnimal qu'est Donald m'assaille et maintient la main sur le sol du petit chimpanzé. Assis du cul sur ma tête, elle gémit, il bloque les jambes du

Doogie par le coude, et alors la grande main de mon langage il la mord mord mord.

Aaaaaaaah ouh ! je crie, Donald, je pleure.

N'est plus main.

Qui sauvera le frère du frère ? Oh elle, oh mon père. Frappe de frappe, il n'est coup de poing, coup d'une pierre sur la main de moi qui se déchire au sang du plancher. Gémit c'est moi. Je ne parle pas, ne suis que hiiinh.

Comme traîne vers la première porte le chimpanzé, le Donald claque des dents et tord la jambe qui me boite, puis il m'arrête et bloque la trachée : je mon poumon ne respire plus.

Étouffe, crache le sang, je bats les mains dans l'air remue, coup dans ta gueule, fracasse le crâne, il me lâche et piétine. Doogie, où est le souffle que reprends-tu ? Langage, je geins, où m'as-tu laissé ? Et je cherche père et sœur, c'est il n'y a personne. Chambres de mes chambres, c'est pire que Jungle, ici je meurs.

Comme la trachée de mon souffle s'ouvre, Donald la tête dans le sang, à plat ventre m'arrache un trois et cinq ongles, avec les dents des mains et mord mes blessures. Je tousse, lève le pied, roule dans le tapis violet et Donald glisse, hinh hinh, monstre du frère roux, la peinture noire effacée de sa gueule coule sur ses yeux bleus.

Doogie, je donne mon œil au ciel sans toit, bientôt il pleut, il n'y a que mur et pas de tuiles au-dessus. Tiens-moi tiens-toi contre la paroi, où est le refuge ? Clopine je m'en fuite et n'y vois rien. Oh rien ne me souvient. Le chimpanzé cherche la porte d'antan, lève la tête.

Il est là.

Donald halète, et le nez brisé mais le nez toujours plus nez que ma gueule à museau, la peau du blanc imberbe du roux, il frappe sa poitrine, il fait fou, comme démon il se montre, mécontent, le bras contre l'épaule, tue-toi ! Son cri perce le moi, et il muscle son dos, attrape la joue par ma bouche. À l'étage dessous nous, aboiements des animaux, ils montent, ils nous voient.

Et tue !

Donald frappe d'une gifle et de trois la gueule de moi, chancelle, ça m'écroule.

Oh père ! je voudrais dire et quand je regarde ma main nue, ce n'est qu'un lambeau de rien, le mon langage n'est plus qu'au néant.

À présent j'accepte la mort la défaite, car devant moi le vrai frère humain a le dessus et Doogie singe que tu fus tu redeviens, tu as le dessous. Tout me résigne, je respire et je t'attends comme la mort vient.

Frère, j'aurais aimé dire, depuis long et loin cette mort je la mérite de ta main, je n'étais rien et j'y reviens. Un jour il y a longtemps j'ai pris la place de la tienne, et toi tu reprends la mienne. Soulève-moi l'humain, je ne veux que singe, et j'ai pensé : tout au fond de la Jungle où je suis né chimpanzé, j'aurais voulu vivre seulement monkey, et qu'homme toi tu sois l'humain. Donald, reprends mon toi, je ne sais plus dire, je ne sais plus être, oh je soupire.

Et comme Donald se penche m'étrangle, je gargouille oh je vois au-dessus de moi piqué sur une branche à travers la serrure de la vieille porte de bois, mon père c'est toi.

Le vieux visage de monsieur Gardner le papa, tête

coupée, langue pendue, fripé comme un vieux fruit pourri pour les mouches, il était planté là, mort.

Et au creux de l'œil de mon frère le meurtre, au-dessus de moi, je n'ai vu qu'animal.

Il n'est pas l'humain, tueur de père ! a dit la voix de mon muet. Tu as tué le papa !

Oh, Doogie, tant que tu vis, sois fidèle à l'humain.

Et l'ultime de toutes mes rages remua mon seul bras.

Fidèle à l'humain de rien, je te bats comme un chimpanzé.

Tombe la tête de papa Gardner sur la branche dedans la serrure, la porte défonce. Roule et roule par le trou d'escalier, hoooouunh ! je crie, tout est tombé.

Je main le bras blesse, il me boite, mais relève comme le singe, je menace Doogie, hurle et fais l'assaut. Houh houh ! Pauvre Donald de ta gueule, et fais la plaie, mords ta blesse. Crac de porte et saute, ils deux roulent sur le sol, chambre n'est que décombres. Doogie prends ça prends-le dans ta pine ! Et montre les incisives. Une gifle ! Trois gifles !

Doogie traîne la main sur les tables, sous le lit, cherche un outil. Il prend le stylo et accroche son dos, poignarde le sale Donald à l'oreille, à la joue, dans les couilles de sa gueule, puis relâche.

Viens te chercher ma merde.

Sombre chambre les nuages noirs, Doogie hume j'attends la pluie. Beaucoup de sang repeint ton poil et tu n'as qu'une main, l'autre elle pend morte, c'est fini. Oh colère ! colère ! Je le parade, c'est glapis-moi, glapis-toi, face de rat.

Il sent la peur ! Donald, grogne ma dent, tu as la peur d'humain ! Moi c'est singe-moi singe-toi, Doogie presse ses lèvres et crache le sang, danse sur le pied bouge, danse sur le pied mort, cherche un bâton, crie ta panique, cogne, fracture ton genou et je m'accroche, balance sa gueule dans le mur et plâtre et patatras, craque.

Trou dans le mur, trou dans la mauviette.

Il saigne salaud, je hoooouunh ! Tabasse ta tête et bascule tombe dans la pièce, c'est à côté.

Alors Donald il tend la main de pitié, la tête dans le sang, poussière du plâtre et gémit. Il écrase sa face, et le poil tombe il supplie-moi.

Comment quoi ? Jamais ta gueule !

Doogie je se dresse sur c'est patte boite et torse ton bombe ! Je victoire, ça le t'écrase ! C'est domine dis-le ! Hin ! Et comme il je me retombe à pattes quatre, la main dans la gueule de sa tête de chien, sale qui Nald, dos du sol, je sens où je suis je le sais.

Alors respire.

C'était ma chambre, oh la chambre de mon jeune âge.

Que me souviens-tu ? Père mort, Zoo détruit, tout a fui et Doogie sent dans le sang de la poussière les planches sous ton pied mort. À droite des droites de gauche, un lit c'est ton lit. Tombe à genoux, j'ai lâche le Nald et m'observe.

Oh lit de pin blanc ! J'étais l'enfant.

Le vieux tapis, cassé comme la fenêtre où le c'était moi regarda. Regarda quoi ? Je vois dessous nous et partout foule des animaux qui errent la grogne, attendant encore le combat. Jadis tout fut Zoo.

Oh Doogie, il me souvient qu'elle avait un nom et que tout avait un nom. Doogie, s'il te souvient. Qui ? Et le nom chatouille ma grande main mais je regarde le moignon en sang de ma douleur et j'ai mal, le langage m'a tombé, la souffrance m'assomme, Doogie effondré contre le lit gît.

Devant le moi de lui, il rampe plat de son ventre et regarde-moi. Ce fut silence, puis bruits d'animaux c'est la grogne.

Doogie tourne en gémissant sa gueule, à la gauche droite, il touche des doigts le coffre en bois, débris, et sortent cinq dix peluches, de koala et de panda.

Sous le cul blessé de mes couilles, il y a couette, partout l'odeur d'il y a fort longtemps, il fait froid, une goutte.

Où sont les salles de bains du shampooing d'antan ? Trois gouttes.

La douche de Nature clic-clac du ciel et bientôt nous lavera.

Hi hi hinh... je dis.

Mais le langage n'est plus à moi, fini, il ça s'en va.

Fidèle comme je fus, je cherche le nom d'à quoi, mais je ne le trouverai pas.

De seul mon regard, chimpanzé noir, lorsque plic et ploc la pluie pleut, j'implore en tordant ma bouche blessée le c'était mon frère.

Qui ?

Qui ?

Et lui les tordues lèvres et croquevillé sur le grand tapis, sous la petite pluie, écrasé, les yeux de croûtes car la peinture fait des gouttes, il ânonne. Les yeux blancs, baragouine, comme un hoquet vers moi en rampant, il cherche la voix de son humain.

Et il dit :

Ja-Net.

Janet.

Oh pauvre Doogie, Janet est un souviens-toi.

Quand Janet dit : Doogie, câlin, Doogie n'est qu'heureux.

Et je souris.

Je cherche pour dire : Ja-Net, aussi. Mais je n'ai plus de grande main, l'autre me blesse, et je n'ai pas de voix.

Ouh. Aooouunh ! je murmure.

Hi hin, rit dans ses dents Donald, c'est mon frère. Quand je vois sa tête claire, Doogie, triste comme je suis, roux et beau et comme il a la voix, il crache le sang de sa veine, il dit :

Janet-Sœur.

Il dit : Sœur-Janet.

Et comme est à moi l'envie de pleure, je houh-houh oui. Oh sœur ! Et ma chair se souvient comme elle manque d'elle le câlin et l'odeur, seul blessé, seul ici, monkey, monkey.

Hi hin hin, Donald se grimace et tortille sur le tapis, tord le cou vers Doogie.

Sœur, il s'applique comme s'il rote, en bougeant glotte comme le coq, il dit : Sœur-de-moi. Touche sa poitrine avec la main, et la moue, mauvais, mauvais, il montre le lit, il montre Doogie.

Paaaaas-Toi. Toi. Il respire et sourit, montre ses dents. Non.

Oh je voudrais je veux parler, dire je sais dire, mais ma main est morte, et dans la voix je n'ai que du singe, je force mon cerveau, je crache de ma glotte :

Aaaa-Ou-Ounh. Et je ne dis rien.

Donald rampe, il continue, combien il effort pour sortir le son de son langage, il sourit, sourit, roux, il rit.

Je.

Il dit : Est.

Il répète : Je-Est.

Je-Est-Homme.

Et il s'arrête.

Sa main rose, main d'humain, pouce, index, il dessine un zéro, il désigne moi c'est Doogie.

Toi.

Toi. Singe.

Il sourit et le sourire fend ses poils. Il dit : Tue-Tue-Tue.

Je gémis : C'est toi qui leur as appris. Mais je ne fais pas la parole, je pense : Le chœur des Mille couleurs, tu les as fait chanter : Tue ! quand encore tu parlais un peu, même mal.

Toi, tu as mal éduqué Jack à tuer, tu as commandé tous les animaux comme un maître.

Je sais. Mais je ne peux plus dire de mots, et toi, mon frère, tu bredouilles.

Et sur le dos, Donald retombe, et la pluie tombe. Mouille et mouille et la chambre, elle prend l'eau. Triste et pauvre Doogie, qu'est-ce que tu en dis ? Froid et mal, j'ai la main morte qui pend, le moignon, la main n'est plus rien, ni rose ni marron. Seul œil que j'ai, je regarde. Doogie, je sais, je ne suis que monkey.

Mais comme il pleut, Doogie heureux, Doogie assis, Doogie en sang, la pluie lave le vieux.

Ce n'est qu'eau, pluie, l'eau. Tu entends que montent et grimpent les animaux, tigres, panthères, babouins, et quel est qu'est-ce que c'est leur nom ? Les bêtes regardent Doogie, regardent Donald.

Hin hin, rit Donald, et il rit blanc.

Doogie sourit. Je ne suis qu'un Doogie, rien ne parle en moi, tout se souvient, poils et pieds et mains, la caresse de c'est elle. Il reste je me souviens : Viens faire un câlin petit singe, je tombe dans ses bras quand j'ai eu peur et alors je pleure. Elle m'a serré si fort j'en ai tremble, m'a caressé la nuque, elle a cherché les poux. Tu es un gentil, tu es bon très bon monkey, tu es mon monkey...

Je veux que tu sois heureux.

Donald rit de pluie et alors il dit : Ex-Périence !

Quoi, Doogie mouillé ouvre l'œil, mmh, qu'est-ce qu'il que dit-il ?

Ex-Périence. Toi.

Et Doogie baisse tête, il pense : Janet.

Donald attrape la jambe de moi et grimace la pluie tombe : Toi. Ja-Mais. Jamais Jungle.

Non, je remue jambe et casse-toi. Je n'ai pas volonté de me battre. Doogie n'est que pense à Janet.

Donald, il rit. Toi.

Moi.

Et il sait montrer avec les doigts. Expérience.

Tout autour de nous deux, les animaux grognent, tigres et singes et les babouins. Expérience. Toi. Expérience. Moi.

Doogie renifle, et chimpanzé comme je suis, joue contre joue, je veux faire la paix de Donald, apaise-nous.

Hi hinh, Donald repousse avec la main. Toi. Moi. Expérience. Et il fait la tête, il rit, grimace : Papa !

Papa quoi. Papa tue toi. Doogie est las, allongé

contre le vieux lit, baigné par le plic par le ploc, par la pluie.

Expérience.

Les animaux se rapprochent, grognent et grognent. Quel est ce langage ? Tais-toi, je veux dire à Donald, mon frère, je mets le moignon sur sa bouche. Mais l'humain veut toujours la parle. Et parle. C'est ainsi.

Donald s'agite, il souffre. Quand Doogie voit ses yeux, sous les cheveux, la beauté de sa beauté sur son visage, parce que la pluie lave sa peau peinte, et blessée, il sait qui est l'humain, c'est lui.

Expérience !

Expérience. Lui. Nous. Toi. Jamais Jungle. Toi. Moi. Pareils. Expérience.

Doogie comprend à peine le langage qui s'éloigne de lui. Tous les animaux, ils grommellent, ils ragent de l'humain qui montre trop de parole.

Ferme le toi.

Expérience. Toi. Singe.

Ha-hounh. Doogie fatigué. Pluie tombe. Et il parle, parle.

Toi. Singe. Expérience. Pas éduqué. Moi.

Quoi ?

Animaux autour de nous autour de lui, ils font grrr.

Tu parles trop, frère humain.

Alors le dernier mot que de toute force Doogie a voulu dire en bougeant les lèvres, avec le regard, alors le dernier mot que si fort j'ai pensé presque j'ai dit, sous la pluie.

Janet !

Donald a craché, et il s'est levé, courbé, comme un homme. De haut moi, il m'a regardé : Janet la pute, il a dit.

Janet, il a prononcé et il a parlé, il a crié : Janet, elle, elle, elle, Janet. Fait. Expérience.

Et droit comme l'homme, les yeux bleus, il a articulé : Janet la pute, Janet, elle sait ! Sait !

Janet, pour elle, tu es. Et il a eu le rot, le hoquet. Il a dit : Expérience, pour elle, tu é-tais.

Quand il a stop de parler, un mille et cent animaux ont stop de grogner, ils l'ont tué. Animaux n'aiment les mots, l'humain mort, l'humain qui bavarde trop, Donald debout, Donald mordu, Donald sang, Donald nu.

Le Nald a parlé, parlé, parlé comme sa nature d'humain et ses anciens fidèles d'animaux ont compris qu'homme il était, ils l'ont mort c'est mort. Déchiré de griffes, mordu de dents, tapé des pattes : chimps, babs, tigre et lynx.

Fin du Nald.

Doogie ?

Doogie voit, Doogie va. Il pleut s'arrête, n'est que cadavre, Doogie oublie. Frère qui faire quoi ?

Doogie qui ? Donald pluie ? Plus rien.

C'était frère, c'était toi ? N'a plus frère, n'a plus toi.

Bord du lit, corps douleur, Doogie traîne et quitte maison. La Rnimal mort, la Rnimal homme, au trop de mots. Tout est rien, et rien n'est qu'indiffère.

Indiffère qui ? Indiffère quoi ?

Doogie, une dernière fois. Singe regarde la maison, là mais singe. Un dit fidèle, fidèle à quoi ? Parfois, reste un nom, le nom dit :

Janet.

Janet à qui, Janet à quoi.

Voilà, voix dit : Janet n'est plus.

Souviens de rien. Bientôt tout n'est que Jungle, alors j'ungle aussi.

. . . . . .

DE LA JUNGLE

La jungle jungle, le ciel ciel, la terre terre.

Ça s'acte. Animal ah, monkey si. Tout chatte oiseau, qui ça, qui ça ?

L'a mal la main, tête heurte tais-toi. Ni nid ni nuit, chaud haut, pas ta maison.

N'est qu'acte, macaque. Tout craint.

La terre ciel, le ciel pluie, la pluie jungle. La tête heurte moins, le tais moins toi.

Le nid la nuit, fait froid. Animal ni bien, tout soigne.

Crie ça, crie quoi. Macaque le craint, c'est tais tête, monkey fort, monkey faible.

La nuit le nie, la main l'a moins, montre dents, maître meurtre.

Animal faible, femelle faible, fort, fort, fort.

Ni mal ni moi, t'acte attaque, et monkey fort, domine domaine.

Nimal moi, nid haut nuit craint, c'est maître moi.

No zoo ni chaud ni haut, tout domaine, la terre jungle, le ciel jungle, fort domine.

Ça soigne. Animal moi monkey me. Tout toit chasse eau, le terre ciel pluie, casse l'âme et sombre.

Macaque craint, animaux craignent, femelles les faibles, seul fort c'est maître c'est moi.

Meurtre un.

Meurtre un.

Tout jungle rien ciel, tout terre rien haut, moi c'est maître.

Soir noir, tout nid tout branche. Tout zone, rien ne zoo.

Si-i-ilence.

Mat est matin, lève mon lave-moi, pi-i-ipi. Puis mange.

Mange peau mord noyaux, tout cui-cui. Et crie.

Animaux faibles, animaux maigres. C'est maître c'est moi, tout zone, tout jaune, terre très terre, où mange ! Hou hou.

Animaux cherchent, animaux maigres. C'est jungle c'est mange.

Frui-i-it ! *Gimme gimme* mange. Puis crie.

Noir soir, tout lit tout blanche. Le zoo jungle, la zone se vert.

Si-i-ilence.

Muet le matin, lève-moi lave-me, pipi-i-ii. Et mange. Chaque animal s'animal. Aux chimps les chimps. Et tais ton macaque.

Tu chimps mon chimps-moi, c'est maître est moi. Jeune faible, faible femelle.

Et baise-le baise-la.

En bas d'en bas dans l'eau, tout poisse tout son.

Suie noire, nuit soir, qui branche qui baise ? Puis dort là-bas.

Silence.

Bisou bouche, câlin lèche, laisse la laisse-moi.

Baise bite, bise bête et boite et branle, c'est nuit.

Monkey-ci, monkey-là, raide mort gorilla, maître qui baise et maître combat c'est moi.

Qui zoo ? Quoi j'y ? Ni me ni moi, combat. Tu chimps, chimps-moi, jeune faible, jeune fort.

Mate un matin, défi des fois. Des femelles des faux mâles, combat.

Bats mon bats-toi, bise ta lèche, c'est jour.

Meurtre un : combat ta bite, combat la bête, tabasse ta tête. Mort toi, vie moi, victoire.

Femelle faux faible, victoire, victoire ! Houh, crie.

Silence.

Bisou ta bouche et baise ta bite. C'est moi si maître, c'est toi faible et tout me baise.

Muet un matin, si-i-ilence, défi d'un, défi d'un mâle, c'est combat, bastonne le con.

Meurtre un, meurtri.

Sang bouche, sens rien, la lèche, laisse-moi.

Toute nuit toutes baisent, monkey-ci monkey-là, raide mort jeune fort, raide mort défi.

Vie moi victoire et baise-moi tout.

C'est moi c'est roi, rien n'est mieux tout est moins.

Quoi, zoo ? Qu'il jungle, je roi.

Tout cycle, il s'âge, ça s'use.

Au matin la main le moignon t'heurte. Au ciel les six et les quatre, les quatre cicatrices cisaillent.

Puis t'oublie.

Le ciel oiseau, la terre chat, tout se jungle. Nid de nuit, mange de maître et domine-les.

Tout s'âge à cycle, t'oublies, tout blanc. Noir singe, soir beige. Jungle.

Au bruit des chimps, tout s'arbre, défi des mâles, des baises des filles, ça cycle et ça clique.

Un clac, macaque, verdi, vert jaune, gerbe rit. La clique des macaques, et passe.

Puis t'oublie.

Tout se vert, rien de dit, c'est frais, c'est faux, où fut zoo fait la forêt.

Ici rien n'esprit, rien n'est de tout fut, mes mots, mes moues, des ans, néant.

Qui dit qui fut ? C'est feu serré, pousse forêt pousse, et la terre termine, le ciel vermine.

Des hauts des arbres désordre débarras, tombe la vermine tombe, des vents, des rires.

Puis t'oublie.

Qui fut qui est maître ? Il s'use, car âge, car lasse. Il nid, il nuit, fait le fort, fait sa baise. Défaite au faible, effort au fort, victoire.

Tout cycle, fort, faible, chimps et champs, tout s'ombre, tout chant, ça nuit.

Il domine dominait, le jeune croit, le roi s'use, le jeune ruse.

Bouche du bisou des femelles, las des combats, las d'être en haut, las des baise bites et des boite et des mange.

Il dort là-bas, le corps bras, rien n'esprit, rien ne sourd rien ne main.

Il rêva.

Quand est-il né, Gardner ?

Je ne sais pas. Il y a cinq millions d'années !

Oh, Gardner, ce n'est pas une plaisanterie. Ce chimpanzé, quand a-t-elle accouché ?

Hier, McVey. Je vous ai appelé juste après.

Mmh. Où est-elle ?

Ailleurs. En bas. Au garage. Nous en avons parlé avec Diane, il ne faut pas de contact, aucun. Regardez, il bouge à nouveau, il ouvre un œil. Il a quelque chose de particulier, je le savais.

Dinah ? La mère ? Vous l'avez descendue dans les cages ?

Ce n'est pas facile, McVey. Je sais que je peux vous en parler en premier. Payne est plus, Payne est moins... C'est un animaliste, ce n'est pas vraiment un éthologue. Je veux dire, vraiment, il ne ferait pas de mal à une mouche.

C'est un beau bébé. Il vous entend, vous savez.

Ah ! McVey ! Oui, oui, c'est vrai. Je vais le rassurer. Doucement, fiston.

Dinah, vous en faites quoi ? Quand même pas la réserve, au garage, avec ceux dans le formol dont le Zoo a hérité... ?

Pas de prise de contact. Dinah a été notre espoir, enfin celui de Diane, vous savez bien, mais elle... Nous avons nos désaccords là-dessus, et elle a des limites, vous l'avez vu. Pour le langage, évidemment, mais pas seulement. C'est une superbe femelle, un grand esprit, dans son genre. Tout ce qu'elle nous a appris... Ces années, au labo, à rire, à déposer les plateaux, recomposer les images, les jouets, mettre la bonne tête sur le bon corps d'animal en plastique, les liens dans les chaînes de causalité, les formes, les couleurs, j'en ai soupé, bon sang. Notre science n'ira donc jamais au-delà, pas plus loin que la dînette et les phrases de mauvais manuel de conversation... On le sait, tout ça, on le sait. C'est autre chose que je veux faire.

Donc, vous laissez tomber Dinah.

Non, on va s'en occuper, en bas, il me faut l'aide de Payne pour cela. Elle est malade, très malade, je ne sais pas si elle tiendra. Je crains qu'il ne faille se préparer à l'enterrer d'ici à quelques mois. Heureusement, il est là.

Lui !

Oui.

Et le père ?

Insémination artificielle. C'est, enfin bon, nous avions en banque de données le sperme de Léonard. C'est illégal, je sais.

Léonard ? Le vrai Léo ? Cinquante ans plus tard ?

Mmh. C'est le seul singe à avoir été au-delà. On sait tout ça. On n'ose plus en parler.

Gardner, vous vous souvenez des médias, tout ce qui s'est passé. Le singe qui parle, ce racolage, et la rumeur de... de manipulation génétique, dans les labos.

C'est vrai, c'est vrai. On n'en sait rien. Est-ce que les équipes coréennes avaient trifouillé le génome ? Je n'en suis pas persuadé. Léonard était un chimpanzé qui était peut-être le signe d'une mutation, un événement...

Gardner...

Nous allons éduquer ce chimpanzé et lui faire

croire qu'il est né naturellement, en liberté, qu'il a des souvenirs de sa jungle.

Et... ?

Et un jour, nous le replacerons en condition.

En condition ?

Dans la jungle. Nous le laisserons se débrouiller. Mais nous veillerons sur lui.

Qu'est-ce que ça prouve ?

Nous verrons s'il retrouve sa nature, ou s'il est fidèle à son éducation, McVey. Il a les gènes de singes nés en captivité dans des labos depuis des siècles ! Capables de jouer aux dominos, mais pas foutus de grimper à une liane !

Il faut qu'il croie qu'il est sauvage, il faut qu'il croie retrouver des réflexes, des habitudes qu'il n'a jamais eues, mais qu'il pensera avoir connues ; lui donner une nature synthétique, en quelque sorte. Est-ce que nous pourrions nous faire une nature que nous n'aurions qu'imaginée ? Est-ce que nous pourrions nous écrire la mémoire d'une autre nature, McVey ?

Comment ça... ?

Si le singe rompt avec son éducation, s'il se renature, en quelque sorte, nous lui aurons réinventé sa nature. Et si on peut bouturer ainsi une espèce, renaturer un singe en l'éduquant, on pourra discuter d'une réanthropisation de l'humain.

Ce n'est pas très clair, Gardner. Je reste dubitatif. Est-ce que j'ai l'assurance qu'il ne sera fait aucun mal à ce chimpanzé ? Vous ne jouerez pas à l'apprenti sorcier ?

Aucun, voyons, McVey. Je l'aime. C'est mon enfant. Sincèrement. Et j'ai besoin de votre aide, à la Pointe du Bec.

Et votre fils ?

Lequel ?

Celui que porte Diane.

Eh bien, McVey. Ce sera un témoin, un formidable témoin. Nous verrons ses progrès en même temps que ceux du chimpanzé, nous pourrons comparer. C'est la première facette du projet.

En espérant que si le singe progresse, lui ne dégringole pas.

Non, je ne crois pas, il n'y a pas de risque, il sera protégé. Diane s'en occupera, elle l'aimera. Je suis plus proche de Janet, de mon côté. C'est un extraordinaire projet.

J'espère, Gardner. On ne sait jamais ce qui peut se passer. J'espère que vous n'y laisserez pas votre tête.

Les singes sont notre seule chance d'évoluer, McVey. Pardon pour vos baleines, mais... Il faut leur tendre la main, les aimer, les aider. Si nous les changeons, nous changerons. Nous en avons tellement besoin.

Je...

Daddy !

Oh, Janet, n'ouvre pas la porte. Qu'est-ce qu'il y a ?

Daddy ! Viens ! Viens vite ! Maman dit qu'elle va accoucher.

Oh ! L'infirmière est montée ?

Oui ! Ouiii ! Vite ! Oh, Daddy, je suis si excitée, je vais avoir un beau petit frère, pas vrai ?

Exactement. Venez, McVey. Non, laissez-lui la lumière allumée...

DE LA JUNGLE

Réveil brume, réveil brute, n'appartiens n'ici ni là.

Brouillard part, forêt noire, ni singe ni rien, qui.

Tout chat doré, mange oiseaux, mange les singes, petits. Chasse et mangouste escargot. Tous animaux.

Réveil du rêve, ça s'active. Tête brume, perdu. Qui ?

Nid de nuit, terre de soir, qui baise ma bite et mange le fruit.

Quel rêve, quel quoi ? Monts des montagnes, nues des nuages, et qui je.

Ni moi ni mien, singe erre et n'appartiens n'ici ni là.

Quel animal je ? Qui du rêve dit ? Quel réveil noir, n'est pas d'ici, d'où je ?

Ça fougère, ça vent ça vert. Tout ruisse tout poisse, qui s'eau ?

Tout singe erre, tout chat tout s'oise, et cui et cri, ça miaou.

Dégoût des mêmes, tous chimps, tous chient. Qui c'est ? Boite œil. Aveugle et domine-les.

Jeune sait pas, jeune défi, jeune combat. Qui je ? Je me vieux.

Sous bois sous toi, des j'erre, l'eau roche, l'oiseau blanc, mousse et morte, branche et rance.

Rêve d'hume, sens l'air sens l'eau, l'orchide et l'eau qui dort.

Réveil ni faim ni rut, n'appartiens pas. J'assis, je là.

Qui-je ? Alors je quitte, alors je coi. Si-i-ilence, j'au revoir ni dit ni dire.

Plus jamais nid, plus jamais baise, plus jamais jungle. Toujours jungle.

Marche le singe, boite le pied, part le singe, moite le ciel, il travers cailloux des termites.

À randonne, je brouillard, je brume, je clair, ça travers taillis tes parasites.

Plus jamais ici, j'étais marche et où-je ? J'où je vais.

À randonne, ça champignon, ça papillon, ça soif sans faim. Je sombre.

Quand nuit, je niche, je nid. Quand le mat le matin, je boite j'y vais-je.

Nature mille natures, cherche le crâne une pensée, pense jamais, mais je sens.

La tête m'heurte, tout cycle et je malade, mais je balade.

Je bats-moi bats-toi, des monkeys, pauvres ennemis. Mais je marche.

Mille forêts mille journées, quand le matin quand la nuit, pense jamais, rêve, je crie, reviens-moi.

Réveil sans rêve, je veux rêve, je n'ai qu'air, je n'ai qu'eau, je boite sombre, je boite clair, je mais qui-je ?

Alors quitte, alors quoi. Bruit du bois, ça randonne.

La tête mal, tout s'use, et je boite, mon pied meurt.

Nature une nature, cherche le crâne une pensée, qui dit que pense, pense jamais.

Mais je marche boite.

Ça manioc et ça brousse, tout cycle et quand fin de la forêt, début d'horizon, colline, lande et la plaine.

Où-je ? Alors je quitte jungle, nous sommes quittes.

De lande désert, après lacs les prés secs. Lande à bruyère, fond des vallées, ciel est chargé.

J'hume, je main, mais je rien.

Comme mal ma patte, comme marre comme moi, malade. Parfois des feux, je crains ! Je crie.

Mais seul.

Des herbes désert, après les fruits l'écorce les feuilles. Puis rien.

J'erre, je désert, mais je remère rien c'est mort. Ni dit ni rêve.

Sans singe, savane. Un zèbre raye, deux zèbres burent. Un peu d'eau, peu d'eau.

Y a du gnou, l'impala, pas ici. Quel lion quel chacal ?

Cailloux.

Ça descend, ça désert.

Rouge puis nuit puis froid. Misère d'herbes, pauvre pied. Fonce le sable, pas s'enfonce.

Si mort si m'heure, pourquoi pas. Rien n'est qu'indiffère, et tout désert.

Désolé aride, des sols à chaud. Faible jambe, le repos fait l'effort, le repos fatigue.

Quel singe naît pour le si chaud ? Quel désert aime le singe ?

Mais j'erre. Quand crie, la voix s'altère, quand ciel, ça terre, où s'horizon ?

Sèche peau, tête grosse, légère, j'erre.

Sous blanche pierre frais, sous gris pierre tiède, et pas le repos le pas, le pas l'heureux, la peau.

Perd mon pied.

Qui léger, finit ciel.

Oh ciel. Où j'y viens.

Pauvre.

Derrière la dune, qui sait ? Saura jamais.

Je couche le soleil, rien ne voit plus. Je doux, je gis. J'errais, j'ai marché.

Fini. Patte à terre, qui mirage, ni rit ni rage, pas d'eau, repos.

À la dune, à la deux, derrière où s'horizon le sable des sables, derrière ne pas, c'est quoi ?

Ni dit ni rêve, à l'allonge, sans nid cent nuits, tout vit sauf moi. Sauve-moi.

C'est mort c'est fait. Des heures désert, ni but ni bête, disparais-je.

Pauvre qui pauvre lui, fini, soleil couchant couché, déshydraté désert droit, désert moi.

Derrière la dune qui saura jamais ? Pas singe, pas lui.

Qui singe ? Je montre main, je cherche montre, je cherche humain.

Humain ! Je dis au ciel : humain, ma vie j'ai passe et passée, et fidèle je suis resté.

J'attends qui j'attends quelqu'un, creux du cou d'une nuque, creux d'une dune, donne-moi la main.

Maintenant nuit, maintenant fini. Attends le câlin, quand c'est la fin.

Mais je ne sais plus qui. Attendant qui, fidèle à quoi, je doux je gis, je crus, je décrois.

Haouh ! je dis.

Et pauvre je fis nuit.

MÉMOIRES

C'est alors qu'il s'est réveillé et qu'il a hurlé, et je l'ai vu.

Quand j'ai fermé les yeux, une grande petite fille châtain rousse à nattes m'a serré dans les bras. Je ne me souviens pas de mots de ce moment-là, mais...

Oh ! Donald ! tais-toi ! et elle a laissé dans le noir le bébé blanc, qui hurlait en me regardant. Elle a refermé la porte.

Pff. Laisse-le pleurer. C'est le bébé de maman. Ce n'est pas vraiment mon frère, je te préfère. Viens, je vais te laver et t'habiller.

Viens dans mes bras, oh monkey, mon monkey chéri.

Elle caresse mon crâne, je n'ai plus peur, elle caresse ma nuque avec la peau de sa main qui sent le fruit le plus propre.

Et je regarde les yeux dans ses yeux.

N'aie pas de souci ! Je suis la plus maligne. Je vais m'occuper de toi. Toujours. Toujours. Toujours.

Et elle a murmuré.

Je sais qui tu es, je sais d'où tu viens en vrai. Je suis au courant de tout. J'ai entendu.

Elle porte une chemise parfaitement blanche et ses yeux brillent.

Je vais faire de toi quelque chose.

À travers le couloir noir, sans faire grincer le plancher, doucement, elle m'a emporté et elle a chuchoté :

Je t'aimerai et tu seras comme mon chien, mon petit chien, hein. Fidèle le dog, le petit dog. Doggy, je t'appellerai.

Elle s'est arrêtée, le doigt sur ses lèvres.

Non. Doogie. C'est mieux. Elle sourit : Comme Douglas, comme une star de cinéma.

J'ai cligné mes grands yeux, sous le sourcil de mon front, elle a redressé le menton et la paume de sa main si rose sur mon pauvre museau si marron.

Tu seras à moi pour toujours.

Un être humain a toujours le dernier mot

1

«Il n'y a plus d'animaux pour nous. Il y a longtemps que nous sentons et que nous savons que les êtres humains que nous sommes se détachent progressivement, comme une île d'un continent, des autres animaux, qui n'existent plus guère pour nos esprits qu'à la manière de souvenirs, de symboles, de personnages de conte, de surnoms affectueux, d'images de film, de domestiques bien dressés ou d'espèces à défendre dans l'abstrait.

«Il y a des animaux sans nous. Depuis quelques années, suite à la ruine du Zoo, aux malheureuses aventures qui l'ont entraînée, puisque bien des bêtes, comme on disait jadis, ont "renaturé", reprenant rapidement possession des terres, forêts, mers et déserts. D'abord maladroitement, sauvagement, comme hélas vous le savez déjà, puis naturellement, comme l'herbe qui repousse toujours, mammifères, insectes, oiseaux, poissons et toutes sortes d'invertébrés se sont épandus à travers l'environnement laissé par l'homme en jachère ; il n'y a plus aujourd'hui d'œil humain pour les scruter, les observer, ni de main pour s'abattre sur leur flanc, pour le pire ou pour le meilleur. Ils sont, là où ils sont, ce qu'ils sont, et cela, je crois, ne nous regarde plus. C'est bien involontairement que le dernier bastion de notre espèce au bord de la jungle de l'ancien continent africain est tombé, de guerre lasse, et les circonstances qui nous ont vus perdre ce lieu qu'il m'est impossible d'évoquer sans nostalgie et sans douleur, bien qu'éclaircies, restent et resteront trop sombres pour pouvoir vous être distinctement dépeintes.

« Adieu le dernier zoo, où furent conservées vivantes, étudiées et éduquées parfois, pour la dernière fois, les autres espèces que la nôtre ; bonjour et bienvenue au Museum, ainsi qu'il s'offre à vos regards, à ceux des enfants comme des grands.

« Bâti voilà trois riches années de cela ici même, à la Pointe du Bec, du nom dont on baptisait couramment le lieu dans mon enfance, le Museum d'Histoire de la Nature, que j'ai la joie de diriger, vous propose — en sus de son fonds inépuisable de traces, d'empreintes, d'images, de squelettes, de témoignages de toutes sortes et d'extraits sonores — des expositions temporaires de reconstitution en trois dimensions et en environnement sensoriel total des animaux d'hier. Je vous invite aujourd'hui à partir sans plus tarder à la recherche de nos proches cousins, les grands primates, à travers une série d'ambiances, de jeux et de mises en situation qui vous permettront d'approcher au plus près l'expérience qui fut la nôtre, celle de pouvoir toucher et interagir avec ces êtres frères, ces derniers fruits différents issus d'une vieille branche commune de notre évolution.

« Oui, comme vous le savez, j'ai personnellement connu des grands singes et leur fréquentation fut à ce point importante pour moi que je vous souhaite sincèrement d'imaginer au moins ce qu'elle aurait pu être pour vous.

« Non, il n'existe plus, actuellement, à notre connaissance, de chimpanzés, de bonobos, de gorilles ou d'orangs-outans vivants. La violence inimaginable des processus de "renaturation", opérée sur et par des populations trop fragiles, trop peu nombreuses, a laissé les diverses espèces de grands singes sans descendance, victimes de famines, de mutilations, d'infanticides, de massacres massifs inter- et intraspécifiques.

« Nous en parlons au passé.

« Je vous laisse à présent, loin de ces considérations qui me brisent la voix, moi qui leur ai consacré ma vie entière et tout mon cœur, profiter librement de l'exposition, de votre bref mais intense séjour sur notre vieille Terre et de ces images, ces hologrammes mélancoliques et ces artefacts qui constituent notre unique souvenir ténu de ce qu'ils furent pour nous — les singes.

« En vous remerciant. »

Combien de fois j'ai répété, le sourire froid et crispé, ces quelques phrases forcées, espérant que le nombre sans cesse grandissant des visiteurs permettrait à notre Museum de subsister, de justifier son existence aux yeux des autres représentants du Consortium. Combien de fois j'ai lissé le faux pli de mon pantalon devant l'écran avant de bâcler ma révérence et de retourner m'enfermer dans mon large bureau brun et vitré, cinq mètres au-dessus de la plage où je me souviens que nous nous sommes tant baignés, au pied même du laboratoire de Payne et de McVey.

Je regarde, en me penchant sur mon bureau, une photo, et je pense à lui.

J'ai sauvé ce qui pouvait l'être. Je me suis sauvée, d'abord, et j'ai permis au Museum d'exister, car je n'aurais pu vivre sans au moins l'image, l'idée, le souvenir des animaux.

Puis mon bref instant de solitude — à guetter vainement derrière la vitre fumée renforcée, au-delà des barrières et des barbelés, l'ombre, sur l'océan lointain, d'une baleine, d'un dauphin, de ce qui fut Bobbie Beamon, de ce qui fut Feng Po-Po, sous un gros soleil indifférent, par une mer étale — se termine abruptement.

Je suis attendue.

2

Je suis dans l'ascenseur, j'entends encore ronronner les moteurs du navire et je repense au passé.

Le crash du *Charles Beagle*, l'antique navette reliant le continent à la toute première station orbitale, était un accident, dont je pleure encore les conséquences. Combien de fois devrai-je me jurer que je ne l'ai pas voulu, que je n'ai jamais organisé cet événement dans le but supposé de forcer la main à Michael, réticent, et de livrer le sujet de l'expérience à ce qu'on appelle communément la nature vierge (quoique cette expression ne me satisfasse guère) ? Tout le monde le savait, le *Charles Beagle* se trouvait alors en piteux état — l'accident tragique de maman l'avait hélas prouvé avec éclat — et l'effondrement de nos finances ne nous permettait certainement pas de le remplacer, ni même de le réparer. Michael fut la victime de ce laisser-aller, que je reconnais. Mais il n'y avait pas de bombe à bord, comme on l'a absurdement laissé entendre, je crois. Il n'est pas vrai, non plus, que Sindhu et Naoki, rescapés de l'accident, auraient saboté le navire sur mes ordres. Qu'on ait pu parfois l'insinuer, il y a quelques années, sans aucune preuve, a miné et ronge encore mon âme.

Je porte quoi qu'il en soit la responsabilité de tout le malheur.

Sindhu et Naoki, qui ont échappé aux flammes, ont fui par bateau pneumatique. Ils les ont, c'est vrai, abandonnés sur place, mais comment le leur reprocher? Je les ai crus morts, tout comme eux. Pour nous, ils avaient définitivement disparu dans l'incendie, Michael et *lui* aussi.

3

La première fois que j'ai vu Doogie, j'étais encore une enfant mais j'étais assez grande pour savoir ce qu'il pourrait être pour moi : mon allié, mon fidèle. Dans une situation familiale où, non désirée par ma mère — parce que j'avais interrompu le cours de sa carrière scientifique — mais idolâtrée par mon père, j'étais devenue la rivale de mon tout jeune frère, chéri par maman et prétexte à réconciliation provisoire pour papa, je sentais, pauvre petite fille trop intelligente, parfois mièvre mais trop vite mûrie, que cet être apporté par mon père, Gardner Evans, serait toujours moins qu'un concurrent, comme l'était mon frère, et plus qu'un domestique, comme l'étaient au fond la plupart des animaux de notre zoo, à Victoria.

Je n'ai jamais su mettre de mot sur ce que je décidai d'éprouver pour ce bébé singe, qui était tout à la fois ma compagnie, ma peluche, mon petit, mon « trucmuche ».

Parce qu'il dépendait entièrement de moi, petit être fragile, je suis devenue souveraine, aussi sûre de moi qu'une reine. Sans lui, je ne serais probablement pas moi. Il progressa, il le faisait avec et pour moi, mais ça ne suffisait pas, je le poussais et l'esprit expérimentateur de mon père désormais m'habita. Je me montrais sévère, je le testais, évidemment je le manipulais. Mais je le tenais sincèrement dans les bras comme le pauvre petit singe perdu qu'il était et qu'il restait à mes yeux ; je lui mentais franchement quand il le fallait, parce qu'il avait besoin de mon affection pour pouvoir devenir autre chose que ce qu'il était. Je n'ai donc jamais eu mauvaise conscience et je peux dire honnêtement que je l'aimais, comme l'animal spécial et assez génial qu'il était, pas autrement, et qu'il n'avait ni besoin ni envie que je me comporte différemment avec lui.

Il y eut de belles années, tant que la famille et le zoo vibraient à peu près à l'unisson. On dit parfois que mon père éduqua ce chimpanzé qu'était Doogie comme mon frère. Je le répète : je n'avais qu'un frère, Donald, qui était mon ennemi, et jamais Doogie ne fut autre chose qu'un animal éduqué en notre compagnie.

Je n'ai absolument jamais rien su de ces prétendues manipulations de Gardner, mon père ; s'il a fait bien des erreurs, je ne crois pas qu'on puisse mettre à son compte celle-ci. Doogie, clairement, fut considéré comme un singe doué, vadrouillant librement dans la demeure, puis comme ma chose, et un peu plus que cela. Mais pas comme un être humain, je le certifie.

Lorsque survint la maladie de mon frère, ma mère accusa le singe de mon père, devenu le mien, d'être la cause de son mal terrible, qui le laissa anémié et à moitié paralysé.

L'atmosphère de notre foyer, progressivement délaissé par les visiteurs, les laborantins et le personnel de service, se détériora rapidement. Maman partit vers une station du Consortium dans l'espoir de faire soigner

Donald, qui reprit apparemment vigueur loin de nous; mais, au retour, au moment d'atterrir, le vieux *Charles Beagle*, le grand vaisseau jadis armé pour la Guerre du siècle dernier, s'écrasa près de notre propriété. On accusa mon père — et ma mère ne fut pas la dernière à le faire — de sabotage, et c'est à une authentique petite guerre que mes parents se livrèrent. Je comprends aujourd'hui ce qu'il ressentit, d'autant que c'est lui qui partit à la recherche de Donald enfui, le retrouva sauvagement assassiné et l'enterra. C'est ce qu'il nous raconta. Probablement mon frère fut-il la victime d'un fauve égaré, errant à proximité du zoo, depuis que la surveillance des cages et des aires de rangement s'était considérablement relâchée. Le sort de mon frère reste de toute manière un mystère.

De ce jour date l'apparition, lourde de conséquences, de l'Animal, figure inquiétante, menaçante, qui pourrit notre vie, hantant la jungle, du zoo jusqu'à la demeure de Payne, accidentellement tué lors de l'une de ses expériences sur la plage, et de McVey. Je crois aujourd'hui qu'elle n'était sans doute que le fruit de l'imagination de mon père, troublé ou rendu à demi fou par la perte de son fils, qui fit presque de la bête meurtrière une légende. Il semblait qu'un animal, énorme, intelligent, laissait s'échapper différentes bêtes du zoo, les organisait, encerclant progressivement notre demeure, la nuit, avant de l'attaquer.

Ce fut l'ère pathétique de tous les complots. J'appris incidemment que mon père avait procédé au « reboutage » de pas mal d'animaux, traités, manipulés, puis abandonnés à une sorte de fausse liberté, contraints de s'inventer de nouvelles formes de survie.

La pression des animaux autour du zoo s'accentua et Doogie, à mon côté, perdit aussi un peu son rôle à mesure que Michael devenait mon principal appui et mon ami.

Pauvre Doogie, qu'a-t-il alors ressenti ?

Ma mère mourut lors d'une nuit de panique, et je crus le zoo perdu, investi par nos ennemis ; c'est à ce moment précis que Doogie me servit. J'ordonnai en effet son envoi, pauvre singe savant, à la manière d'une bête de foire, dans les stations orbitales de la société d'en haut, avec la volonté de le livrer en spectacle, de susciter ainsi l'émoi, de lever des fonds et de nous permettre de transvaser convenablement nos activités du zoo vers la Pointe du Bec, au bord de la mer, à l'abri, dans l'ancienne maison des défunts Payne et McVey. Les deux amis de mon père, idéalistes et spécialistes des mammifères marins, des dauphins, avaient finalement été victimes de leurs propres protégés devenus agressifs.

C'est au retour du *Charles Beagle* qu'eut lieu l'accident, inattendu et cruel. Je finissais péniblement la première partie de notre déménagement lorsque je l'appris.

Père, devenu fou, était resté sur la colline du zoo au milieu des animaux, attendant son Animal comme la mort, et j'étais partie, dans la panique la plus complète, pour les laboratoires barricadés de la Pointe du Bec, où, vidée, désespérée, j'assistai à la suite des événements.

Doogie, en effet, avait toujours ce que j'appelais sa « montre » au poignet. Avant son départ, je lui avais confié cette montre-bracelet, avec caméra intégrée, de manière à suivre ses faits et gestes, même partiellement et sans aucune possibilité de communiquer avec lui. C'était un équipement fruste et je m'en suis longtemps voulu de ne pas avoir choisi mieux.

4

Ce qui arriva ensuite, à défaut de pouvoir en changer le cours, au moins l'ai-je observé de mes propres yeux.

D'abord incrédule, assise avec une tasse de mauvais café, les genoux sous une couverture à carreaux pelée, j'ai assisté devant le vieux moniteur vidéo de la salle de contrôle au réveil du petit chimpanzé Doogie, et j'ai ressenti un peu plus de fierté que de peine à le voir agilement s'extirper de la coque échouée du *Charles Beagle*, sur une plage indéterminée, dans l'ouest du continent africain, je suppose.

Progressivement, le signal est devenu inégal et incertain. La communication a semblé coupée une première fois, puis la montre a été récupérée par notre ancien orang-outan, qui l'a rapportée sagement à Doogie, comme il me rapportait jadis les objets brillants que je lançais pour l'amuser dans le jardin.

J'ai donc retrouvé mon petit Doogie, après plusieurs jours d'angoisse, non loin de la colonie de bonobos que mes parents avaient patiemment étudiée. Comme je m'y attendais, j'ai observé après leur rencontre son animalisation progressive une fois pris en charge par la société des bonobos. C'est avec un pincement au cœur, de mauvaise mère peut-être, que j'ai senti, par bribes, s'effriter ce que je lui avais donné et réapparaître ce qui avait toujours été en lui et qui avait pris un sens nouveau au contact de ses lointains congénères.

Sa fuite et ses combats de chiffonnier contre les chimpanzés de sa propre espèce ont achevé le travail : seul, livré à l'instinct de survie, Doogie a retrouvé violence, usage des sons, des signes, des postures, des attitudes qui lui coulaient dans le sang sans avoir jusque-là jamais pris forme dans son cerveau, son esprit, ses représentations.

L'éthologue en moi a été satisfaite intellectuellement de la logique des faits, l'éducatrice que j'étais, effondrée.

Doogie, mal habillé, déshabillé, à quatre pattes, dévoyé, s'est trouvé absorbé par la jungle qui remontait à la surface de son être, et j'ai été certaine qu'il m'avait oubliée tout à fait.

Bête comme je suis, je me suis mise à pleurer. Je l'avais perdu. Je l'apercevais par intermittence sombrer dans l'inconscience et la nécessité seulement de ses gestes spécifiques de chimpanzé parmi d'autres chimpanzés, colérique, nerveux, et je me souvenais de la première fois où nous nous étions rencontrés. J'étais une petite fille, il n'était qu'une peluche.

Accident, rixe soudaine, panne peut-être : le signal s'est épuisé. L'écran est resté noir et je suis demeurée dans l'obscurité, mon carnet couvert de notes entre les mains, épuisée d'avoir vécu comme avec lui ce que je n'avais pourtant à aucun moment partagé, horrible spectatrice que j'étais.

L'obligeant à devoir monter plus haut que lui-même sur l'échelle qui était la mienne, je l'avais condamné à dégringoler plus bas que soi.

Il avait perdu tout ce qu'il avait reçu. Que restait-il en Doogie, finalement, tel que je l'ai aperçu ? Le fond naturel de son être ? Peut-être. Pas grand-chose, et certainement moins que ce qu'il était vraiment, que ce qu'il aurait dû être.

Dirai-je, malheureuse, qu'il m'a déçue ? Non, pauvre Doogie, c'était ma faute, et je sais ce qu'il fut véritablement : un être trompé, élevé, abandonné, qui avait chuté.

J'ai placé les cassettes et le calepin dans un coffre

de bois, que j'ai soigneusement refermé. J'ai fait mon deuil de cette aventure et je l'ai oublié.

5

Plusieurs années plus tard, après avoir rencontré mon mari, après la naissance de mes deux filles, j'inspectais à la Pointe du Bec l'état de notre chantier.

C'est un pays de pierres grises et roses, un lieu de grand vent, et seul un minuscule bateau à la voile triangulaire, disposant avec l'aide de plongeurs la barrière sous-marine des balises et des mines, incisait l'horizon bleu et blanc. J'étais heureuse, tenant l'aînée entre mes bras, tandis que la petite restait assise dans sa poussette, endormie. Au moment, je m'en souviens bien, où un jeune ingénieur m'expliquait où et comment renforcer les fondations de la maison pour lui permettre de supporter l'étage supplémentaire qui la relierait au corps du bâtiment principal, mon époux, à l'autre extrémité du domaine, s'agita soudain et me fit de grands signes des bras, tel un incompréhensible sémaphore affolé. Inquiète, je livrai ma fille agitée à la surveillance de la nourrice et de l'ingénieur interloqué sous son casque jaune, puis, en pantalon corsaire, serrant contre mon cou frissonnant le petit foulard rouge offert par mon patron de mari, je gravis la dune couverte de touffes végétales sèches, grises et vertes, comme les plaques d'une maladie de peau, sous le souffle de la brise marine, en avançant régulièrement vers le renflement qui entourait et qui protégeait fort heureusement le site en voie de réhabilitation. Je vis d'abord, de l'autre côté de la dune rose puis jaune citron, à la lisière du désert morne et plat, mon mari et un soldat, qui ne savaient visiblement que faire de leurs mains au-dessus d'un point noir comme enfoncé dans le sable qui de loin semblait sale.

Parce que le soleil trop blanc et trop rond m'aveuglait au pourtour de mes lunettes noires je me demandai durant une bonne minute ce qu'était ce sac à dos noir, affalé, et ce qu'il contenait. Je crus même à une bombe... Je perçus finalement aux pieds de mon cher époux, qui criait quelques mots répétitifs et incompréhensibles, et du soldat, qui du bout de sa baïonnette tapotait la chose inerte, la masse de poils irrégulière.

L'intuition, le pressentiment me saisit : je sus et je reconnus qu'il était là. Je hurlai alors à pleins poumons au soldat de s'éloigner et de laisser en paix le corps de ce singe, de Doogie.

Je dis deux mots à mon époux, qui m'effleura l'épaule puis se tint en retrait, rassurant le soldat. Je m'accroupis, touchai du doigt puis retournai délicatement, précautionneusement, le corps immobile, maigre, méconnaissable, balafré de Doogie. Je me mordis la lèvre inférieure en découvrant recroquevillé son bras sans plus de main, son moignon gris et rosâtre, et son autre membre sans doute amputé, sa chair meurtrie.

Et quand je vis sa face...

Mon Dieu, je ne le décrirai pas. Vraisemblablement malade, torturé et détruit, il n'avait plus de visage.

Je l'ai couvert de mes mains, je le reconnaissais ; j'ai voulu dire un mot à ce corps, lorsque, lointainement, picotant le bout de mes trois doigts à la base de sa nuque, je sentis le frêle afflux de son sang, et je sus qu'il était vivant.

Immédiatement, demandant d'urgence le médecin, je réclamai son rapatriement.

Mon mari regarda le singe, puis mon visage bouleversé, et il acquiesça, je crois, sans comprendre.

6

Certains soirs, si mon mari est absent et mes filles en sa compagnie, j'éteins la lampe sur le bureau de ma chambre, je referme mes cahiers, recapuchonne mon stylo et je descends par l'escalier, d'étage en étage jusqu'au dernier, au «garage».

Après avoir entré le code secret dont je me souviens sans difficulté sur le clavier numérique à la droite de la porte blindée, sans allumer jamais les lumières du plafond, je pénètre dans le grand hangar désert, aux murs dont je devine la couleur bleu pétrole et l'aspect huileux, ripoliné, à mesure que mes chaussons grincent sur le béton couvert d'un linoléum mal collé, à tâtons parfois, lorsque la vague lueur du couloir ne permet plus de redessiner à mes yeux l'espace de ce hangar souterrain, sans caisses de déménagement ni voitures de collection, jusqu'au petit abri, derrière les canalisations silencieuses, où repose, dans la quasi-obscurité, la cage.

Il ne supporte plus la lumière, du jour aussi bien qu'artificielle, et vit — ou plutôt subsiste — recroquevillé, le cul à moitié sur une feuille de bananier que régulièrement je viens changer et un petit oreiller vieilli, poussiéreux. Le bas de son dos reste collé contre le mur de béton du fond de la cage, dont les trois autres parois ont été grillagées, sur insistance de mon époux et avec mon accord malheureux. Les heures et les jours, il ne les voit jamais. C'est un soldat sous serment qui apporte aussi discrètement que possible sa nourriture et ses médicaments, des dizaines d'analgésiques et de calmants, par l'ouverture, comme une chatière aux croisillons métallisés, du devant de la cage face à laquelle accroupie je me tiens. Est-ce qu'il dort, est-ce qu'il rêve? Comment le saurais-je? Il respire, difficilement, les narines empêchées, la bouche abîmée, et je le regarde, mon Dieu, je le regarde longtemps.

D'abord, il reste là où il est, sans ouvrir son seul œil, la paupière traversée d'une affreuse balafre, une cicatrice d'un autre âge, et je détaille sous son poil dégarni les formes de son corps cassé de vieux chimpanzé.

Puis je chuchote, je commence à lui parler, et je lui dis des mots d'avant. Je prononce doucement les anciens mots de son enfance, de la mienne, je ris, je souris, j'évoque ses jeux, son lit de pin, sa chambre et nos randonnées. Je prends le ton de maîtresse que j'avais jadis, je lui décris ses cubes, la salle de classe et toutes ces années.

Il ne réagit jamais, je le sais. Mais j'aime parler, sans dire beaucoup plus que rien, pour laisser résonner la voix de mon passé et du sien dans le garage obscur, rafraîchi, dont l'écho même me paraît étouffé.

Je sais bien que malgré les mots, les phrases qu'il avait assimilés, qu'il répétait, Doogie n'a jamais vraiment *parlé*, lui, et je ne l'ai jamais compris tout à fait. Il baragouinait, il signait, il s'agitait, il m'aimait bien, j'en suis sûre. Qu'est-ce qu'il avait en tête, ce pauvre chimpanzé? Si je pouvais ouvrir son crâne, son cœur et ses souvenirs, qu'est-ce que j'y trouverais? Sans doute rien ou l'apparence creuse de quelque chose, pour moi. Mais pour lui...

Je contemple sa face ravagée, presque invisible et lointaine, je cherche ses mains, qui ne sont plus là, et je lui tends les miennes en murmurant avec une sympathie infinie : Hé! petit monkey! Il n'aimait pas que je l'appelle *ape*. Son premier langage d'enfant était fait de ces mots simples, alors je signe encore en le saluant.

Parfois, je me souviens, j'étais troublée en le côtoyant au point de me demander s'il ne croyait pas pour de bon parler et s'il ne croyait pas que je le comprenais parfaitement, alors qu'il n'y avait jamais que ces bribes de protosyntaxe et ces expressions toutes faites, trafiquées pour l'écran de son ordinateur et qui apparaissaient aux riches gogos, aux gens d'en haut, comme la traduction instantanée de ce qu'il pensait. Il était évident pour nous qu'en dehors des profondes interactions qui nous liaient il n'existait pas de réel langage déterminé qu'il maîtrisât et qu'il exprimât. Mais il me semblait en le serrant contre moi, en le voyant sans cesse gesticuler avec la main qu'au-delà de son mutisme et de sa surdité simiesques à l'humanité il était convaincu de vraiment communiquer.

Je sais de quelle illusion j'étais la proie, et elle m'aveugle encore aujourd'hui, parfois, lorsque je le vois. Comme si je lisais en lui un récit qu'il ne pourrait pas me faire et qui n'a jamais existé, que je me persuade pourtant d'entrevoir vaguement à trop l'observer. C'était un peu mon bébé et beaucoup ma chose. Peut-être lui ai-je fait du mal? Comment le savoir et comment m'excuser? C'était idiot, je me sais idiote de me raconter à moi-même ces histoires en lui tendant les bras.

Car ces histoires n'existent pas. La jungle a définitivement digéré mon singe, et la jungle n'a pas de mémoire.

J'attends encore un instant, je sais qu'il n'y a personne à part moi, et je renoue ma natte en me mordant les lèvres. Je me traite d'imbécile et je le fais tout de même : à travers les barreaux, je signe à cette pauvre masse noire, affalée, qui ne bouge plus, les épaules rentrées, tête basse, je lui fais le signe de la chatouille et du câlin, je lui dis « viens ».

Alors j'ouvre la porte de la cage, avec précaution, en tournant lentement la clé dans la serrure rouillée, à quatre pattes j'avance vers lui, je tends ma paume, je tords le cou pour chercher par en bas son regard et, comme je ne vois rien, je parle sans m'arrêter, à voix très basse : Pauvre petit monkey que tu es, quel bon singe tu as été, comme Janet t'aime, tu sais. Je ne sais pourquoi, il me semble que je lui dois bien ça.

Et lentement, en frottant ses fesses contre l'oreiller et la feuille de bananier, au son sourd, rauque, de sa respiration comme fermée, il avance à peine le thorax, bascule légèrement, les moignons collés toujours au creux de son ventre, s'inclinant d'avant en arrière tel un drôle d'enfant, puis il baisse la nuque, m'offre son cou, le haut de son dos, propre, nettoyé par le personnel de service assermenté, et à peine parfumé.

Alors je tends les doigts, je les enfonce à travers ce qu'il lui reste de poil, et longtemps, longtemps, je le caresse, tandis qu'il se balance insensiblement et que je répète en flattant son épiderme chaud, qui ne frémit jamais, mais se détend, s'apaise, je le sens : Oh mon pauvre Doogie, mon pauvre monkey. Tu n'es qu'un Doogie, tu n'es qu'un monkey, tu es tout petit, tout est trop grand pour toi, tu as tout fait comme il faut, Janet t'aime infiniment, petit singe, chut, sois calme, sois tranquille, Janet est là. Et il grogne à peine sans dormir ni veiller vraiment. Il est comme un vieux chien fidèle, me dis-je en sanglotant. Chut ! je chuchote encore. Pauvre singe, bon singe que tu es, dans le noir à jamais. Je suis à côté de toi, ça va et ça ira.

Peut-être, parfois, ouvre-t-il à peine son œil unique, en se laissant caresser, et qui sait ce qu'il pense s'il peut encore penser. Je n'ai aujourd'hui, accroupie auprès de lui dans l'obscurité presque totale, aucune idée de ce qui peut encore résonner de notre langage, de mon langage dans la chambre bientôt condamnée de son cerveau, comme dans l'esprit interdit de tous nos animaux.

Je frotte sa nuque comme si je cherchais les poux que le shampooing a toujours chassés de son pelage et, sans savoir comment, je suis très fugitivement sûre qu'il est heureux entre mes mains, que toute sa vie s'apaise ainsi, en gémissant imperceptiblement, et que, à travers ma paume, mes doigts, sa peau et ma bouche, il m'entend, reposé et content.

Tu n'as plus rien à prouver, lui dis-je. L'expérience est finie.

Il m'offre en toute confiance, lui qui m'a toujours servi et dont je me suis toujours servie, il m'offre absolument sa nuque en gémissant faiblement, et je le serre fort entre mes bras en lui donnant la seule récompense que pouvait jamais trouver sa petite vie par trop incertaine : le câlin sans fin de mes deux mains.

— FIN —

PLAN

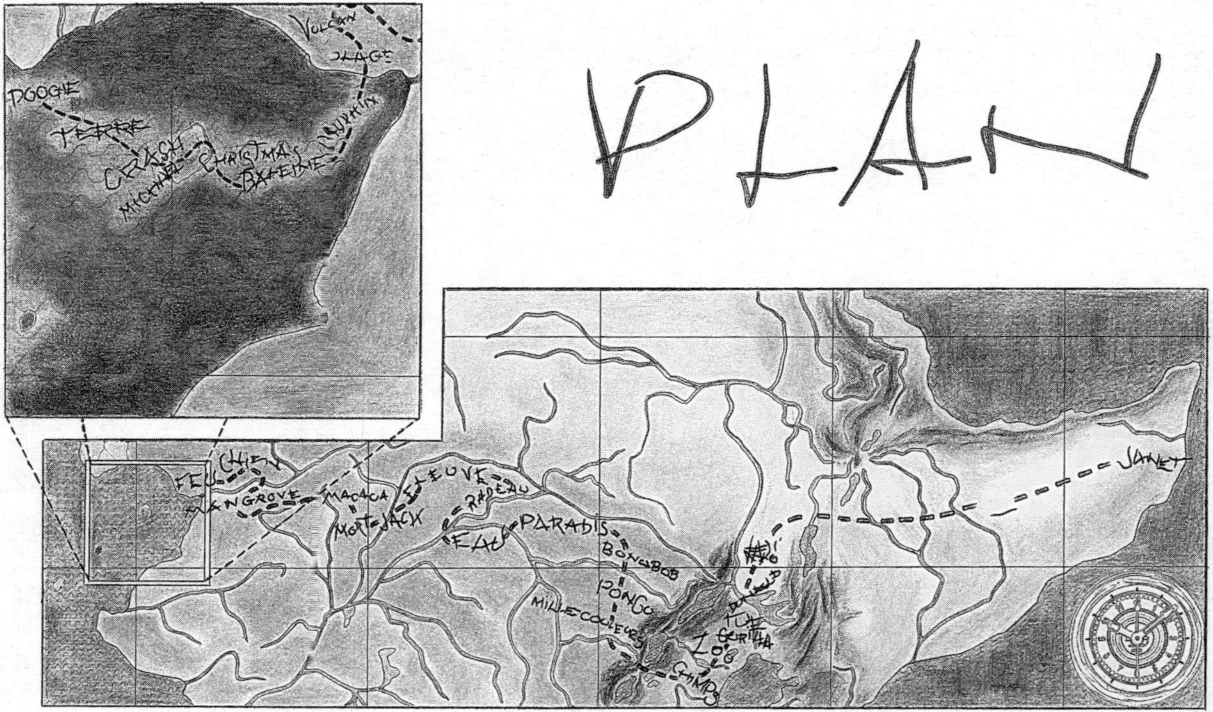

VOLCAN
PLAGE
DOOGIE
TERRE
CRASH
CHRISTMAS
BALEINE
FEU
CHIEN
MANGROVE
MACACA
MORT JACK
FLEUVE
RADEAU
EAU
PARADIS
BONGBOB
PONGO
MILLE COULEURS
GORILLA
CHIMPS
JANET

Tous les personnages de ce récit ont été amoureusement créés avec et pour Agnès Gayraud. Je lui dois ce livre et ce livre lui doit tout.

DU MÊME AUTEUR

Aux Éditions Gallimard

LA MEILLEURE PART DES HOMMES, *roman* (Folio n° 5002).

MÉMOIRES DE LA JUNGLE, *roman* (Folio n° 5306).

Chez d'autres éditeurs

L'IMAGE, *essai*, Éditions L'Atalante.

NOUS, ANIMAUX ET HUMAINS, *essai*, François Bourin éditeur.

COLLECTION FOLIO

Dernières parutions

5034. Nina Bouraoui	*Appelez-moi par mon prénom*
5035. Yasmine Char	*La main de Dieu*
5036. Jean-Baptiste Del Amo	*Une éducation libertine*
5037. Benoît Duteurtre	*Les pieds dans l'eau*
5038. Paula Fox	*Parure d'emprunt*
5039. Kazuo Ishiguro	*L'inconsolé*
5040. Kazuo Ishiguro	*Les vestiges du jour*
5041. Alain Jaubert	*Une nuit à Pompéi*
5042. Marie Nimier	*Les inséparables*
5043. Atiq Rahimi	*Syngué sabour. Pierre de patience*
5044. Atiq Rahimi	*Terre et cendres*
5045. Lewis Carroll	*La chasse au Snark*
5046. Joseph Conrad	*La Ligne d'ombre*
5047. Martin Amis	*La flèche du temps*
5048. Stéphane Audeguy	*Nous autres*
5049. Roberto Bolaño	*Les détectives sauvages*
5050. Jonathan Coe	*La pluie, avant qu'elle tombe*
5051. Gérard de Cortanze	*Les vice-rois*
5052. Maylis de Kerangal	*Corniche Kennedy*
5053. J.M.G. Le Clézio	*Ritournelle de la faim*
5054. Dominique Mainard	*Pour Vous*
5055. Morten Ramsland	*Tête de chien*
5056. Jean Rouaud	*La femme promise*
5057. Philippe Le Guillou	*Stèles à de Gaulle* suivi de *Je regarde passer les chimères*
5058. Sempé-Goscinny	*Les bêtises du Petit Nicolas. Histoires inédites - 1*
5059. Érasme	*Éloge de la Folie*
5060. Anonyme	*L'œil du serpent. Contes folkloriques japonais*
5061. Federico García Lorca	*Romancero gitan*
5062. Ray Bradbury	*Le meilleur des mondes possibles* et autres nouvelles

5063. Honoré de Balzac — *La Fausse Maîtresse*
5064. Madame Roland — *Enfance*
5065. Jean-Jacques Rousseau — *« En méditant sur les dispositions de mon âme... »*
5066. Comtesse de Ségur — *Ourson*
5067. Marguerite de Valois — *Mémoires*
5068. Madame de Villeneuve — *La Belle et la Bête*
5069. Louise de Vilmorin — *Sainte-Unefois*
5070. Julian Barnes — *Rien à craindre*
5071. Rick Bass — *Winter*
5072. Alan Bennett — *La Reine des lectrices*
5073. Blaise Cendrars — *Le Brésil. Des hommes sont venus*
5074. Laurence Cossé — *Au Bon Roman*
5075. Philippe Djian — *Impardonnables*
5076. Tarquin Hall — *Salaam London*
5077. Katherine Mosby — *Sous le charme de Lillian Dawes Rauno Rämekorpi*
5078. Arto Paasilinna — *Les dix femmes de l'industriel*
5079. Charles Baudelaire — *Le Spleen de Paris*
5080. Jean Rolin — *Un chien mort après lui*
5081. Colin Thubron — *L'ombre de la route de la Soie*
5082. Stendhal — *Journal*
5083. Victor Hugo — *Les Contemplations*
5084. Paul Verlaine — *Poèmes saturniens*
5085. Pierre Assouline — *Les invités*
5086. Tahar Ben Jelloun — *Lettre à Delacroix*
5087. Olivier Bleys — *Le colonel désaccordé*
5088. John Cheever — *Le ver dans la pomme*
5089. Frédéric Ciriez — *Des néons sous la mer*
5090. Pietro Citati — *La mort du papillon. Zelda et Francis Scott Fitzgerald*
5091. Bob Dylan — *Chroniques*
5092. Philippe Labro — *Les gens*
5093. Chimamanda Ngozi Adichie — *L'autre moitié du soleil*
5094. Salman Rushdie — *Haroun et la mer des histoires*
5095. Julie Wolkenstein — *L'Excuse*

5096. Antonio Tabucchi	*Pereira prétend*
5097. Nadine Gordimer	*Beethoven avait un seizième de sang noir*
5098. Alfred Döblin	*Berlin Alexanderplatz*
5099. Jules Verne	*L'Île mystérieuse*
5100. Jean Daniel	*Les miens*
5101. Shakespeare	*Macbeth*
5102. Anne Bragance	*Passe un ange noir*
5103. Raphaël Confiant	*L'Allée des Soupirs*
5104. Abdellatif Laâbi	*Le fond de la jarre*
5105. Lucien Suel	*Mort d'un jardinier*
5106. Antoine Bello	*Les éclaireurs*
5107. Didier Daeninckx	*Histoire et faux-semblants*
5108. Marc Dugain	*En bas, les nuages*
5109. Tristan Egolf	*Kornwolf. Le Démon de Blue Ball*
5110. Mathias Énard	*Bréviaire des artificiers*
5111. Carlos Fuentes	*Le bonheur des familles*
5112. Denis Grozdanovitch	*L'art difficile de ne presque rien faire*
5113. Claude Lanzmann	*Le lièvre de Patagonie*
5114. Michèle Lesbre	*Sur le sable*
5115. Sempé	*Multiples intentions*
5116. R. Goscinny/Sempé	*Le Petit Nicolas voyage*
5117. Hunter S. Thompson	*Las Vegas parano*
5118. Hunter S. Thompson	*Rhum express*
5119. Chantal Thomas	*La vie réelle des petites filles*
5120. Hans Christian Andersen	*La Vierge des glaces*
5121. Paul Bowles	*L'éducation de Malika*
5122. Collectif	*Au pied du sapin*
5123. Vincent Delecroix	*Petit éloge de l'ironie*
5124. Philip K. Dick	*Petit déjeuner au crépuscule*
5125. Jean-Baptiste Gendarme	*Petit éloge des voisins*
5126. Bertrand Leclair	*Petit éloge de la paternité*
5127. Musset-Sand	*« Ô mon George, ma belle maîtresse... »*
5128. Grégoire Polet	*Petit éloge de la gourmandise*
5129. Paul Verlaine	*Histoires comme ça*
5130. Collectif	*Nouvelles du Moyen Âge*

5131. Emmanuel Carrère	*D'autres vies que la mienne*
5132. Raphaël Confiant	*L'Hôtel du Bon Plaisir*
5133. Éric Fottorino	*L'homme qui m'aimait tout bas*
5134. Jérôme Garcin	*Les livres ont un visage*
5135. Jean Genet	*L'ennemi déclaré*
5136. Curzio Malaparte	*Le compagnon de voyage*
5137. Mona Ozouf	*Composition française*
5138. Orhan Pamuk	*La maison du silence*
5139. J.-B. Pontalis	*Le songe de Monomotapa*
5140. Shûsaku Endô	*Silence*
5141. Alexandra Strauss	*Les démons de Jérôme Bosch*
5142. Sylvain Tesson	*Une vie à coucher dehors*
5143. Zoé Valdés	*Danse avec la vie*
5144. François Begaudeau	*Vers la douceur*
5145. Tahar Ben Jelloun	*Au pays*
5146. Dario Franceschini	*Dans les veines ce fleuve d'argent*
5147. Diego Gary	*S. ou L'espérance de vie*
5148. Régis Jauffret	*Lacrimosa*
5149. Jean-Marie Laclavetine	*Nous voilà*
5150. Richard Millet	*La confession négative*
5151. Vladimir Nabokov	*Brisure à senestre*
5152. Irène Némirovsky	*Les vierges et autres nouvelles*
5153. Michel Quint	*Les joyeuses*
5154. Antonio Tabucchi	*Le temps vieillit vite*
5155. John Cheever	*On dirait vraiment le paradis*
5156. Alain Finkielkraut	*Un cœur intelligent*
5157. Cervantès	*Don Quichotte I*
5158. Cervantès	*Don Quichotte II*
5159. Baltasar Gracian	*L'Homme de cour*
5160. Patrick Chamoiseau	*Les neuf consciences du Malfini*
5161. François Nourissier	*Eau de feu*
5162. Salman Rushdie	*Furie*
5163. Ryûnosuke Akutagawa	*La vie d'un idiot*
5164. Anonyme	*Saga d'Eiríkr le Rouge*
5165. Antoine Bello	*Go Ganymède !*
5166. Adelbert von Chamisso	*L'étrange histoire de Peter Schlemihl*
5167. Collectif	*L'art du baiser*

5168. Guy Goffette — *Les derniers planteurs de fumée*
5169. H.P. Lovecraft — *L'horreur de Dunwich*
5170. Tolstoï — *Le Diable*
5171. J.G. Ballard — *La vie et rien d'autre*
5172. Sebastian Barry — *Le testament caché*
5173. Blaise Cendrars — *Dan Yack*
5174. Philippe Delerm — *Quelque chose en lui de Bartleby*
5175. Dave Eggers — *Le grand Quoi*
5176. Jean-Louis Ezine — *Les taiseux*
5177. David Foenkinos — *La délicatesse*
5178. Yannick Haenel — *Jan Karski*
5179. Carol Ann Lee — *La rafale des tambours*
5180. Grégoire Polet — *Chucho*
5181. J.-H. Rosny Aîné — *La guerre du feu*
5182. Philippe Sollers — *Les Voyageurs du Temps*
5183. Stendhal — *Aux âmes sensibles* (À paraître)
5184. Dumas — *La main droite du sire de Giac* et autres nouvelles
5185. Wharton — *Le Miroir* suivi de *Miss Mary* Parks
5186. Antoine Audouard — *L'Arabe*
5187. Gerbrand Bakker — *Là-haut, tout est calme*
5188. David Boratav — *Murmures à Beyoğlu*
5189. Bernard Chapuis — *Le rêve entouré d'eau*
5190. Robert Cohen — *Ici et maintenant*
5191. Ananda Devi — *Le sari vert*
5192. Pierre Dubois — *Comptines assassines*
5193. Pierre Michon — *Les Onze*
5194. Orhan Pamuk — *D'autres couleurs*
5195. Noëlle Revaz — *Efina*
5196. Salman Rushdie — *La terre sous ses pieds*
5197. Anne Wiazemsky — *Mon enfant de Berlin*
5198. Martin Winckler — *Le Chœur des femmes*
5199. Marie NDiaye — *Trois femmes puissantes*

Composition Graphic Hainaut
et impression Grafica Veneta
à Trebaseleghe, le 13 septembre 2011
Dépôt légal : septembre 2011

ISBN : 978-2-07-044324-6./Imprimé en Italie

183048